彩鳳迎春 3

文創風 461

芳菲 著

目錄

第二十一章

卻說宋明軒進了試場後，也是跟以前一樣，兩眼一抹黑，跟著人群一味地往裡頭走。他身上帶著不少東西，人多又擠，不一會兒就擠出一身汗來了。一開始他還跟著劉八順一起，到後來聽見人群中有人喊了「領試卷」，就見大家不約而同地往發試卷的地方擠了過去。

上一次趕考時宋明軒也是聽了這喊聲就擠過去領試卷，可那時候他才十五歲，細胳膊細腿的，在人群中被擠來壓去，這大熱天的，一股子的汗味全混在了一起，加上他那日早上吃得不好，頓時就噁心得想要吐了，這次他有了經驗，故意不擠進去，等著人群稍微散開一些了，才順著人流往裡頭去。第一場考的是八股文，不過就是一千來字，若是發揮好，不消一夜也能寫好，宋明軒這會兒倒是一點也不著急。

他在人群中尋了半天，終於找到了被擠在前頭的劉八順等人，便向他們招了招手。

劉八順見宋明軒在後面，停下來等他。

考棚裡的號舍是按照每個考生的出生地來分的，宋明軒和劉八順他們都是河橋鎮來的，因此都分在差不多的地方。

宋明軒領了考卷後，揹著身上的書簍子，帶著劉八順等人一起去找號舍。

進了號舍，劉八順也傻眼了，這長長的巷子、一眼看不到邊的號舍，讓人心裡直發怵。

還當真和宋明軒那日在玉山書院說的一樣，但凡是胖一點的人，都要橫著從巷子裡走進去。

宋明軒帶著劉八順和王彬到了他們的號排前，劉八順看了一眼自己的牒譜，並不跟宋明軒一起，倒是王彬和宋明軒是同村人，因此在一條號舍裡頭。

宋明軒便先送了劉八順過去，把一應的東西都替他打點好了，這才小聲地囑咐道：「劉兄弟，我和王兄就在你前面一排，若是出什麼事情，只管喊一聲，好歹也能有個照應。」

劉八順這時候早已經緊張得腳底打飄了，他頭一回下場子，雖然已預料到會是這樣一個場面，可還是應驗了那句話：理想太豐滿，現實太骨感。

劉八順把考題板架好了，宋明軒在外頭替他遮起了雨布，擋著頭上熱辣辣的太陽。劉八順掃了一眼試場裡頭亂七八糟的蜘蛛網和半個廢棄的鳥巢，呆愣愣地坐了下來。他從來都沒想過，原來秋闈會是這樣的！

劉八順見宋明軒幫他打理好了，便起身送他出去。

宋明軒這才揹上了自己的書簍子，急急忙忙地回到了自己的號舍，待剛把自己的東西收拾好了安頓下來，看管這一條號舍的考官就在試場的巷口敲起了鑼鼓，正式鎖上了號門，開始了長達兩天一夜的考試。

宋明軒這次運氣不錯，號舍的位置在最門口的地方，並不是在最裡頭。上回考科舉的時候，宋明軒的號舍在巷子的最裡頭，邊上就是糞號，雖然他肚子不舒服倒是方便了他去裡面出恭，可那臭氣熏天的氣味，當真是把他所有作題的思路都熏得丁點兒也不剩了。更鬱悶的是，但凡有人去他隔壁出恭，宋明軒只要聽見了那些噗嚕嚕、呼啦啦的聲音，自己的肚子就忍不住又疼了起來，足足折騰了幾天幾夜！想起上一次的遭遇，他還有些後怕地擦了擦腦門上的冷汗。

卷子一早就領了過來，可他這時候倒是不著急答題，畢竟時間還早。他把放在書簍子裡的東西一樣樣地安置好了，這才把考題板隔上了，打開卷子看了起來。

這次宋明軒再來考試，卻也有不如上次的地方，比如上次他才年方十五，個子很矮，壓根兒就碰不到這號舍的頂頭，可這一次他卻只能彎腰答題了。稍稍弓了一會兒身子，宋明軒便覺得脖子疼得厲害，因此蹲了下來，上下左右地活動了一下筋骨，看著太陽從東邊一直繞到西邊去。

中午的時候，因為大家都是吃飽喝足才過來的，所以並沒有多少人生火做飯，到了晚上就不一樣了，大家夥兒都拿著傢伙開始做起飯來了。宋明軒把早上吃剩下的煮雞蛋熱了熱，又蒸上了一塊香噴噴的桂花糕，美美地吃上了一頓。

第一天基本上都是在審題，很少有人開始往卷子上謄寫，宋明軒細細地把這麼多年來學過的東西都想了一遍，覺得已經有些胸有成竹了，這才合上了卷子。

這時候考場裡已經響起了打更的聲音，到處都是此起彼伏的呼嚕聲。宋明軒翻開書簍子，把趙彩鳳為他整理的耳塞和眼罩拿了出來，把書簍子往地上角落裡放好後，側身坐上了答題板，靠在牆上睡起了覺來。

這樣睡覺其實並不怎麼能睡著，但宋明軒一想起過後幾日還要熬下去，便覺得不睡又不行，於是又站起來，點了火摺子，去書簍子裡頭找出趙彩鳳為他準備的安神丸，吃了一顆。

不過半盞茶的時間，宋明軒果然就睡著了……

趙彩鳳在家裡雖然睡著床，睡得卻並沒有比宋明軒安穩幾分。雖說這兩天白天很熱，但是畢竟入了秋，晚上還是有些涼意，也不知道宋明軒睡覺的時候會不會找一件衣服自己蓋一下？趙彩鳳想到這裡，越發就睡不著了，因此便起身想去外面透透氣。

走到客堂的時候，瞧見宋明軒原來住的房間裡布簾挽著，裡頭黑漆漆一片，空無一人，趙彩鳳便點了一個油盞，往裡面走了進去，在宋明軒的書桌前坐了下來。

宋明軒雖然窮苦，但個人習慣卻很好，書桌上整理得乾乾淨淨、一塵不染。趙彩鳳順手拿起一本書來，瞧見裡頭夾著一張小紙條，上面的字雖然是繁體，可趙彩鳳卻還是認得——

彩鳳，執子之手，與子偕老。

趙彩鳳微微一笑，把紙條又夾回書裡，翻了兩頁，又看見一張紙條，上頭寫的是一首五言短詩歌——此去名利場，但求青雲路；只恐天弄人，不待及第時。生當復來歸，死當長相思；結髮為夫妻，恩愛兩不疑。

趙彩鳳看著手裡這薄薄的紙片，饒是自己古文學得不好，但這幾句簡單直白的詩句，她還是看得懂的。這是宋明軒留給她的詩，告訴她，自己去求青雲之路了，就是怕天意弄人，沒辦法等到及第這一天，如果自己還活著，就一定會回來；如果自己死了，必定生生世世想著趙彩鳳，只要能活著回來，那必定要娶她為妻！

趙彩鳳一時間已是淚如雨下，眼淚滴到這染墨的宣紙上頭，片刻間就染出了一團黑色的墨跡來。她慌忙擦了擦眼淚，手指微微顫抖著，把這紙條又夾回到書裡頭。

其實宋明軒在寫這首詩的時候，心裡也是充滿了忐忑。對於別人來說，科舉之路雖然殘酷，但大不了就不考了，在身體出現問題的時候，大多數的考生都是以保命為先。可宋明軒這次卻是卯足了勁，非要一雪前恥，打算交出一張讓人滿意的答卷。他極希望自己能中舉人，因為他迫切想改變自己現在的生活狀態。他想扛起一個男人應該擔負的，而這一切，只能靠他手中的這支筆。

趙彩鳳將宋明軒讀過的書抱在懷中，抬起頭看著窗外那一輪蛾眉彎月，臉上的淚痕已乾，露出淡淡的笑容來。宋明軒大概從來沒想過要親手把這些交給她吧？他想得真周密啊，若是宋明軒真的在考場裡頭出了些什麼事情，她們整理他東西的時候，必然也會看見這裡頭的紙條，只是現在，趙彩鳳早看見了幾日而已。

趙彩鳳想到這裡，心裡暗暗罵了宋明軒一句迂腐！不過就是去考個試而已嘛，用得著這樣像是上刀山、下火海一樣嗎？居然還偷偷寫了遺言！不過這樣悶騷的性格，才是真正的宋明軒吧。

趙彩鳳又把那紙條從書中拿了出來，出門打了水，碾了一點兒墨，拿筆蘸飽了墨水，在這首小詩的下方寫了「已閱」兩個字。趙彩鳳倒是很想看看，宋明軒回來時發見這東西已經被她看見過了，會是什麼樣的一副表情？

宋明軒吃了一顆安神丸後，倒是一夜睡得安穩。到了第二天早上，天才濛濛亮的時候，已經有人在巷子裡生火做早膳了。很多考生在家裡頭都是肩不能挑、手不能提的，為了出來考試，可能現學了一下生火，可是技術不過關，因此弄得整個巷子裡煙熏火燎的。幸好宋明軒這次的號舍在門口，倒是沒有被熏到。

考試的時候，考生之間不能交談，因此每條巷子裡都會有巡考人員監督，但是允許考生自說自話，所以有的考生會一邊答題，一邊還在嘴裡念念叨叨的，這時候趙彩鳳給宋明軒準備的耳塞就起了大作用。

昨天花了一天的時間審題，到了今日下午就可以開始寫起來，入夜寫完一遍草稿，第二天白天謄寫好了，就可以交卷，剩下的時間好好休息一下，準備下一場的考試。

宋明軒不緊不慢地磨著墨，伸手往筆筒裡面摸出幾支毛筆，攤開掌心的時候就瞧見了趙彩鳳給他做的那支胎髮筆。說實話，這筆的做工真是夠粗糙的，宋明軒在家裡寫過幾次，只要墨水一蘸多，上面的胎髮筆頭就會掉下來，實用性有待改進。可是不知道為什麼，宋明軒還是把這支筆給帶了進來，好像只要多看幾眼，自已就會跟著交好運一般。

宋明軒拿起這支筆，蘸飽了墨在一旁的草稿紙上寫了兩個字，等反應過來的時候，才發現自己寫的是彩鳳兩個字。宋明軒忍不住笑了笑，收起筆來，重新拿了一支小號狼毫筆，略略弓背，低著頭開始答卷。

約莫寫了有大半個時辰後，日頭也越來越毒辣了，宋明軒便出門把油布掛起來，這時就瞧見已有巡考的兵丁拖著口吐白沫的人從巷子裡出來。因為巷子太窄，三個人根本無法並排走路，只能一個人先揹著，另一個人從後面推著往前，等過一段路後，兩人再輪換一下。

上一次他的考舍在最裡頭的糞號邊上，倒是沒見到什麼人從他眼前這樣過去，這會兒看了一眼，便覺得有些心驚肉跳的。宋明軒努力不去想那人蒼白的臉色，稍稍平復了一下心情後，又繼續寫了起來。

這一寫簡直就是渾然忘我，等宋明軒放下筆的時候，早已經過了午時。這時候巷子裡到處都是燒飯的香味，有錢人家的公子哥兒也不知道帶了多少醃製好的雞鴨魚肉，燉成肉湯真是讓人口水直嚥。宋明軒也忍不住嚥了嚥口水，心道這要是一個窮秀才在邊上，光聞這香味怕就只會嚥口水，連答題都不會了。

幸好宋明軒的行李裡頭並不缺這些，趙彩鳳給他放了一大塊醃肉條，雖然進來的時候被兵丁們戳出了好多窟窿，看著有些難看，但還是能吃的。宋明軒切了一條肉下來，放在蒸籠裡頭蒸著，下面則燒上熱水，把桂花糕碾碎了放進去，做成一碗麵糊。他向來不挑食，覺得這樣就是世上最美味的食物了。

第一天和第二天就這樣平平安安地過去了，到了第三天，宋明軒這條巷子裡連續被拉出去了三個人。宋明軒這時候再看看趙彩鳳給他準備的東西，那可真是名副其實的能稱作福袋了！睡不著可以吃安神丸、有蚊蟲蛇蟻可以熏香囊、胃難受了可以吃健胃消食丸、太熱頭昏的時候來一顆提神醒腦丸。

宋明軒覺得自己猶如神助，直到第三天還是精神奕奕的，除了下巴上的鬍渣有些長以外，他用洗臉盆照了照自己的模樣，並沒有像上一次一樣，第三天就發現自己成了牛鬼蛇神的樣子。

趙彩鳳這兩日也沒有閒著，第二天下午靠晚的時候還去了一次貢院，給那個在外面守著的漢子送了一些吃的，囑咐他好好盯著，千萬別睡過去了。

趙彩鳳遠遠地看著那些侍衛們守著的門口，果然有幾個人被人拖著從裡頭出來，那些侍衛臉上都是冷冷的神色，拖著面如死灰的書生，就跟拖著屍體一樣，扯著冰涼的嗓音喊道：「王彬！河橋鎮王彬的家裡人在嗎？」

趙彩鳳一聽，王彬可不就是王鷹的堂哥？急急忙忙地就迎了過去，果然瞧見他家的下人也迎了上來，上前將他從侍衛的手裡攙扶了過來。

「堂少爺，您怎麼樣了？怎麼樣了？」

王彬這時候面如死灰、口吐白沫，連話都說不出來，一雙眼雖然勉強睜著，卻好像時不時要翻白眼一樣。

趙彩鳳見幾個小廝都嚇得沒了主意，急忙上前道：「送去藥鋪吧！這兒離哪個藥鋪近一點？救人要緊啊！」

那小廝在劉家見過趙彩鳳一眼，也無暇辨認她是誰，見她這麼說，忙開口道：「快抬上車，到朱雀大街找姑爺去！」

一旁的小書僮見了，急得抹淚道：「少爺，您可千萬別有事啊，不然回去夫人可要打死我的！您快睜開看我一眼啊！」

趙彩鳳見那孩子不過十一、二歲的樣子，拍了拍他的腦門道：「別哭了，你吵得你們家少爺不安生，他回頭醒了也該罵你了。」

這時候幾個人已經把王彬給抬上了車，小書僮去侍衛那邊揹了王彬的書簍子。

方才那個年長一些的小廝見趙彩鳳還有點主見的樣子，遂開口道：「姑娘，要不然您跟我們走一趟吧？萬一……」

趙彩鳳明白他的意思，這王彬沒事最好，萬一有事，他們幾個在外面守著的，少不了就要遭到連累，她是唯一一個目擊證人，到時候好歹能幫他們說上幾句好話。看來這小廝的腦子還算靈活，都這個時候了，還能想到這些。王彬畢竟是一個村的，趙彩鳳也不想他出意外，便點頭道：「行，我跟你們一起走一趟。」

趙彩鳳跟著他們一起去了朱雀大街的寶善堂，正巧杜太醫從宮裡下了值回來，見眾人把王彬送了過來，忙不迭就讓人抬上了二樓自己看診的診室裡頭。

杜太醫按住脈搏診治，幾個小厮全站得筆直，大氣都不敢出。

趙彩鳳也皺著眉頭瞧王彬的症狀，雖說她是法醫，但一些基本的醫學常識還是具備的。方才在馬車裡的時候，她就覺得這王彬應該是中暑了。因為口吐白沫的症狀並不算太常見，一般來說都是癲癇或者中毒居多，要不就是中暑。如果王彬有癲癇，說什麼趙彩鳳也不信他們家會讓他來考科舉；如果是中毒，嘴唇和指甲又沒有明顯的紫紺，所以也不應該是中毒。那麼，十之八九就是中暑了。

「放心好了，沒什麼大礙，大概是這幾天日頭太大，中暑了。我先給他施針，一會兒等他醒了，你們送他回去，我會派店裡的夥計把藥送去府上的。」

那小厮見杜太醫這麼說，也鬆了一口氣，擦了擦額頭道：「姑爺，幸好有您在，不然我們幾個小的可真是要被嚇死了！」

杜太醫安慰了他們幾句，又問道：「那現在貢院外頭還有人候著嗎？」

「見王少爺出來，大家都過來……對了，咱家少爺還在裡頭呢！我得趕緊回去！」那人想起劉八順還在裡面，急得直拍大腿。

杜太醫便笑著道：「放心吧，這只是意外而已，要是每個考生都這樣，那還有誰敢去考狀元？你們先把王少爺送回去，然後換一些人過去守著。這都第三天了，明天裡頭也要換場子。」

幾個小厮見杜太醫這麼說，也都放下了心來。

那劉家小廝轉身見趙彩鳳還在這邊，便開口道：「姑娘，那一會兒您先跟我們回劉府，等我們把堂少爺送回去，小的再送您回去吧？」這會兒外面天色已經暗了下來，若是讓她一個女孩子自己回去，只怕也不大安全，所以他便這樣提議。

趙彩鳳倒是覺得沒這個必要，太陽下山到天黑那還要大半個時辰，朱雀大街雖然離討飯街是有些遠，但這一帶很是繁華，到處都是街燈，就算天黑了也不至於看不見路。唯一就怕她要是回去晚了，楊氏又要擔心罷了。

「沒關係，我自己走回去就好，路也不遠。」

那小廝聞言，就越發不好意思了，開口道：「那怎麼行？回頭讓我們太太知道了，又要罵小的做事不經腦子了！」

杜太醫見了，便開口道：「你們送堂少爺先回去吧，我派寶善堂的車送這位姑娘回去。」

趙彩鳳原本也是要推辭的，可想想坐車怎麼也比走路舒服，再說她要是一個勁兒地推辭，也顯得有些矯情了，便笑著應了道：「那就多謝杜太醫了！」

趙彩鳳回討飯街的時候，果然見楊氏已經在巷口探頭了。

見趙彩鳳從馬車上下來，楊氏急忙迎了上前道：「彩鳳，妳怎麼現在才回來？去哪兒了？剛才妳坐的誰家馬車？」楊氏自從聽了余家媳婦的話後，越發覺得蕭一鳴沒安好心，可眼下自己一家人在京城還沒個著落呢，且胳膊也擰不過大腿，用著人家的店面，又能有什麼辦法呢？她雖然心裡擔心，卻還是沒有辦法把這天大的好事給推出去。況且這店面眼看就要裝修好開業了，在這個時候要是出一些事情，那投下去的銀子可就全都打水漂了。

「娘妳別著急，我剛才去貢院外頭走了一趟，正好遇上王彬大哥從裡面中暑了出來，所以跟著劉家的下人跑了一趟醫館而已，送我回來的是醫館的馬車。」趙彩鳳說完，又問楊氏道：「今兒劉家有人來遞消息嗎？有沒有說王大哥什麼時候過來？」

楊氏聽趙彩鳳問起這話，便開口道：「正要跟妳說呢，劉家的下人來說了，明兒王鷹要到城裡來送菜，讓我在家裡等著，他過來接我走。我現在就是擔心，妳一個人在這邊行不行？」

趙彩鳳笑著道：「有什麼不行的？妳不在的時候，我不是好好的嗎？再說了，這幾日宋大哥都在裡面，我一個人顧好自己就行了，哪裡還會有什麼不行的呢？」

楊氏擔心的哪裡是趙彩鳳一日三餐的問題，而是那蕭一鳴的問題啊！可楊氏又不敢直說，因此擰著眉頭道：「那妳可別亂跑了，京城裡不安生，要是再發生像之前那樣的事情，我可去哪兒找妳呢？」

趙彩鳳拍了拍楊氏的肩膀，安撫道：「娘，妳胡思亂想什麼呢？哪能天天有那樣的事情？這兒可是京城，天子腳下啊！」

楊氏瞧著趙彩鳳一臉無知的樣子，也只能不放心地點了點頭，兩人一起進了房裡。

三天之後換了考場，交了第一場的卷子後，宋明軒在巷子裡遇上了劉八順。

劉八順問道：「宋兄，我沒找到王大哥，他不是和你在一條巷子嗎？」

宋明軒細細回憶了一下，搖頭道：「剛才出來的時候並沒有看見王彬，難道他還沒出來？」

劉八順畢竟經驗不足，聽了這話，著急道：「那怎麼辦？我們快回去找一找！」

宋明軒急忙拉住了劉八順。「你別急，一會兒會有巡考去清場，要是他在裡面，總會出來的。」其實宋明軒這時候也隱隱覺得不對勁了，如果王彬在巷子裡，方才排隊時就應該來找自己才是。宋明軒想到這裡便覺得有些後怕，轉移話題道：「還有六天，我瞧你眼裡頭都是紅血絲，晚上沒睡好嗎？」

劉八順想起這個事情來，眼睛就更紅了，恨不得哭出來一樣，拉著宋明軒訴苦道：「我號舍邊上是一個四十多歲的大爺，睡起來那聲音比打雷還厲害，我哪裡能睡得著？只能等他白天做卷子的時候稍稍瞇一會兒。」

宋明軒聞言，忍不住笑了起來，從書簍子裡掏出一副耳塞子，遞給劉八順道：「這個你拿去用吧，稍微還能蓋住一點聲響的。」

劉八順瞧見那小軟木做成的耳塞，忙開口道：「這是嫂子給你準備的吧？給了我，你怎麼辦呢？」

宋明軒笑著道：「你嫂子人可細心了，給我準備了兩副，深怕我在裡頭弄丟了。」

劉八順這時候對宋明軒的羨慕簡直如滔滔江水，一發不可收拾了，一個勁兒地道：「回頭出去，可得好好謝謝嫂子！我要是中了，請你們到我家來，好好喝一杯！」

宋明軒瞧著這才三天，劉八順那原本還有些嬰兒肥的臉就尖了，笑著道：「回頭再說回頭的事情，還有六天呢，快去吧！」

兩人領了卷子，重新找了自己的號舍安頓後，等外頭的鑼鼓聲響起來，巷口上的大鎖就鎖上了。

第二場考的是官場應用文，包括上下往來的公文和案件的司法判文，這一項對於大多數讀書人都算不上很難，不需要別出心裁，只要中規中矩，一般都沒有大問題。

宋明軒之所以能寫得一手好狀書，其實也是得益於對這一項的研究，所以很多秀才考了多少次都沒考上舉人的，就乾脆回老家當狀師了。

宋明軒不疾不徐地審核了題目之後，磨了墨開始練筆。

這次分到宋明軒隔壁的又換了人，是一個看上去五十多歲的老者，大概是這幾日被這巷子裡的煙火氣給熏壞了，嗓子裡總是梗著一口痰，每隔一會兒就會用力地咳嗽，直咳得心和肺都像是要被吐出來了一樣。儘管宋明軒戴上了耳塞子，還是沒辦法阻擋這聲音。

越是心急，越是容易煩躁，宋明軒這時候也忍不住嘆起了氣來。

那老爺子邊上大約是一個年輕的後生，也忍受不住這老爺子要死要活的咳嗽，每次老爺子的咳嗽聲一起，他就拿起鍋鏟在牆上砰砰砰地敲起來，一時間，整個巷子都吵得要冒煙了。

巡考的人聽見了動靜，往這邊過來，問那考生道：「你在這兒敲什麼敲？大家都在答卷，不想考就出去！」

那人笑著道：「官爺，我可不是為我自己敲的，您看看我隔壁這位老爺爺，這再咳下去，命都要沒有了！」

說巧不巧，那老爺子見巡考的人過來，一時驚嚇，竟然把一口痰給憋了出來，這噗地一口吐在了地上，痰裡頭還挾著好些血絲呢！

那考生眼睛尖，見了那血絲後急忙開口道：「你們看見了沒有？看見了沒有？他都吐血啦！弄不好是癆病，我們一整條的學生都要遭殃的呀！」

那兩個巡考的見那痰中果真帶血，相互使了一個眼色，便上前左右開弓地把那個老頭子給駕著往外走。

可憐那老爺子身子瘦弱，嗓子又啞得說不出話來，扯著沙啞的嗓音大聲喊。「我……我沒病啊……我要考……考……考……」

這話還沒說完，外頭大鎖一開，老頭子就被那兩個巡考給丟了出去。

宋明軒擦了擦額頭上的汗，雖然挺同情那老爺子的遭遇，可他如今走了，果真是整個世界又都清靜了。宋明軒拿起一旁的汗巾擦了一把臉後，繼續開始答卷。

討飯街巷口，楊氏正抱著趙彩蝶和趙彩鳳告別。

趙彩鳳把她們送到了巷口，見楊氏還有些不捨，便開口道：「娘，妳回去吧，我這幾天找伍大娘打聽打聽這附近還有沒有大一點的院子，看看咱能不能換一間大點的。」

楊氏蹙眉道：「這麼大就夠了，妳姥姥、姥爺到時候可以住在店裡頭，那店裡的小客廳改成了後廚，後面兩間庫房都可以住人的，不用再換地方了。」

趙彩鳳想了想，道：「這不店還沒裝修好呢，總不能讓錢大叔睡店堂裡頭吧？我還是先打探打探吧。」

楊氏聽趙彩鳳說的也有幾分道理，便沒有再接話，上了馬車，旋又撩開了簾子道：「我早些出來，盡量在明軒出考場之前趕回來。」

趙彩鳳送走了楊氏後，就往安賢街上的集市上去看看。楊氏因為這幾日要回去，就把給錢木匠和趙文送飯的事情交給了趙彩鳳，並且囑咐她，幹活的男人飯量都很大，不能拿宋明軒的標準來對待錢木匠和趙文。

趙彩鳳正在菜攤子上買菜，聽到後面有人招呼自己，她轉頭一看，見是自己的房東伍大娘。

伍大娘見了趙彩鳳，笑著道：「彩鳳，好久沒見妳親自出來買菜了。這幾天妳家小宋不在家，一個人該冷清了吧？」

趙彩鳳聽了這話就臉紅了，開口道：「大娘妳說笑了，這有什麼好冷清的？」

伍大娘瞧著趙彩鳳這羞澀的模樣，挽著她的胳膊，兩人走到路邊，這才問她。「聽妳娘說，妳家在廣濟路上要開麵條鋪子了？真是不得了，那廣濟路可不比我們討飯街，那邊住的可都是各地來的商販子，兜裡有得是銀子呢！」

趙彩鳳笑道：「店還沒開起來，也不知道能不能賺銀子呢，倒是有件事想跟大娘說一說，我家住的那房子，原本就只給了妳兩個月的房租，如今我弟弟、妹妹都要出來住，只怕一家人就住不下了，所以我想問問大娘，妳家還有沒有大一點的院子，要租出去的？」

伍大娘聽了，蹙眉道：「這倒是沒有了，我家的房子都在那一條路上，就租給妳的那個院子也不小了。前兩年倒是打算在前院那地方再蓋上一間倒座房的，但後來一直沒時間，就耽誤了下來。」

趙彩鳳聽了這話，眼睛一亮，遂問道：「大娘要是同意，那可不可以准了我在裡面蓋上一間倒座房？這房子蓋好之後，不收妳一分錢，日後等我們搬走了，這房子就是妳的了。」趙彩鳳算了算，換一個大院子，少不得還得每個月添一兩銀子，這一年下來就是十二兩，但要是在前院左邊靠牆的地方蓋一間倒座房，那院牆是原本就有的，只要四面牆，再弄一個房頂，就能隔出一間屋子來，肯定花不了這麼多銀子，到時候只要整理乾淨了，清清爽爽的，便是自己住進去，也沒什麼不願意的，只不過院子沒以前寬大了而已。

伍大娘想了想，開口道：「聽著倒是有些可行……這樣吧，一會兒等我回去問過了我男人，再告訴妳行不行。我聽著倒是不錯，白白得了一間房子，等下回租出去還能再提些租金呢！」

趙彩鳳笑著道：「那妳回去問問伍保長，他要是答應了，我就讓木匠直接開工了，正巧我店裡的活兒快忙完了。」

趙彩鳳說幹就幹了起來，回到家裡後就拿了一根繩子，把廊下到院門口的那段距離給量了一下，發現足足有三丈遠，這裡頭別說一間倒座房，就是兩間也能隔得出來了！

趙彩鳳興奮得不行，去宋明軒房裡拿了筆墨，開始畫起了房子的造型。不過這邊上的圍牆不夠高，到時候少不得還要補上幾層磚頭。

趙彩鳳畫完了圖紙，見時間已經不早了，就急急忙忙去灶房裡頭準備中飯了。

青菜洗乾淨切好，剁上兩塊鹹肉，肥油熬成油渣，多下來的豬油可以下次做菜時繼續用，油渣可以直接和鹹肉一起燒青菜吃，最下飯不過了。

趙彩鳳做好了飯菜，自己只稍微撥了一口飯，便拎上了食盒，去給錢木匠他們送飯了。

店裡頭的桌子、凳子都已經做好了，如今還剩下灶頭上的一些小東西，比如說蒸籠啊、碗櫥啊、上菜用的托盤和鍋蓋等。別看錢木匠大老粗一樣的人，手藝真不是一般的好，什麼樣精細的小東西都能做出來。趙彩鳳打心眼裡覺得，這要是楊氏和錢木匠真的能成了，沒準還是自己家裡頭撿到了一個寶呢！

錢木匠吃過了飯，問趙彩鳳道：「彩鳳，妳娘回去啦？」

「嗯，今兒早上剛走，還說過幾天就來，讓我好好照顧你和老二呢！」趙彩鳳裝作隨口說了一句，偷偷觀察著錢木匠的表情，可錢木匠低下頭去了，他的臉太黑，於是乎趙彩鳳也沒瞧出來他是臉紅了還是沒臉紅，便又繼續試探道：「錢大叔，我聽老二說，你在莊子上的時候，有人給你介紹對象了，你啥時候找一個嬸子呢？」

果然錢木匠的臉色稍稍僵了一下，低著頭小聲道：「老二怎麼什麼都說？我還以為他挺老實的呢！」看似責怪的一句話，可並沒有多少責怪的語氣，錢木匠嘆了一口氣，繼續道：「我都一個人過這麼多年了，覺得有沒有女人，也就那麼一回事兒了。」錢木匠把話說完了，才意識到坐在自己跟前的不過是個小姑娘，頓時就覺得有些不好意思了起來。

趙彩鳳又怎麼會把這些放在心上？開口道：「怎麼能一樣呢？我瞧著你也不過才四十出頭，要是找個年輕媳婦，沒準還能再生好幾個兒子呢！」趙彩鳳玩笑道。

這下子錢木匠也笑了起來，嘆道：「兒子我是沒打算了，再說年輕的，也未必願意跟著我這麼一個大老粗。」

趙彩鳳便趁勝追擊道：「那就年紀稍微大一點，三十五、六的，你看行不？」

這下錢木匠再也繃不住了，擰眉道：「彩鳳，今兒妳是怎麼了，竟和我說這些？」錢木匠皺著眉頭，放下飯碗，顯得有幾分尷尬。

趙彩鳳見錢木匠這樣，覺得好像也有那麼點意思了，便沒接著往下說，開口道：「叔，有件事情我倒是想請叔幫忙呢，你說我爹雖然去了吧，可我娘如今也算不得年紀大，這麼年輕就守著，我這個當女兒的也捨不得。我的意思呢，叔要是認識什麼合適的人選，人好又老實，又能幹肯吃苦的，就給我娘說說媒吧，你看行不行？」

錢木匠聽了，一個勁兒地咳了起來，臉上帶著幾分尷尬，左右瞧了瞧，見趙文不在，便嘆了一口氣，對趙彩鳳道：「彩鳳，妳的意思我明白了，只是我這一輩子當真沒想過要再娶了。嫂子對我好，我也明白；我對她好，也是真心的。我看不慣一個女人這樣辛苦，這世道不應該這樣，可若愣是要我們兩個在一起，我也覺得不應該。雖然過了年妳爹也去了三年了，可這世道對改嫁的女人總免不了要低看一眼的，妳娘在趙家村那麼好的人品，我怎麼能污了她呢？」

趙彩鳳聽了前頭兩句，原本以為這次是沒希望了，可再接著聽下去，好像又不是那麼回事了。這錢木匠看來對楊氏還真是有那麼點上心的，不然也不會這麼為她的名聲考慮。趙彩鳳聽了這話，反倒比剛才更放心了些，笑著道：「叔，一輩子長著呢，你現在不想，未必以後不想。村裡那些人都是一樣的，喜歡看人笑話罷了，我瞧那熊大嬸改嫁了之後，她們不還是羨慕得緊嗎？」

錢木匠聽了，卻皺眉道：「那怎麼一樣？人家熊大嬸嫁的是王府裡的莊頭，可我就是一個窮木匠。」

「如今我們都到京城過活了，只要這店開起來，以後日子總會過得好起來的。至於你和我娘的事情，今兒我也只說這一遍，往後你們倆怎樣，我也管不著，只是我娘這個人實誠，叔你要是真沒這個心思，我還當真不敢再留你了。」

錢木匠又嘆了一口氣，想了想，才開口道：「等過兩天這邊的活兒完了，我就帶著老二回趙家村，門頭的事情，妳再請別的工匠弄一弄吧。」

趙彩鳳這下也糊塗了，話都說到這分上了，錢木匠還是提出了要走，只怕也是心意已決了，便開口道：「那行，到時候我來跟我娘說好了。」

七八月分裡京城的天氣其實是乾燥的，趙彩鳳和宋明軒他們在這兒住了兩個月了，也沒遇上這麼大的一場雨。幸好這京城的房子修建得比趙家村的好一些，只有幾個地方稍微有些漏水，但也漏不到炕上去。

趙彩鳳從後院拿了幾個水桶接著水，看著外頭磅礴的大雨，無奈地嘆了一口氣，今兒只怕錢木匠和老二要餓肚子了。不過趙彩鳳雖然擔心，但她其實也知道，錢木匠自己孤身一人生活了這麼多年，這些生活經驗總是有的，且廣濟路上到處都是吃飯的地方，要混一頓飯也是很容易的事情。

趙彩鳳正打算收了自己的擔心，把自己的午飯給張羅一下時，門外忽然就傳來一陣急促的敲門聲，緊接著就聽見趙文在外頭喊。

「大姊！姊，不好了，我師父被人給抓走了！」

趙彩鳳忙不迭地從牆角拿了一把老黃傘衝到雨中，就見趙文渾身濕透地站在外頭，臉上雨水、淚水混成了一片。

趙文看見趙彩鳳就急得哭了起來。「被人抓走了我師父！」

趙彩鳳見他語無倫次的樣子，忙把他拉到了屋簷下，好生問道：「到底怎麼了？錢大叔被什麼人抓走了？」

趙文平常說話就不是很索利，跟著錢木匠在外頭這麼長時間之後，好不容易覺得他有些開竅了，這會子一嚇，感覺又嚇回去了一樣，愣了好半天，也說不出一句話來，最後才冒出幾個字。「打架、打架！抓走了！」

趙彩鳳擰眉想了想，在京城地界上敢抓打架的人，大概也就是順天府尹了，便問趙文道：「是穿藏青色衣服、戴高帽子的人嗎？」

趙文也跟著很努力地想了想，最後點點頭道：「他們說，他們是官。」

有趙文這句話，趙彩鳳便明白了一二。可是錢木匠怎麼看也不像是會隨便跟人打架的人，如今被抓走，只怕是一場誤會吧？趙彩鳳見趙文渾身都濕透了，可這時候外頭還下著大雨，就算換上一套乾衣服，在雨裡頭跑上幾步，還不是一樣遭殃？因此趙彩鳳往裡頭又跑了一趟，拿了一把傘遞給趙文道：「走，咱們找他去！」

這時候雨那麼大，路上都沒有幾個人，黃傘底下也是風雨交加的，時不時還有兩個響雷。這樣的天氣，按照趙彩鳳前世的個性，必定是窩在家裡的沙發上，閒看雲卷雲舒，任他風吹雨打的。

趙彩鳳摸了一把臉上的水珠，回頭衝著趙文喊道：「老二你跟好了，風雨大，別跟丟了！」冷雨夾雜著冷風，這種滋味著實不好受。

過了好一會兒，雨才算是小了一些，可趙彩鳳已經渾身濕透了。

順天府尹的大門還開著，門口站著幾個守門的捕快，趙彩鳳便丟下了雨傘，上去拿了鼓槌擊鼓鳴冤了起來。

這颳風下雨的日子，便是告狀的人也少了，幾個守門的捕快見有人在門口擊鼓，便懶懶散散地打著傘出來，一把搶下了趙彩鳳手裡的鼓槌，掄起來就要往趙彩鳳的身上砸下去，嘴裡罵罵咧咧地道：「大雨天的還不讓人安生，我操妳老娘了！有什麼冤情，等明兒天晴了再來！」

趙彩鳳見那人長得就是一副癟三模樣，瞧見自己寒酸，肯定是死命欺負，因此也不敢跟他硬碰硬的，只忙不迭地閉上眼睛躲了一下，不料卻聽見那人忽然就嗷嗷嗷地喊了起來，手裡的鼓槌砰通一聲，落在地上的雨水之中。趙彩鳳方才被嚇了一跳，這時候才敢稍稍抬起頭睜開眼睛。

結果，就瞧見蕭一鳴打著傘，站在雨裡頭。

第二十二章

蕭一鳴疑惑地問趙彩鳳。「妳上這兒來做什麼呢？」

趙彩鳳擼了一把臉上的水珠，拉著站在一旁的趙文，走到蕭一鳴的跟前道：「你們順天府尹亂抓人做什麼？事情還沒弄清楚呢，就把人抓起來，是個什麼道理呢？」

蕭一鳴平常巡邏也是很盡忠職守的，但是今天下雨，捕快們怎麼可能讓這位大少爺出去巡邏呢？所以他一整天都在衙門裡頭沒出門，陪著趙大人下棋呢！

不料蕭一鳴唸書不行，下棋也不是好手，這不，幾盤全敗下陣來，趙大人就開始嫌棄他了，他也樂得自在，偷偷溜了出來。原本是想出去買一點糕餅，一會兒帶回府上哄一哄蕭夫人，卻沒想到正巧看見了門口的這一幕。

「順天府尹怎麼可能無緣無故抓人？有什麼話好好說，擊鼓鳴冤也是有規程的，像妳這樣亂擊鼓，那是要挨板子的！」蕭一鳴知道趙彩鳳嘴巴可厲害了，在她面前他從來沒討到半點好處，今兒終於有了發言權了，一定要找回一些自己的尊嚴。

趙彩鳳一路跑得氣喘吁吁的，見蕭一鳴還跟她來這一套官話，聽著也有些心煩了，不禁瞪了他一眼，最後也只能忍氣吞聲地道：「蕭公子，我弟弟說看見你們順天府尹的人把我請來在鋪子裡做裝修的木匠師傅給抓了，麻煩你能幫我問一問為什麼要抓他嗎？我們都是本本分分的平頭百姓，做的都是辛苦營生，只想安安穩穩地過日子。」趙彩鳳一邊說，一邊重重地喘息著，身體在雨中微微顫抖，渾身上下哪裡有一處乾的地方？都往下滴著水。本就單薄的衣服整個貼在了她嬌小的身軀上，讓人看著越發覺得纖瘦可憐。

蕭一鳴見她紅著臉頰，眸中似乎有淚光閃爍，也知道她是真的著急了，便開口道：「妳先跟我進去，我去幫妳打聽打聽，到底是誰抓的人？我今兒還沒出過這衙門呢，外頭的事情我也不清楚。」

趙彩鳳心道，這蕭一鳴終究不是個壞人，便順從地點了點頭。

她平素在蕭一鳴跟前都是一副頤指氣使的神氣模樣，蕭一鳴哪裡見過她這樣伏低做小的乖巧樣子？頓時就有些看怔愣了。

趙彩鳳往裡走了兩步，這時候雨小了，但風還是很大，身上濕透的衣服被冷風一吹，整個人都凍得搖搖欲墜了起來，忍不住打了幾個噴嚏。

蕭一鳴見她沒有傘，便把自己的傘塞到了她的手中，也不管他們能不能跟上，用手擋著頭就往裡頭跑了進去。

衙門會客的廳裡頭只有兩個打雜的小廝，瞧見趙彩鳳渾身濕透的樣子，忍不住多看了幾眼。那嬌小的身材下隱藏著玲瓏的身段，濕了的衣服裹在胸口，看著確實讓人有些尷尬。

趙彩鳳低著頭，雙手抱胸站在大廳，身上的雨水流到鞋底，在青石板上汪起了一小攤的積水。

蕭一鳴抬起頭，正好瞧見趙彩鳳抱著雙臂打抖的模樣，她的臉上沒有那種小丫頭故意裝可憐的表情，只是帶著幾分被凍僵的麻木，努力地深呼吸，想讓自己身上暖和一些。蕭一鳴的心在這一瞬忽然就抽痛了一下，這種痛在他的心口蔓延開來，頓時充斥了他整個心房，讓他無緣無故覺得煩躁了起來。「來人！」

他大吼一聲，門口候著的小廝忙迎了進來。

蕭一鳴指著外面開口。「去捕快房問一下，今天有誰去廣濟路抓了一個木匠，讓他們馬上把人給放了！」

「啊？」那小廝哪裡瞧見過蕭一鳴震怒的模樣，忍不住問道：「表少爺，這抓了人還沒過堂就能放了嗎？」

「我讓放了就放了，不放就來抓我！」蕭一鳴又吼了一聲，見那小廝還愣在原地，又大吼道：「還不快去！」

趙彩鳳也從來沒見過蕭一鳴發這樣大的火，一時間被這加大的音量嚇得抖了一抖，見他臉色還是不大好看，遂開口道：「問清楚了就行，我不是來求你放人的，我只想知道，為什麼順天府的捕快可以不問青紅皂白就隨便抓人，難道就因為我們是小老百姓嗎？因為我們沒有靠山嗎？連街頭那些小混混都可以隨便欺負我們嗎？」趙彩鳳這會兒又冷又鬱悶，說話就難免有些激動，繼續道：「誰願意生來就當窮人？如果有得選擇，我也想當大家小姐，每天錦衣玉食，一天到晚想的就是如何找一個如意郎君嫁了，然後想著怎麼繼續當我的富貴夫人，一輩子呼奴喚婢、享受人生啊！這些誰不想呢？」

蕭一鳴被趙彩鳳說得啞口無言。除卻那些服侍他的丫鬟，他身邊的那些姑娘、他認識的那些閨秀，好像都是如趙彩鳳說的一樣，整日裡躲在閨房裡，什麼都不用想，只等著一頂花轎把她們嫁入另外一戶豪門，一輩子風風光光，似乎這人間的疾苦和她們是完全沒有關係的。可同樣是個姑娘，趙彩鳳為什麼和她們不一樣呢？

蕭一鳴怔愣了良久，也不知道應該說什麼，可心裡卻有一個很瘋狂的想法，他想要告訴趙彩鳳——若是妳也想一輩子錦衣玉食、呼奴喚婢，這些我都可以給妳啊！

蕭一鳴看著渾身濕透的、顫抖著的趙彩鳳，終是沒敢把這句話給說出來，嘆了一口氣道：「小趙，妳先別生氣，順天府也不是一個不講理的地方。我去幫妳找一套乾淨的衣服，妳先把身上的濕衣服換下來吧！」

趙彩鳳吹了一路的冷風，淋了一路的冷雨，方才又被門外那侍衛嚇了一跳，這時候身上一陣陣的發冷，耳朵裡轟隆隆的，哪裡還能聽見蕭一鳴說什麼？雖然瞧見他的嘴唇一開一合，卻一個字都沒聽進去，只覺得自己的腦袋嗡嗡嗡地響了起來，整個身子都搖搖欲墜。

蕭一鳴見趙彩鳳這個樣子，也覺得有些不對勁，這哪裡還有她平常那神氣活現的模樣？他忙不迭地按住她那一截細細的膀子，問道：「小趙，妳怎麼——」

然而蕭一鳴的話還沒問完，趙彩鳳渾身的力氣像都被抽走了一樣，眼皮稍稍地抬了抬，便往後倒下去！

蕭一鳴眼疾手快，急忙就把趙彩鳳給攬住了，隔著潮濕的衣服，她的身體隱隱透出熱燙來。蕭一鳴腦仁跳個不停，抱著趙彩鳳緊張地喊了幾聲，見趙彩鳳全然沒有反應，立即著急地喊道：「快，去找個大夫來！找寶善堂的大夫來！」

誰都知道蕭一鳴是趙大人的寶貝外孫，這衙門裡的人還不是任他使喚，因此一個個都顧不得風雨，忙出去找大夫了。

蕭一鳴把趙彩鳳安置在客房裡頭，伸手摸了摸趙彩鳳的額頭，只覺得燙得嚇人，回頭的時候才見到趙文一直跟在身後。蕭一鳴沒見過趙文，可依稀覺得兩人似乎有些相像，便問道：「她是你姊嗎？」

趙文點了點頭，問道：「我姊不會死吧？」

蕭一鳴翻了一個白眼，心想，這麼聰明的趙彩鳳怎麼會有一個蠢弟弟呢？「當然不會死，發燒了而已。」蕭一鳴見趙文渾身濕透，便從外頭喊了一個下人進來，吩咐道：「去找衛嬤嬤，給他找一身乾衣服好換上，別一會兒也凍病了。」

這時候雨已經小了很多，蕭一鳴看著床上躺著的趙彩鳳，心裡火急火燎的，伸手想給她解身上的衣服，可手一抬起，就又想起了宋明軒那張溫文爾雅的正人君子臉。

蕭一鳴心裡默默念叨：宋兄，我不是故意要對小趙無禮的，可這會兒她發燒了，我得給她換一身衣服，不然她萬一病得更嚴重了，那可怎麼好？你如今在裡頭考科舉，我作為你的兄弟，有義務也有責任幫你照顧好小趙的，你說對不？

蕭一鳴唸完這一串話，閉著眼睛伸出手，正要解開趙彩鳳的衣服時，就聽見外頭傳來嬤嬤的聲音。「表少爺？表少爺？要老奴幫忙嗎？聽說您剛剛抱回一個渾身濕透的姑娘，我帶了乾淨的衣服過來，不然讓老奴給她先換一身衣服吧？」

蕭一鳴聞言，又看了一眼躺在床上、臉色泛著潮紅的趙彩鳳，這才轉身迎了出去。

「那就多謝衛嬤嬤了。」雖然有些不甘心，但蕭一鳴還是謝謝這位好心的嬤嬤了。

衛嬤嬤瞧著蕭一鳴那張臉上似乎並不是感謝的表情，不過蕭一鳴本身就是面癱臉，大家也都知道，所以她也沒怎麼在意，笑著道：「不客氣、不客氣，這種事情，自然是要我們做奴才的來的！」

衛嬤嬤拿著衣服進門，摸了摸趙彩鳳的額頭，也嚇了一跳，開口道：「剛才那場雨來得急，這位姑娘怕是著涼了。」衛嬤嬤把帶進來的衣服放在了一旁，見蕭一鳴還杵在那兒沒走，便轉身稍稍看了他一眼，道：「表少爺？您這還在房裡站著，我不好動手啊！」

蕭一鳴聽衛嬤嬤這麼說，摸了摸下巴，尷尬地道：「喔……那妳忙，我先出去，一會兒再過來看她。」

衛嬤嬤笑咪咪地送蕭一鳴走了，這才走上前去給趙彩鳳換衣服。她用乾布擦了擦趙彩鳳的臉，盯著看了幾眼，暗道：「怪道表少爺這麼上心呢，原來是個美人胚子。」衛嬤嬤想起蕭一鳴那張不苟言笑、冷冰冰的臉，心想道：「原來表少爺也是會憐香惜玉的。」

蕭一鳴在外面等了一會兒，見裡頭沒什麼動靜，便著急地在廊下走來走去。

這時候方才的小廝也冒雨趕了過來，見蕭一鳴還是鐵青著一張臉，縮著脖子道：「胡老大他們今兒確實在廣濟路那邊抓了幾個人，都是那邊的小嘍囉，有幾個是宣武侯府上的下人，沒事就愛鬧事的，抓回來問了幾句話，嚇唬了一頓，都已經放走了。」

「那有沒有一個木匠呢？」

「這個我也不清楚，胡老大只說都放走了，關起來還要給牢飯，不划算啊！」那小廝一臉為難地說。

「行了，你走吧，一會兒讓胡老大過來，我來問問到底是怎麼回事。」蕭一鳴說完，又擰眉開口問道：「大夫呢？大夫怎麼還沒來？」

那小廝又被他嚇了一跳，小心翼翼地回道：「小六子已經在去請的路上了，這不天下雨嗎？路上走得慢也是有的，興許一會兒就到了。」見蕭一鳴沒好臉色地點了點頭，那小廝才算鬆了一口氣。平常只道這位爺看著好相與，如今可算是見識到老虎發威了。

這時候趙文換了一套乾淨衣裳過來，蕭一鳴一看，居然是順天府尹的捕快服！趙文雖然長得挺魁梧的，但是個子還不夠高，穿著有點像矮冬瓜一樣，讓人看著覺得很滑稽。

蕭一鳴問道：「就沒有別的衣服了嗎？」這樣子穿了出去，別人要真以為趙文是順天府尹的捕快，那就真的拉低了順天府尹捕快們的整體素質了。

跟在趙文後面的小廝開口道：「實在找不到別的合適的衣服，就只有這個了。」

過了一會兒，衛嬤嬤替趙彩鳳換好了衣服出來，蕭一鳴急忙進房去看了一眼，見趙彩鳳安靜地躺在那邊，心裡不禁有幾分著急。

這時候，外面有小廝一邊往裡頭跑，一邊喊道：「表少爺，大夫來了、大夫來了！」

蕭一鳴親自迎了出去，見是寶善堂的陳大夫，拱了拱手，引了他進門。說來也是湊巧，因為天下了大雨，所以陳大夫今兒就沒出去看診，原本瞧著雨小了要出門的，結果又被衙門裡的小廝給截胡了。

陳大夫收了雨傘，開口問道：「蕭公子，不知道是哪位病了，這麼火急火燎的？」

蕭一鳴推門請了陳大夫進去，指著床上的趙彩鳳道：「是這位姑娘。」

陳大夫心想，這衙門裡頭哪裡會有姑娘？估摸著也不知道又是哪家被拐賣的丫鬟罷了。不過這蕭公子倒也是憐香惜玉得很呢，上回才救過一個姑娘，這回又換了另一個。

陳大夫翻看了一下趙彩鳳的眼皮，接著又切了切脈搏，這才開口道：「蕭公子放心，這位姑娘只是感染了風寒，高燒暈厥。我開幾副藥吃下去，要是今晚能退燒，估摸著問題就不大了。這幾日天氣陰晴不定，這位姑娘身體孱弱得很，可不能再淋雨了。」

蕭一鳴一味地點頭，又問道：「那要是今晚她沒退燒怎麼辦？」

「蕭公子不用著急，退燒也不是一日半日就能退的，只要越來越降，不要再燒上去就好了。如果沒有其他的事情，那我就到外頭開藥方去了。」

蕭一鳴點了點頭，開口道：「多謝陳大夫了。先開幾帖藥吃吃看吧，明兒再請你過來看一眼。」

陳大夫瞧著蕭一鳴這態度，還真是夠上心的，便也笑著道：「那是那是，蕭公子明日要是有什麼吩咐，只管讓小廝來店裡頭請我就好了。」

蕭一鳴命小廝送了陳大夫出門，自己和趙文在房裡看著趙彩鳳。蕭一鳴瞧著趙文那一張臉，便覺得並不像是一個聰明人，便開口問道：「那啥，小趙她弟弟，你餓嗎？」

趙文天生食量大，且方才錢木匠就是帶著他去吃中飯的，可惜中飯還沒吃到就打起了人來，他這會兒早已經餓得前胸貼後背的了。

蕭一鳴見他一個勁兒地點頭，便吩咐下人道：「你帶他出去，讓馬老太下一碗麵條給他吃。」

趙文聽說有吃的，就乖乖地跟著去了。

蕭一鳴看著趙彩鳳小巧的尖下巴，不捨地道：「妳說妳怎麼就那麼倒楣呢？遇上一個窮秀才，家裡還有個傻弟弟，老娘又是守寡的，這世上的難事怎麼就都被妳給攤上了呢？」蕭一鳴說著，忍不住搖了搖頭。瞧見方才衛嬤嬤留下的臉盆，便把蓋在趙彩鳳額頭上的汗巾取了下來，重新絞了一塊新的，放在她的額上。

這時候，忽然有一隻冰涼的手掌推開了蕭一鳴的手臂。

趙彩鳳掙扎著想從床上起來，可身體卻軟得沒有一絲力氣，受傷的肩膀還有些隱隱作痛，這樣下雨的天氣，最容易牽扯到舊傷了。趙彩鳳勉強睜開眼睛，就看見蕭一鳴手足無措地站在她的面前，心裡也不知道為什麼，就帶著幾分火氣。

趙彩鳳稍稍合上眸子，能感覺得出這時候自己的眼皮都是燙的，只又重新用力撐起身子，才要起來，被蕭一鳴的大手輕輕一按，又給按在了床上。

「消停點吧，還發著高燒呢，妳這是想去哪兒啊？」

趙彩鳳這會兒頭昏昏沈沈的，被蕭一鳴問得倒是有些愣了，按著腦門揉了半天，這才反應了過來。「對了，錢大叔人呢？在不在你們衙門？我要起來找他。」

蕭一鳴見了她這副不要命的模樣，又是心疼又是生氣，開口道：「那木匠一早就被放出去了。我們順天府也不是隨便抓人的地方，就是嚇唬嚇唬那群小嘍囉而已。妳先好好躺著吧，一會兒藥抓回來了，吃了藥後等退燒了再說。」

趙彩鳳也沒力氣和蕭一鳴爭辯，這會兒身子虛弱，嗓子也有些疼，這種感覺就是重感冒加扁桃腺發炎的症狀，要是在現代，掛一晚上的消炎藥，第二天她都可以堅持著正常上班的，但這古代藥到底靈不靈，趙彩鳳自己也不知道了。

趙彩鳳掃了一下這房間，裡頭沒有什麼衣櫥櫃子，應該是他們衙門裡頭的客房。她稍稍放下了一些警戒，正想睡一會兒呢，忽然就發現自己身上的衣服不知什麼時候乾了。

趙彩鳳急忙低頭看了一眼，見身上穿的老早就不是原來的衣服了，又嚇出了一身冷汗來！她和宋明軒雖然有婚約在身，可也沒有看過彼此的身體，這蕭一鳴還當真是個膽大包天的人，居然……趙彩鳳這會兒急得臉都白了，這種事情要是傳出去了，那自己的名節豈不是就完了？她身上還沾著一個望門寡呢，這下好了，徹底污黑了！

趙彩鳳勉強讓自己的頭腦保持清明，睜眼看著蕭一鳴道：「這件事情絕對不能讓別人知道，我就當自己是被狗咬了一口！你要是敢出去亂說話，信不信我死給你看？」

趙彩鳳身上實在沒有啥可以威脅蕭一鳴的籌碼，且看在蕭一鳴屢次幫助自己的分上，趙彩鳳也不想和他計較太多了，反正這件事只要不讓別人知道就行了。

蕭一鳴聽了這話，嘴角抽了抽，道：「我怎麼又成狗了？我哪時咬妳了？」蕭一鳴見趙彩鳳嚇得煞白的臉色，又低著頭抓著自己胸口的衣服，頓時就明白了過來，開口道：「妳的衣服是衙門的嬤嬤給換的，我……我可什麼都沒看見……」蕭一鳴說到這裡，臉頰倏地燒得通紅，一想起方才抱著趙彩鳳那種肌膚相親的感覺，就覺得渾身發熱。

趙彩鳳抬起頭，見蕭一鳴的臉都紅到了耳根，越發地生氣，擰眉瞪著他道：「你還說你什麼都沒看見，那你臉紅個什麼呢？」

蕭一鳴這會兒也急了，蹙眉道：「我……我有臉紅嗎？」伸手摸了一下自己的臉頰，果然滾燙滾燙的，越發就覺得自己越描越黑了。他沒看見是真的，可臉紅也是真的，真是恨不得找一個地方鑽了下去才好，鬱悶道：「我說了沒看見就是沒看見，不信妳問妳弟弟去。」

趙彩鳳這時候頭疼得快要炸開一樣，也不想再和蕭一鳴爭辯了，開口道：「我弟弟要是懂事，我也就不用急成這樣了。對了，我弟弟去哪兒了？」蕭一鳴提起了趙文，趙彩鳳才想起趙文是和她一起來的，這會兒怎麼就不見人影了呢？

「我看他餓了，讓他到廚房吃麵去了。妳餓不餓？我讓她們也給妳下一碗麵？」

趙彩鳳見蕭一鳴不提那件事情了，自己便也不提了，兩人只當沒發生過一樣，搖了搖頭道：「吃不下。我想回去了，等我弟弟吃完了東西，你把他喊過來，我帶他回家。」

蕭一鳴也是頭一次遇見這樣油鹽不進的姑娘，以前家裡的丫鬟，但凡給點好處，恨不得就軟綿綿地貼到你身上來。鄭玉家裡的那些丫鬟更是本事，一個個打扮得花枝招展，水蛇腰、杏花腮，說起話都是嬌滴滴的，哪一個像趙彩鳳這樣，半點憐香惜玉的機會都不給！

「妳先躺一會兒吧，等他吃完了我再喊妳？」蕭一鳴這會兒也犯難了，強扭的瓜不甜，他倒是沒想著要趙彩鳳現在對自己怎樣好，只是心疼她的身子而已。

趙彩鳳見他答應了，便閉上眼睛休息，稍一會兒又睜開了眼睛，水汪汪的眼睛看著蕭一鳴，道：「我睡覺你待在這裡，我睡不著。」

蕭一鳴氣得嘴角都抽了，可想想趙彩鳳說得也沒錯，哪個姑娘跟前站了個男人還能安穩睡覺的呢？蕭一鳴嘆了一口氣便往門外去，才出門就瞧見衛嬤嬤送了熬好的湯藥過來。

「表少爺，藥熬好了，是我給這姑娘送進去，還是您給送進去？」經過剛才換衣服的事情，衛嬤嬤已經稍微有些看明白了，只怕這蕭一鳴是對裡頭的姑娘有些心思，所以這次她也不搶著進去了，反正送藥這種事情也沒有什麼不方便的，不如就讓蕭一鳴在人家跟前表現表現得了。

蕭一鳴往房裡看了一眼，想了想便開口道：「衛嬤嬤，藥還是妳送進去吧，然後……」蕭一鳴有些不好意思地開口。「然後麻煩妳跟這位姑娘說一聲，方才那衣服是妳給她換的，跟我一點兒關係也沒有。」

衛嬤嬤聽了這話，往裡頭看了一眼，見趙彩鳳微微側著身子，往床裡頭靠著，就知道小姑娘是誤會了蕭一鳴，兩人沒準正鬧彆扭呢！衛嬤嬤便笑著道：「表少爺放心，我一定幫您解釋清楚，保准那姑娘不生您的氣！」

衛嬤嬤端了藥碗進去，見趙彩鳳睜著眼珠子，知道她沒睡著，便笑著開口道：「姑娘若是醒了，就起來把藥喝了吧。這發燒最磨人，燒得人一點力氣也沒有，等退燒了，人也就輕快了。」

趙彩鳳聽見是女人的聲音，這才轉過了身子，稍稍支撐著起來，接過衛嬤嬤端過來的藥碗，把那苦澀的藥汁一口喝了進去。

那藥汁的味道苦到無法用言語來形容，兩輩子頭一次喝中藥的趙彩鳳差一點沒能憋住，好不容易才皺著眉頭把藥給喝了下去，還被嗆得咳了起來。

衛嬤嬤見了，忙上前幫她順了順背，道：「姑娘吃藥怎麼喝那麼猛呢？這中藥的味道可不好受，來喝口水漱漱口吧！」

趙彩鳳感激地接過衛嬤嬤送來的茶杯，喝了一口水漱口。「謝謝妳。」

「謝我啥呢？不過是個下人罷了，都是聽主子吩咐的。」衛嬤嬤說著，還不忘方才蕭一鳴交代的事情，又笑著道：「姑娘方才身上淋濕了，又發起了高燒，是我家表少爺吩咐我拿了衣服過來給姑娘換上的，不過這衣服是我媳婦的，舊了些，姑娘將就著穿吧。」

趙彩鳳低頭看了一眼洗得發白的衣服，心道自己大概真是誤會蕭一鳴了，他那樣的人要是去找衣服過來，只怕也不會是這個樣子的。

「謝謝大娘，也替我謝謝蕭公子。」趙彩鳳低著頭道了一聲謝，這會兒實在是精神不濟，且剛剛喝下了藥，藥效很快就起了，她開始有些昏昏欲睡了。

衛嬤嬤扶著趙彩鳳躺下，往窗外看了一眼。「雨停了，看來是不會下了，姑娘先睡一會兒吧。」

趙彩鳳心裡想著事情，一開始睡不著，可這藥效實在來得厲害，她也撐不下去，過沒多久便昏昏沈沈地睡了過去。

蕭一鳴進屋瞧趙彩鳳睡得安穩，便厚著臉皮留了下來，絞了濕汗巾貼在趙彩鳳的額頭上，動作間就摸到了趙彩鳳那吹彈可破的臉頰，燒得紅彤彤的，還散著燙人的熱。

蕭一鳴自言自語道：「下這麼大的雨還往外跑，不要命了真是。」才數落了趙彩鳳兩句，就見她像是聽見了一樣，竟皺了皺眉頭，他慌忙就閉上了嘴巴。

這時候趙文吃過了麵條，飽飽地來到了客房這邊，瞧見趙彩鳳還沒有醒來，便拿著一副被人欺負的可憐表情看著蕭一鳴。

蕭一鳴見了也有些頭疼，蹙眉道：「你姊還沒醒呢，不然這樣吧，我讓人先送你回去，等你姊醒了，我再把她也給送回去。」

趙文略略蹙眉，像是在思考，過了一會兒才搖了搖頭道：「我不走，我要看著我姊。」

蕭一鳴心想，這傻子你覺得他傻的時候，怎麼就反倒不傻了呢？於是便笑道：「剛才你姊說要找的人已經放回去了，他要是瞧見你們都不在，肯定會擔心的，我還是讓人先送你回去吧？」

趙文想起了錢木匠，這才一個勁兒地點了點頭，依依不捨地看了一眼趙彩鳳。

蕭一鳴喊了小廝送趙文回去，吩咐道：「先把他送回討飯街家中，然後你回將軍府傳個話，就說我今兒要在衙門值夜，讓他們不用等我了，也不用給我留門，我明兒一早再回去。」

蕭夫人聽說蕭一鳴要值夜，就命丫鬟喊了孫嬤嬤過來，開口道：「孫嬤嬤，一會兒妳去順天府衙走一趟，給三少爺送一床乾淨的被褥過去，那府衙的被褥也不知道被多少人睡過，這一場秋雨一場涼的，要是凍病了，可就不值當了。」

孫嬤嬤接了蕭夫人的指示，便下去準備鋪蓋和宵夜。衙門有廚房，所以宵夜也不必是熟的送過去，只需做個半成品，到了那邊再用蒸籠蒸一下，吃起來反倒更熱呼。

孫嬤嬤帶足了東西，便帶著個小丫鬟，一起去了順天府衙。

蕭一鳴在趙彩鳳的房裡待了半日，伸手摸了摸她的額頭，見有些退熱下去了，這才站了起來，走到門外鬆了鬆筋骨，不料卻聽見外頭傳來孫嬤嬤的聲音，蕭一鳴嚇得三魂掉了兩魂半，急忙找了一個地方躲了起來，果然就瞧見廚房的馬老太領著孫嬤嬤正往客房這邊來呢！

原來衛嬤嬤出門買菜去了，所以孫嬤嬤一過來就把那些東西給送去了廚房。廚房的馬老太平常就是一個多嘴多舌的，且她家也有個孫女，也想著要送進將軍府，只是孫嬤嬤一直沒有發話，這次見孫嬤嬤來了，她便溜鬚拍馬地貼了上去，只把蕭一鳴如何抱了趙彩鳳進來、如何請了大夫、如何親自照料，又如何說要值夜的事情一五一十都說了出來，最後笑著道：「這下可要恭喜表少爺了，過幾日府上少不得還要有個納妾之喜呢！」

最近蕭夫人正在給蕭一鳴物色媳婦，要是在這個時候傳出這樣的事情來，那對將軍府來說絕對是醜聞，因此孫嬤嬤一開始聽了都沒啥反應，待聽到這最後一句，忍不住就皺起了眉頭，斥責道：「這算什麼喜事？妳的眼界也未免太低了一點吧？難道人家好好的姑娘在順天府衙住了一晚上，失了清白，這就是天大的喜事嗎？怪不得你們一個個想著把姑娘送進府裡來，原來都是預備著給人當小老婆的？」

孫嬤嬤年輕的時候就是一個心高氣傲的人，趙老爺看中了她當姨娘她也不肯，跟著蕭夫人去了蕭家，如今混出這麼個管事媳婦的人樣子出來，大家都敬重她幾分，所以她也越發不屑那種動不動就想當人小老婆的姑娘，見了馬老太這副嘴臉，覺得噁心得很！

馬老太見拍馬屁拍在了馬腿上，頓時也尷尬了，連連道：「孫嬤嬤，您這樣說可就不對了，您如今是將軍府的管事，是太太身邊的第一紅人，自然看不起那些賣色的姨娘，可她們也沒得罪您呀！她們沒您能幹，能做個姨娘、享一享榮華富貴，也沒什麼錯。」

孫嬤嬤瞧著馬老太那張嘴臉，氣得沒話說，見前頭就是衙門的客房了，索性便開口道：「妳忙妳的去吧，這裡用不著妳了。」

孫嬤嬤知道蕭一鳴雖然有時候瞧著有幾分玩世不恭，但和鄭玉那起子紈袴公子比起來，還是正派很多的，更不相信蕭一鳴會霸占了良家姑娘，必定是那姑娘使了什麼狐媚子的本事，把蕭一鳴給勾引了去。孫嬤嬤想到這裡，清了清嗓子，裝出一副大戶人家管家媳婦的樣子來，挺直了胸膛，往前走了幾步，讓身邊的小丫鬟上去推門。

這時候躲了起來的蕭一鳴見孫嬤嬤推門進去，急得跟熱鍋上的螞蟻一般，探頭探腦的，卻又不敢過去。

那客房的門被打開，孫嬤嬤跨步進去，原本想直接開口教訓幾句，卻見房中寂寂無聲。跟在後頭進去的小丫鬟探頭往床上看了一眼後，小聲道：「嬤嬤，床上果真躺著個姑娘呢！」

孫嬤嬤上前兩步，待看清楚了趙彩鳳的容貌後，心下突突地跳了幾下，兀自嘀咕道：「怎麼會是趙姑娘呢！」孫嬤嬤對趙彩鳳的印象不錯，又見她這會子臉頰燒得通紅，只怕是病了，便走過去伸手探了探她的額頭，而後自言自語地道：「果然是病了，怪不得會被抱著進來……」

這時候，一直潛伏在外的蕭一鳴見孫嬤嬤進去了一會兒還沒出來，也有些憋不住了，於偷偷地走到門口瞄了一眼，不料卻被那小丫鬟給看見了！

小丫鬟小聲地道：「嬤嬤，三少爺來了！」

蕭一鳴還想著要躲呢，可這會兒哪裡來得及，只往窗口一閃，就被孫嬤嬤給瞧見了。

孫嬤嬤擰著眉頭道：「三少爺，您進來說話。這小媳婦怎麼會在順天府衙裡頭？您好歹跟老奴說一聲，老奴也好回去稟報了太太。」

蕭一鳴聽說孫嬤嬤要告訴蕭夫人，頓時就腿軟了，垂頭喪氣地進來。

孫嬤嬤便喊了那小丫鬟去門外守著，細細地問起蕭一鳴這件事情。

蕭一鳴本就是想幫趙彩鳳一把，倒也沒有安什麼壞心思，所以就老老實實地把事情告訴了孫嬤嬤。

孫嬤嬤聽了，嘆息道：「三少爺，這件事情不是我說您，您這樣做當真是不妥呀！」

「這有什麼不妥？她病了，她男人又不在家，我瞧著她在我跟前暈過去，難道要見死不救嗎？」

孫嬤嬤搖頭道：「您救她自然沒錯，可這衙門裡人多嘴雜的，您把她救回來，請了下人來照顧她就是了，怎麼還親自動起了手呢？您不知道剛才廚房那個馬老太說得有多難聽。您一個公子哥兒也就罷了，可這事情要是傳出去了，讓小趙以後怎麼做人？她可是已經有了人家的姑娘！」

蕭一鳴聽完孫嬤嬤這一席話，也有些呆了，他從沒有想過做好人好事還這麼有講究的，可看著床上昏睡不醒的趙彩鳳，蕭一鳴也實在不捨得把她送回去。

「孫嬤嬤，那妳說怎麼辦呢？人還暈著呢，怎麼送走啊？」

孫嬤嬤看了一眼蕭一鳴，能瞧出他眼中的幾分情思來，又見趙彩鳳這病中清秀的臉頰上透著幾分疲憊，更是我見猶憐的模樣，就覺得這蕭一鳴只怕是要走邪路了。

孫嬤嬤嘆了一口氣，道：「三少爺，夫人正打算給您物色少奶奶呢，橫豎也不過就這幾個月的事情了，且府上也不是沒有小丫鬟，您若是看上了誰，只管跟老奴說，我去幫您求著太太，便是先放在房裡當個通房那也使得，反正您年紀大了，也是該有一、兩個通房了。」

蕭一鳴聽了這話，臉頰頓時脹得通紅，斬釘截鐵地道：「我不要什麼通房！家裡的丫鬟有什麼好的？一點兒意思也沒有！」

蕭一鳴這話一出口，孫嬤嬤就越發明白了，只怕這次他是真的看上眼了！她第一次瞧見趙彩鳳的時候，心裡就有些嘀咕，可那時候瞧著她家果真有個讀書人，也就沒往這裡頭想去了，如今這下，倒是真的不好辦了。

孫嬤嬤看著蕭一鳴，終究還是心疼他多一些的，便嘆了一口氣道：「您喜歡趙姑娘，就更要為她考慮考慮，她這個身分，便是進了將軍府，頂多也就是個姨娘，只怕連貴妾都抬不上去。她會放著好好的舉人太太不做，做您的小妾嗎？」

蕭一鳴雖然覺得孫嬤嬤說得有理，可終究還是不肯死心，開口道：「她跟著那個窮秀才，也不知道什麼時候才有個頭，我想讓她過上好日子，這有什麼錯？」

孫嬤嬤搖了搖頭，嘆道：「三少爺，這世上有許多人看重的並不是銀子，您喜歡她，難道就不是因為她這一點？」

蕭一鳴頓時被孫嬤嬤說得啞口無言了，擰著眉頭，視線落在趙彩鳳的臉上。

孫嬤嬤看了看蕭一鳴，終究還是搖頭道：「您今晚也別值夜了，先回府上去吧。我留下來，一會兒等趙姑娘醒了，我送她回去。」

蕭一鳴知道孫嬤嬤素來是蕭夫人最倚重的人，也怕她在蕭夫人面前打自己的小報告，便勉為其難地答應了。

趙彩鳳這一覺睡到了天黑，醒來的時候竟瞧見孫嬤嬤正坐在床前，因此很是疑惑，開口道：「孫嬤嬤？您怎麼會在這兒？」趙彩鳳這時候忽然有些警覺，深怕蕭一鳴頭腦一熱，把自己弄進了將軍府，那可就死定了，因此急忙支起身子左右瞧了一眼。

孫嬤嬤道：「這兒還是順天府衙，三少爺已經回去了，讓我在這邊照顧姑娘，等姑娘醒了就送姑娘回去。」

趙彩鳳聽了這話，一顆心總算是落了下來，小聲道：「那就麻煩孫嬤嬤了。」她方才發了一身汗，這會子身上已經輕快了很多，只還是沒什麼力氣。瞧見自己原先穿來的衣服還是潮的，便也只好穿著衛嬤嬤給她換上的衣服起身。

孫嬤嬤瞧她嘴唇蒼白，臉上沒多少血色，便上前扶了她一把，問道：「趙姑娘，妳還可以自己走嗎？」

趙彩鳳點了點頭，彎腰趿了鞋子，只覺得眼前一陣陣的發黑。

孫嬤嬤扶著她出門，外頭早已經備好了馬車，趙彩鳳掙扎地上了車。下過雨的秋風涼陰陰地吹過來，趙彩鳳忍不住抱緊了胳膊，蜷縮在馬車的一隅。

瞧著馬車遠遠地離開了順天府衙，一直躲在暗處的蕭一鳴這才走了出來，臉上帶著幾分鬱悶，對身後的跟班道：「行了，我們也回將軍府吧。」

沒過多久，馬車就到了討飯街巷口，孫嬤嬤扶著趙彩鳳從馬車上下來。

錢木匠正巧帶著趙文要去找趙彩鳳，見她回來，忙迎上去問道：「彩鳳，妳沒事吧？」

孫嬤嬤瞧著錢木匠這年歲，一開始以為他是彩鳳的繼父，可一想，趙彩鳳說還沒過孝期呢，她娘也不可能那麼快就找了人家，因此便謹慎地笑問道：「這位是……」

趙彩鳳解釋道：「這是錢大叔，在店裡幫忙的木匠，是我二弟的師父。」

孫嬤嬤了然地點頭，又見他們似乎很熟悉的樣子，便開口道：「趙姑娘淋雨受了涼，這會兒已經退燒了，藥也帶回來了，一會兒睡覺前再熬了喝一碗下去，在家休息兩日就好了。既然家裡有人在，那我就不送了。」

孫嬤嬤上了馬車離去後，趙文才上前扶著趙彩鳳，一臉關心地問道：「姊，妳沒事嗎？妳方才躺在那兒，真是嚇死人了。」

趙彩鳳知道趙文膽小，搖搖頭道：「沒事了，老二不怕，姊就是病了而已。」她稍稍嘆了一口氣，俗話說病來如山倒，她之前忙來忙去的，早忘了自己也會生病這回事，這會子真的病了起來，才覺得這生病的滋味不好受，渾身上下都沒力氣。好不容易挨到了家裡，趙彩鳳也沒力氣招呼人，只告訴趙文吃的東西在後面的灶房裡頭，自己便蒙頭睡了過去。

錢木匠看著漏得滿地雨水的屋子，嘆了一口氣，轉身吩咐趙文道：「老二，今兒我不走了，在這兒陪著你和你姊。你先去把藥泡一下，一會兒好熬給你姊喝下去。」

趙文如今已經可以幹不少力所能及的事情，聽錢木匠吩咐下來，便拎著藥往後面的灶房裡去了。

錢木匠抬起頭瞧了一眼屋頂漏水的地方，在地上做了記號，拿著簸箕把水給灌出去。

趙彩鳳只記得自己迷迷糊糊中又喝了一碗苦藥，緊接著又睡了過去。等她醒來的時候，就聽見耳邊似乎有小丫鬟在說話的聲音。

「姑娘，趙姑娘的燒還沒退，不然還是去請了大姑爺來瞧瞧吧？別把人給燒糊塗了。」

一旁的錢喜兒正拿著趙彩鳳做了一半的針線，聽了這話便開口道：「我聽大姑爺說過，這退燒也不是一下子就能退下去的，這會子我看趙姑娘在發汗呢，沒準等這陣汗過了，燒就退了，要是沒退，我們再去請大夫來。別一天到晚地想著大姑爺，人家是太醫院的太醫，又不是我們家裡的郎中。」
那小丫鬟聽了，撇撇嘴道：「我就喜歡看大姑爺瞧病，那些上了年紀的大夫，看病就眉毛鬍子一把擼的，一點兒意思也沒。」
錢喜兒聞言，笑著道：「那敢情好，等大姑奶奶回來了，我跟她說一聲，讓妳跟了她去杜家做丫鬟，就可以天天瞧見大姑爺了。」
小丫鬟頓時就紅了臉頰，鬱悶道：「姑娘您又笑我！我這不也是擔心趙姑娘嗎？」
錢喜兒微微一笑，扭頭瞧見床上的趙彩鳳有了一些動靜，便迎上去問道：「彩鳳，妳好些了沒有？」
趙彩鳳睜開眼睛，稍稍點了點頭，覺得喉嚨裡乾澀得很，話都說不出來了。
錢喜兒忙讓小丫鬟遞了水過來。
趙彩鳳喝了一口，這才問道：「喜兒，妳怎麼來了？」
錢喜兒笑道：「明兒不是中秋嗎？我想妳一個人在家過中秋也挺無聊的，就讓小廝來跟妳說一聲，讓妳明天上我們家去，誰知道小廝回去卻說妳病了，所以我就過來了。」
趙彩鳳按著腦仁想了想。「明兒是中秋，那就是最後一場了，再過三天，宋大哥他們就能出來了。」
錢喜兒聽趙彩鳳說起他們，也嘆了一口氣道：「不知道八順他們到底怎麼樣了？聽王大哥說的，裡面可嚇人了，我的一顆心到現在還顫著呢！」

趙彩鳳瞧見錢喜兒那擔憂的模樣，勸慰道：「妳放心好了，都這麼多天了，他們也該適應了，我們還是想一想，等他們出來了，到底怎麼犒勞他們較好。」

錢喜兒嘴角微微一笑，想了想道：「我給他做了一雙新鞋，他說等到了重陽要帶我出去登高望遠，到時候我們一起去好不？」

趙彩鳳點了點頭道：「那就說定了！」

卻說趙彩鳳這一回也確實病得不輕，好好的一個中秋，原本錢喜兒是要請了她去劉家的，可因為趙彩鳳生病了，所以只好待在家裡頭了。誰知道屋漏偏逢連夜雨，趙彩鳳才覺得好一些了，大姨媽又找上門了。沒有了宋明軒的愛心小枕頭，趙彩鳳覺得自己渾身沒力氣。錢木匠去了店裡頭忙裝修，幸好如今趙文懂事些了，在家裡頭照顧自己，雖然一日三餐都是小米粥，但趙彩鳳也實在沒有什麼精氣神起來給他做別的。

到了午後，劉家派了下人送了兩盒月餅過來，趙彩鳳瞧見趙文那餓著肚子沒吃飽的樣子，便遞了給他，讓他吃去，只交代了一聲，記得要留幾個給楊氏還有錢木匠他們。

每到這樣的日子就犯懶，趙彩鳳在床上躺了半日，雖然外頭太陽還算不錯，可她還是不想出去，一味地躲在床上。正當這時，在外頭的趙文就進來了。

「姊，有人來看妳了！」

話才說完，趙文已經領著蕭一鳴從外面進來了。

今兒是過節，蕭一鳴也沒有去衙門，穿了一身寶藍色五蝠捧壽團花紵絲直裰，頭上戴著玉冠，雖然不苟言笑，但看上去那通身豪門子弟的氣派簡直逼人而來。

蕭一鳴進了房間，瞧見趙彩鳳臉色蒼白，依舊是一副病懨懨的樣子，不由得心頭一緊，開口問道：「好些了沒有？要不要再請個大夫來瞧瞧？」

趙彩鳳這會兒正處於失血過多的狀態，臉色自然是蒼白的，聽了這話也只有氣無力地道：「不用了，昨兒瞧過大夫了，說是吃幾帖藥就好了。」趙彩鳳看了一眼蕭一鳴今兒的穿著，果然是應了人靠衣裝這句老話，心裡不禁悄悄地想，若是宋明軒有朝一日也穿上這樣的錦衣華服，必定也是風度翩翩的人物。

蕭一鳴見趙彩鳳說完了話就閉口不語，一時間有些尷尬，開口道：「今兒是中秋，我給妳帶了一些月餅來，順便來看妳一眼。如今宋兄還在裡面應考，妳自己也要保重身體。」蕭一鳴怕趙彩鳳要和自己撇清關係，急忙把宋明軒給拉了出來。

趙彩鳳聽了這話，果真就玩笑道：「他在裡面考試，你還不忘來慰問家屬，難道你真的對他有意思？」

蕭一鳴聞言，臉頰頓時紅了一片，連說話都不索利了，蹙眉道：「那……那是自然的，像、像宋兄這樣有才華的人，多少人都想著結交呢！」

趙彩鳳身上不適，自然也無心去理會這話的真假，靠在床頭道：「那你現在也慰問好了，可以走了。我家裡沒別人，你待著讓別人看見就不好了。」

蕭一鳴這下也是沒脾氣了，上前一步，握著拳頭看著趙彩鳳，一副欲言又止的樣子。

趙彩鳳也抬起頭看了他一眼，問道：「還有什麼事嗎？」

蕭一鳴瞧見她那副無精打采的樣子，又覺得這時候不能惹了她不開心，便忍住了道：「沒……沒什麼事了，我就是想說，以後在京城若是有什麼不方便的，儘管來找我，在京城這個地頭上，我還能擺得平一些事情。」

趙彩鳳便想起了錢木匠的事情，抬頭道：「不說還真忘了，錢大叔的事情，多謝你了。廣濟路上那幾個小混混，你要是閒著的話，就去教訓教訓，別讓他們繼續那樣無法無天，大家都是小老百姓，做個生意也都不容易的。」

蕭一鳴一個勁兒地點頭答應了，道：「妳說得對，那些人我一早就看不順眼了，趁早把他們給收拾了。」

趙彩鳳這時候也覺得蕭一鳴似乎太聽話了，她不確定地看著蕭一鳴，瞧著他那略帶著粉色的耳根，突然有些覺悟了，張嘴問道：「蕭一鳴，你是不是喜歡我？」

這下可把蕭一鳴給嚇得舌頭都打結了，瞪著雙眼看了趙彩鳳半天，才尷尬地笑著道：「妳……妳說啥呢？最近……最近我娘倒是真的想給我張羅親事了，可是，還沒有我看上眼的，等我看上了，便帶過來也給妳和宋兄看一眼。」

趙彩鳳方才只是覺得蕭一鳴見了她似乎有些不自然，這會兒聽了他這話，就越發覺得不自然了，不過既然蕭一鳴否認了，那至少說明自己的擔憂是多餘的，沒準蕭一鳴他就是這樣一個古道熱腸、喜歡幫助人的人，他們不過是正好遇上了好人而已，不能以小人之心度君子之腹。

趙彩鳳遂低眉笑了笑。「那敢情好，等蕭夫人為你選好了，也讓我看看是哪家的姑娘。」趙彩鳳想了想，又開口道：「其實我覺得程姑娘人不錯，你覺得呢？」

蕭一鳴一聽這話，頓時又擰了兩股眉毛。「她那張嘴巴，簡直不饒人，且什麼話都會往外說去，這還叫不錯？我看妳是被她的外表給騙了吧！」

趙彩鳳見蕭一鳴反應這麼激烈，便也沒再說什麼，又道：「這都不早了，我也不留你了。」

蕭一鳴雖然不想走，可這是趙彩鳳第二回下逐客令了，他也不好意思再賴著了，只好站起來道：「那我走了。妳病著，晚上就別開伙了，我讓八寶樓給妳送菜過來。雖然就你們兩個人，可節還是要過的！」

趙彩鳳點頭謝過了蕭一鳴，讓趙文送他出去。

趙彩鳳在被窩裡一待就是大半日，到晌午要吃中飯的時候才懶洋洋地爬了起來，正打算先燒上一鍋熱水時，就聽見前門那邊響起敲門的聲音，她便喊了趙文去應門。

趙文把門打開，就見楊氏抱著趙彩蝶，帶著楊老頭、楊老太，身上揹著亂七八糟的傢伙來了京城！

趙彩鳳也忙迎了出去。

楊氏抬起頭看了一眼趙彩鳳，嚇了一跳，怎麼才幾日不見，趙彩鳳原本有些肉的臉頰就消瘦了一圈？又見趙文也在家裡，便焦急地問道：「彩鳳，妳這是怎麼了？」

趙彩鳳軟綿綿地開口道：「前兩天下雨，淋著了，所以就病倒了。」

楊氏忙拉著趙彩鳳坐下，心疼地上下打量著，開口道：「好好的怎麼會淋雨了呢？妳也太不小心了！如今可好些了？」

趙彩鳳沒精打采地點了點頭，瞧見石桌上放著幾個月餅，知道是劉家和蕭一鳴送過來的，便開口道：「娘，這是別人家送的月餅，妳收起來吃吧。」

楊氏伸手摸了摸趙彩鳳的額頭，見已經不燙了，這才放下心來。「我們原本是預備明天過來，可想起來今天是中秋，一家人要團圓才好，所以才特意喊了驛站上的車，帶著妳姥姥和姥爺一起趕了過來。」

趙彩鳳瞧見楊氏來了，也安心了不少，只沒瞧見趙武，便問道：「娘，小武怎麼沒有跟過來？」

楊氏見趙彩鳳問了起來，便嘆息道：「我去問了那私塾的先生，他說妳弟弟是個聰明娃兒，這會兒正是唸書的時候，若是耽誤了這一、兩年，只怕以後就要荒廢了。他願意讓妳弟弟住在他家裡頭，只是要多收些銀子，我也想不出更好的法子，就答應了下來。今兒送他去上學的時候，他還哭鼻子了呢！」楊氏說著，也忍不住拿起帕子壓了壓眼角。

趙彩鳳聞言，笑著寬慰道：「這是好事呢！得先生器重，就說明小武是個聰明的孩子。我聽說宋大哥那時候唸私塾，也是住在先生家的。」

楊氏聽趙彩鳳提起了宋明軒，便問道：「這幾天妳去貢院那邊瞧過了沒有？明軒沒什麼消息吧？」

趙彩鳳搖搖頭，心想那個在那邊等人的大漢應該不會掉鏈子才對，遂笑著道：「娘妳放心，沒有消息就是好消息。」

楊氏又是一嘆。

這時候楊老頭他們已經放好了東西，瞧著這三間房，雖說擠是擠了點，但在京城有這麼一個遮雨的地方，已經算是不錯了。

一家人坐下來聊了片刻後，楊氏便到灶房裡頭張羅午飯去了。

幾個人簡單地吃了午飯，楊老太瞧見楊氏在灶房裡頭另外分了一份飯菜出來，便上前問道：「這是要送去給錢木匠的嗎？」

楊氏點點頭，小聲道：「這兩天我不在，彩鳳又病了，也不知道他平常都吃些什麼。」

所謂知女莫若母，聽了楊氏這話，楊老太心裡倒是有些想法了，問道：「聽說這錢木匠的女人都死了十幾年了，他就一直沒續弦嗎？」

楊氏依舊只是點頭，怕楊老太看出什麼來，因此也不好意思再說啥，開口道：「正巧我要出去送東西，娘妳若是不覺得累，咱叫上爹，一起過去瞧瞧？」

楊老太便笑著道：「瞧瞧，當然要瞧瞧！」不過楊老太的話語中，似乎還多了一絲別的涵義。

楊氏拎了食盒，跟趙彩鳳說了一聲，便帶著楊老頭夫婦去廣濟路上了。

走在路上，楊老太這才問起了楊氏。「閨女，妳在京城這麼久，有沒有找過妳大姊去？」

楊氏聞言，搖了搖頭道：「大姊也不容易，我如今自己的日子能過起來，何必去找她呢？」

楊老太便道：「自家姊妹，妳說這種話就太過了，不過就是相互走動走動罷了。」

楊老頭聽了，沈著嗓音道：「妳還提那個不孝女做什麼？親弟弟死了都不來一次的人，還有什麼好說的！」

楊老太見楊老頭還在生氣，便解釋道：「後來不是又捎了話來，說是那時候正好主人家有事情，不方便來嗎？前幾天不還託人給咱帶了幾件衣服嗎？」

楊老頭梗著脖子道：「那幾件算什麼衣服？不過是侯府裡頭下等小廝穿的罷了！妳也不是沒當過奴才的人，難道連這個都看不出來嗎？她要真的有孝心，怎麼就一年到頭不來看一眼我們兩老呢？」

楊老太這會子也不知道拿什麼反駁楊老頭了，嘆息道：「當時還不是因為你，說嫁到京城來好，結果還不是一樣給人當奴才，哪裡有什麼自由？我們好不容易自己脫了籍，結果又搭了一個閨女進去。」

楊老頭聽了這話，才開口道：「我那是看著我們兒子不成器了，才想給她找一門穩當飯碗的，她倒好，還覺得我們坑了她！妳讓她看看二姊兒過的日子，她願意嗎？」

楊老太這下又沒話說了，嘆息道：「說來說去，大姊兒怎麼也不如二姊兒孝順的，她那幾個孩子我不常見，也不親近，如今還記不記得我們老倆口也難說了。」

原來當年楊老頭夫婦在永昌侯府上當下人，雖然之後脫籍了，但和永昌侯家的家生奴才還有些聯繫，後來就把大女兒嫁了過去，如今就在永昌侯府上當管事，也算混得體面。可當初大女兒覺得父母為了弟弟，剋扣了自己的嫁妝，所以到現在都對楊老頭夫婦冷冷淡淡的，偶爾稍微有些走動，也不過是做給人看的而已。

楊氏聽老倆口爭來爭去的，也不知如何是好，想了想開口道：「如今你們倆都來了京城，於情於理也是該告訴大姊一聲的。這樣吧，等我們這裡都安頓好了，我再去大姊家走一趟，跟大姊說說這事情。」

楊老頭直接道：「別說了，等店開了，我就不信她聽不到半點風聲！」

楊老太聽了，嗔怪道：「你這老頭子，跟誰賭氣呢？那怎麼說也是你親閨女啊！二姊兒啊，到時候我跟妳一起走一趟好了。」

楊氏見楊老太應了，便也點了點頭。

第二十三章

且說楊氏他們剛走，家裡頭卻又來了人了。

原來趙彩鳳那日跟伍大娘提議要蓋倒座房一事，後來因為有事情，伍大娘一時給忘了，今兒伍保長正好在家，伍大娘就把這事情跟他說了說，伍保長可是人精一樣的人，聽了這話開口道「那妳怎麼沒應呢？這要是多上一、兩間房，還能多租半吊錢呢」，伍大娘見自己男人答應了，便高高興興地來給趙彩鳳報信，正好又逢中秋，就從家裡帶了幾個月餅過來。

趙彩鳳請了伍大娘去院子裡坐，親自沏了茶過來，把上回自己畫的圖紙拿出來給伍大娘看。「大娘，妳瞧這院子足有三丈深，就算是蓋兩間倒座房都綽綽有餘，我尋思著不如就蓋兩間好了。」

伍大娘拿起趙彩鳳畫的平面圖看了一眼，用手指指著那兩個畫圈的地方，問道：「才這麼大一個院子，能蓋上兩間？」

趙彩鳳笑著道：「怎麼不行？只要能放下一張床，有個遮風避雨的地方就好。如今我姥姥和姥爺也過來了，店面那邊還沒裝修好，這幾日只能先擠一擠了。以後要是這倒座房建好了，倒是可以住得鬆散些了。」

伍大娘瞧趙彩鳳臉色不大好，便關心道：「彩鳳，看著妳臉色不好，怎麼，病了嗎？」

「前兩天淋了雨，身上稍微有些不舒服。」

伍大娘便道：「前兒那場雨也是忒大了點！妳家秀才還在裡面考試呢，也不知道他怎麼樣了？」

趙彩鳳這時候也擔心起了宋明軒，嘆了一口氣道：「再過兩日他就出來了，希望沒事就好。」

「要是中了舉人，那就更好了！」

到了這時候，趙彩鳳反倒釋然了幾分，心想不管是個什麼結果，只要宋明軒出來的時候還好好的，那就最好了。讀書考功名雖然重要，可若是命沒了，那也是白搭。可惜這會子她自己身子沒好，不然肯定是忍不住要去貢院外頭看看的。

伍大娘瞧著沒什麼事情了，便笑嘻嘻地起身離去，臨走前又道：「等妳家宋秀才高中了，記得一定要告訴我啊，也好讓我們這些鄰里樂呵樂呵！沒準下回我這房子還能租個好價錢呢，舉人老爺住過的房子，那可是不一樣的！」

趙彩鳳笑著應了，把伍大娘送到了門口。

麵條鋪子已經裝修得差不多了，裡頭桌椅碗櫃、灶台風箱都做好了，也上過了一遍清漆。錢木匠見楊氏帶了老倆口過來，忙起身招呼。他原本只當今兒趙彩鳳病了，必定沒有人來送飯，所以打算做完了事情，就去外頭喝上一碗胡辣湯的。這會兒見楊氏拎了飯過來，也覺得肚子有幾分餓了。

楊老太瞧著錢木匠憨厚老實的樣子，笑著道：「你去吃你的，我跟老頭子隨便看看。」

錢木匠聽了這話，這才拿了食盒，去後頭的庫房裡頭吃了起來。

這邊楊老頭一邊抽著旱煙一邊問道：「閨女，這市口可不賴啊！這一帶早年我們在京城的時候就熱鬧著呢，如今只比往年更熱鬧了！這樣的鋪子能弄到一間，簡直就是造化了。」

楊氏心裡還記掛著上回余家媳婦那些話，心裡多少有些難受，可一想到這麼好的鋪子，錯過了可沒有下一家了，便還是忍住了，沒往那邊說去，只希望那余家媳婦說的都是假的，人家蕭公子就是真心實意地想要幫他們，並不是對彩鳳有所圖。

「這是明軒在書院裡認識的蕭公子家的店鋪，原本是賣雜貨的，後來結業了，正巧蕭公子說要做小生意，彩鳳提了這麼一個意思，然後他就把店面給我們用了。」楊氏含糊其辭道。

楊老頭沒聽出這其中的涵義來，問道：「那他收你們多少房租？我瞧著不便宜吧？」

楊氏知道這事情也是瞞不過楊老頭他們的，便笑著道：「沒收租金，只說按利潤的百分之五十分成，我們賺多少，他都提百分之五十。」

這提議聽著好像是自己虧大了，可做過生意的楊老頭知道，這種生意頭一年賺不了多少錢的，因為剛開業的時候客人肯定少，得要等一段時間，客源穩定了，才會有銀子賺。

楊老頭嘆息道：「那這頭一年，只怕他連租金錢都要虧了，這銀子哪裡有那麼好賺的。」

楊氏笑著道：「這我就不懂了，這些都是彩鳳和他談的，我也就是在邊上隨便聽了幾句。」

楊老頭點點頭，站在門口看了一眼川流不息的人群，忽然就鬥志昂揚了起來，卻也不禁感嘆道：「老太婆，想當年我們存了那麼多年的銀子，想在京城弄一間門面都沒弄成，這彩鳳才到京城兩個月就幫我們把門面給搞定了，看來我們真的是老了，沒用了。」

楊老太聽了，笑道：「你少得意了，彩鳳這能只是為了我們嗎？還不是為了小宋！這以後麵店開了起來，有了進帳，小宋也就可以安心唸書考進士，不用擔心那幾個束脩錢了。」

楊老頭一個勁兒地說「是」，又道：「我家裡那幾兩銀子也帶了出來，明兒咱就把這店裡要買的東西買了，等著我外孫女婿從考場裡頭回來，我讓他吃這店裡拉出來的第一碗麵條！」

楊老太笑道：「你少想這些有的沒的，這九天能熬下來可不是好玩的，還吃麵條呢，還不得先回家飽飽地睡上一覺？我們還是早些把生意做起來，早些有進帳了才好。」

楊老頭覺得這次楊老太說的有道理，便點了點頭道：「這回我聽妳的。」

楊氏帶著楊老頭他們看過了店面，又稍微整理了一下。因為今兒是中秋節，楊氏心裡頭想著請錢木匠去家裡頭一起吃一頓團圓飯的，可爹娘如今都在跟前，她也不好意思開口。站在門口看著錢木匠在天井裡頭刨木頭，最終楊氏小聲道：「他叔，晚上讓老二給你送吃的來，你一個人不要在外面隨便將就了。」

楊氏這話才說完，楊老頭突然從她身後冒了出來。

「二姊兒妳說這什麼話啊？這樣的日子，錢木匠是為了我們家的事情才一個人來京城的，妳怎麼一頓團圓飯也不留人家吃？」楊老頭哪裡知道自己女兒的心思，只當她是不懂事呢！

「大叔你說笑了，就算我不在京城，這中秋節也都是一個人過的，都習慣了。」錢木匠低著頭一邊幹活兒一邊道。

「這都是一個村的，有什麼好客氣的呢？再說，以前我女婿在的時候，和你不還是好兄弟嗎？」楊老頭笑著道：「就一塊兒過去吃一頓團圓飯吧，沒那麼多講究的。」

楊氏聽楊老頭堅持讓錢木匠過去，只低下頭不作聲。

這時候楊老太也過來了，瞧見楊氏略帶著幾分羞澀的樣子，便開口道：「就過去吧，這一年才過一個團圓節，你若是這樣，就太見外了。」

錢木匠見老倆口都這麼說，一時也不好意思再推辭了，便憨實地點了點頭。

楊氏見了，唇角忍不住勾起一絲笑來，忙道：「那你們先在店裡看一會兒，我去廣濟路上的菜市口買一些菜回去，討飯街那邊，這個時辰怕已經沒東西賣了。」

楊老太喊住了楊氏道：「我跟妳一起去吧，我們買了就直接回去了，你們兩個忙完了也早些回去，這大團圓的日子，沒必要那麼辛苦。」

出了店裡，楊老太才對楊氏說道：「妳這孩子，臉皮也太薄了點吧？這種日子不乘機請他去家裡坐坐，以後還能有什麼機會？正巧也讓我和妳爹看看人品。」

楊氏本就是極羞澀之人，且又拖著幾個孩子，便是有這樣的心思也不好道出，如今見楊老太看了出來，臉上早已經脹得通紅，哪裡由得楊老太多言，急忙拉著她的手往外走道：「娘快別說了，我們買東西要緊。」

楊老太見她這般，知她是臊了，便也不再多言，只心中暗笑罷了。

貢院裡頭，宋明軒好不容易熬到了第三場的時政策論。

這方面，像宋明軒和劉八順這樣的年輕人其實都不是很擅長，畢竟治國之道並非一朝一夕就能說出來了，像他們這樣的年輕學子，如果一味高談闊論，等文章落到了那些經世大儒手裡，還不知道要怎麼笑話他們不知天高地厚、幼稚可笑呢！

所以宋明軒寫的策論，從來都是走中庸路線，只引古人聖賢之語，很少發出自己的論調，目的在於少被挑刺。但這樣的文章也有一個不好，就是過於滴水不漏，挑不出錯處，自然也找不到長處，過關可以，想得高分卻也不大可能。

這次的題目出的是世襲權貴。大雍開國之時，太祖爺曾欽封了十幾位開國良將位列公侯之位，有的甚至是世襲罔替的爵位，如今過去了幾代，這些公侯之家的後人卻少有建樹，皇上便動了降爵的念頭。朝中也爭論得很激烈，如今已經分成了兩派，一派是以誠國公為代表的保爵派；另一派則是以梁相為代表的降爵派。

宋明軒雖然對這件事情也有所聽聞，卻沒有料到禮部會直接出了這樣的題目下來，倒是太看得起他們這一幫小秀才了。

宋明軒看著這題目好半天，也沒想出什麼兩全之策來，關鍵就在於不知道這一次的閱卷大臣是屬於哪一個陣營的？如果堅持一種想法，那就只有一半的機會。宋明軒想來想去，覺得到這個時候還要用「賭」來決定自己的前程，真是一件讓人糾結的事情。

眼看著天色又要暗了下來，一天的時間就這樣悄悄過去了，宋明軒便放下筆墨，閉目養神了起來。既然兩者都不能得罪，那還不如和以前一樣，做一篇四平八穩的文章，這樣總不至於出錯吧？

宋明軒嘆了一口氣，他如今已是孤注一擲了，若是這次不中，只怕就沒有下一次了。宋明軒終究還是蒙蔽了自己的本心，拿起一旁的墨塊，輕輕地碾磨了起來。

蘸飽了墨水的毛筆落到宣紙上的時候，宋明軒又重重地嘆了一口氣，可就在他要寫下第一個字時，卻想起了趙彩鳳來，於是他又放下了筆墨。這時候，天空中的烏雲散開，東方一輪又大又圓的明月升了起來，宋明軒這才想起來今天是八月十五。可惜今年的八月十五，他只能獨自一個人在號舍裡面過了。

銀色的月光照耀著一望無際的貢院考棚，宋明軒渾渾噩噩了一整天的思路終於又清明了起來。他為什麼會在這樣一個團圓之夜在這邊應考，而不是在家中和家人團聚，不就是為了要考上功名、封侯拜相嗎？如果他身分高貴，一出生就等著世襲封蔭，那他今日又如何會在這裡呢？爵位本是一種榮耀，可若是世襲罔替，不需要努力就可以襲得爵位，這樣只會毀了一個興旺的家族，讓一個世家越來越沈淪落魄！

宋明軒的眉梢略略鬆動了一下，又想到了趙彩鳳被誠國公府下人擄走的事情，頓時就跟被人痛打了一拳一樣，整個人都顫慄了起來。若不是權貴欺人，趙彩鳳又如何會遭遇那樣的事情呢？枉費自己還口口聲聲說要給她討回公道，結果到了這種時候，居然還想著為了自己的仕途做一次屈服！

宋明軒再也不敢想下去了，這樣的自己，和那些只想著當官貪銀子、絲毫不把百姓疾苦放在心裡的讀書人有什麼兩樣？宋明軒狠狠地抽了自己一巴掌，一拳打在考板上，擰眉道：「彩鳳，我剛剛差點兒做了對不住妳的事情！」宋明軒說完，心中早已經定下了主意，提起筆來，振筆疾書，覺得思如潮湧一般，停都停不下來，洋洋灑灑，一蹴而成。

宋明軒揉了揉發脹的腦仁，丟了毛筆，伸手捏了捏自己痠脹的手腕，低下頭誦讀了一遍方才所寫的文章，越發覺得豪情萬丈，恨不得馬上就能將那些作威作福的權貴們都推下臺來！

宋明軒讀完一遍後，自己都有些忍俊不禁，沒料到自己能寫出這樣一番慷慨激昂的話語來，只又覺得有幾處措辭實在是不妥得很，便稍稍修改了一下。

號舍外是瀟瀟夜風，頭頂上是一輪十五滿月，宋明軒看了一眼那明月，心道，也不知道這會兒趙彩鳳在幹什麼呢？是不是也像自己這樣，看著月亮，想著對方呢？

趙彩鳳這時候可沒心思想宋明軒呢！

一家人都圍坐在客堂裡頭的方桌前，對著八寶樓送來的這一桌子菜，表情複雜地看著趙彩鳳。

原來蕭一鳴果真去八寶樓訂了一桌的團圓宴，送到了趙彩鳳家，可他又是一個不走心的人，也沒具體考慮一下趙彩鳳家有幾個人，聽說八寶樓推出了全家團圓套餐，就訂了一個豪華版的過來，結果這一桌子的菜簡直嚇壞了從鄉下出來的楊老頭夫婦。

楊氏之前只懷疑蕭一鳴可能動機不純良，如今見了這樣的陣勢，越發就確定了。她怕自己說話說溜嘴了，便笑著道：「早知道今兒蕭公子會送這麼多東西過來，我和妳姥姥也不用買那麼多菜了！」

趙彩鳳這時候也是一腦門的黑線，總有一種自己被土豪給傍上了的錯覺，可一想起早上蕭一鳴說的那些話，他分明是已經快要成親的人，而自己也算半個有家室的人了啊！古代規矩森嚴，她料想一定是自己又多想了，只把腦子裡這些亂七八糟的想法給攆出去了，笑著道：「姥姥、姥爺、錢大叔，你們快吃呀！這麼多好吃的，不吃豈不是浪費了？」

楊老太平常就是一個想得多的人，見了這滿桌子的菜，也是一肚子的心思了，哪裡還吃得下去？笑著道：「這送菜的人也太客氣了，明軒又不在家，只有彩鳳一個還送這麼多的菜過來，這要是我們今兒沒過來，彩鳳一個人還不得吃上十天半個月的？」

楊氏聽了這話，也覺得腦門上汗涔涔的，笑著道：「娘，那些有錢公子哥兒的想法總是出人意料得很，既然菜已經送來了，那咱就吃吧！」

這時候只有趙文一個人不發表意見，坐在趙彩鳳的邊上，一個勁兒地吃了起來。

趙彩鳳看著趙文開開心心、毫不心煩的樣子，也受到了感染，笑著道：「對對，吃吧吃吧！都送來了，那咱只有把這些吃光了，才不辜負蕭公子的一片心意了！」

眾人見狀也都舉起了筷子，開始吃了起來。

楊氏懷著心事，便沒多話；錢木匠是一個悶葫蘆，自然也是悶頭吃飯；倒是楊老頭今兒心情不錯，拿著酒碗和錢木匠喝了幾杯，打開了話匣子。所以，這一頓飯吃下來，倒也顯得熱鬧了。

大家吃完了晚飯，送走了錢木匠和趙文後，因楊老頭夫婦累了一天，楊氏便安頓他們先睡了。趙彩鳳在客堂裡頭收拾東西，楊氏瞧她臉上的氣色不好，讓她坐到一旁歇著，自己打了一盆水，在外面院子裡洗起了碗來。

楊氏瞧了一眼趙彩鳳，很想把心裡的話吐露一下，可是又覺得以趙彩鳳這脾氣，若是知道了蕭一鳴的心思，只怕那個店面是死活不肯要的。楊老頭他們已經來了京城，若是這時候店又開不起來，那可怎麼是好？楊氏在心裡頭悄悄地哀嘆了一聲，終究還是閉上了嘴，小聲地道：「彩鳳，妳先進去睡吧！明兒一早姥爺說要去集市上買店裡的東西，妳要是身子好些了，就跟著一起去吧。」

趙彩鳳這會兒正看著藥爐子，打算等喝過了藥就去睡覺，便點了點頭道：「我知道了，我也想著快些好呢，不然宋大哥回來了，瞧見我這個樣子，只怕也要囉嗦起來了！」

楊氏聽趙彩鳳這麼說，知道她是想宋明軒了！一想到趙彩鳳和宋明軒這會兒感情這麼好，她心裡也高興，又把蕭一鳴的事情給拋到了腦後去，笑著道：「再熬過明天一天，後天明軒就可以出來了！明兒我去借一輛小推車，後天一早就去貢院門口等他。」

趙彩鳳點了點頭，笑著道：「喊上錢大叔一起去吧，從貢院回來的路還挺遠的呢！」

楊氏心裡雖然也有這個意思，但還是忍不住朝趙彩鳳嗔了一眼道：「做苦力的事情，妳就想到妳錢大叔了。」

趙彩鳳眨了眨眼睛道：「哪有？我這不就順口一說嘛！娘妳既然這麼說，那咱不喊他就是了。」

楊氏聽趙彩鳳忽然又改了，搖頭道：「說不過妳，喊就喊吧，妳錢大叔也不是什麼外人。」說完這句話，她稍稍有些懊惱，自己怎麼就說出了這種話來呢？楊氏的臉頰頓時脹得通紅。在女兒面前說出這樣的話來，實在是不應該得很啊！

第二天一早，趙彩鳳的身子基本上就好得差不多了，只是畢竟病了兩天，腳底下還有些打飄，走起路來總覺得軟綿綿的，沒什麼力氣。

楊氏瞧見她這模樣，便心疼道：「妳還是在家待著吧，買東西這些事情，妳姥姥、姥爺有經驗，讓他們去辦行了。再說了，他們兩個在京城混的時候，咱還不知道在哪兒呢！」

趙彩鳳覺得也有道理，畢竟這是古代，並不是專門挑老年人騙錢的現代，況且楊老頭夫婦又是生意人，這些事情自然是能辦好的。趙彩鳳身上沒力氣，便想著在家多養一養，等明天接宋明軒去。這幾天因為生病，她鮮少出門，可耐不住趙彩蝶想去對門找余奶奶家的兩個孩子玩耍，便帶著趙彩蝶過去了。

余奶奶是個熱心人，也知道趙彩鳳和宋明軒之間的關係，奈何昨晚八寶樓的人來送菜的時候，被這巷子裡的不少人給瞧見了。這巷子裡住的都是苦哈哈的人，平常也就指望著幾個茶餘飯後的談資讓他們笑一笑，昨兒瞧見了那送菜的陣勢，早已經有人開始說起閒話來了。

余奶奶聽了她兒媳婦的話，也覺得那蕭一鳴別有所圖，便拐彎抹角地問趙彩鳳。「彩鳳啊，昨兒八寶樓那麼多菜，都是你們家自己買的啊？」

趙彩鳳見余奶奶特意來問這個事情，便知道肯定有什麼情況。她細細地算了一下昨天那些菜的價格，估摸著得有一吊錢。他們家這個生活水平，怎麼可能為了過一個中秋就花掉一吊錢吃一頓飯呢？因此，她搖了搖頭道：「怎麼可能呢？那些菜都是宋大哥的朋友送的，他瞧著我病了，宋大哥又在裡頭考試，所以替宋大哥關心我一下。」

余奶奶聽了，開口道：「該不會是昨兒早上那個將軍家的小少爺吧？」

趙彩鳳聽余奶奶這說話的口氣，就覺得有些不對勁了，忙問她。「就是他，有什麼不對嗎？」

余奶奶見趙彩鳳這還沒弄明白呢，心裡便有些著急了，開口道：「彩鳳啊，不是余奶奶信不過妳，雖說這京城滿地都是權貴，妳又長得好看些，可也不能為了榮華富貴做出對不起小宋的事情來呀！我瞧著小宋和郭老四不是一樣的人，他是真心對妳好的！」

趙彩鳳聽了這話，心裡頭咯噔一下，沒來由就覺得後背冷了起來，再想一想這幾日蕭一鳴那些不正常的反應，整個人就呆了。雖然她前世戀愛的經驗不豐富，但絕對不是一個呆滯的人，昨天就是因為覺得蕭一鳴不對勁，她才特意問了他一句，可他已經說自己要娶媳婦了，那還有啥好說的呢？總不能再繼續追著問下去吧？

趙彩鳳定了定神，開口道：「余奶奶，妳想多了，我和宋大哥都定好了等過完年就要成親了。至於那個蕭公子，他是真心佩服宋大哥的文章寫得好，才跟我們結交的，況且聽他的口氣，將軍府已經開始給他物色媳婦了，妳這想的……倒是讓我不好意思了，我以後可沒臉見他了。」趙彩鳳說完，還稍稍裝作怕羞的模樣。

余奶奶見趙彩鳳這麼說，這才恍然大悟道：「原來是這樣！我可被我那整日裡想著攀高枝的兒媳婦給騙了，還說什麼那蕭公子是看上了妳，才對妳家這麼上心的，說得有鼻子有眼的，我一想，可不是真的嗎？我心裡還擔心呢，這幾天宋秀才在裡頭考試，那蕭公子可別趁著這幾天來撬牆腳，把妳給騙了過去，那可就大事不好了！」

趙彩鳳聽了余奶奶的話，心裡雖笑不出來，也勉強陪笑道：「奶奶妳多心了，我不是那樣的人。」趙彩鳳說到這裡，也有了些警覺，正色道：「奶奶，這些話妳私下裡和我說說也就罷了，可千萬別和我娘說起，她要是聽了這話，只怕是要吃不下、睡不著的。我們都是老實人，誰也沒想要攀附權貴，這話傳出去了不好。」

余奶奶聽了這話，一個勁兒地點頭道：「我就說妳不是這種人！」

趙彩鳳心裡稍稍鬆了一口氣，又道：「奶奶，那余嬸子那邊，妳看看能不能去說一聲，讓她千萬也別吱聲了。她在寶育堂裡頭上工，可能看多了這種紈袴少爺小丫鬟的戲碼，可我從沒那個心思，若讓她誤解了，可就不好了。」

其實趙彩鳳說這些話的時候，心裡已經估摸出一二來了。余奶奶平常也不是話多的人，今兒會跟她說出這些來，只怕也是在心裡憋了一陣子了，畢竟這討飯街住的都是一窮二白的窮人，趙彩鳳他們來了沒兩個月就要去廣濟路上開店了，這事情落在這一群窮人的眼裡，終究是一件天大的事情，他們的想法也簡單得很，就想著一定是傍上了什麼人了……

趙彩鳳輕輕地舒了一口氣，心裡也糾結了起來。店面已經裝修好了，東西也買齊了，眼看著萬事俱備，只欠東風了，這時候要是和蕭一鳴撇清關係，吃虧的還是自己，可這些流言蜚語一旦起來了，只怕沒有那麼容易壓下去。趙彩鳳擰眉想了想，流言止於智者，這討飯街裡頭可沒住幾個智者，少不得還會再傳一陣子。

如今可以撇清流言的辦法只有兩個，一個是她和宋明軒馬上完婚；第二個就是蕭一鳴馬上完婚。趙彩鳳想來想去，讓別人先成親似乎比讓自己成親還要不可靠幾分，可要是宋明軒中了她就趕不及要送上門去，似乎也太掉架子了。況且，趙老大的孝期畢竟還沒過，這個時候還是小心些才好。趙彩鳳這會子倒是有幾分擔心了，這次她生病暈過去的時候，心裡還隱隱擔憂，這要是睡醒了發現自己已經在現代了，到底是喜還是憂呢？

余奶奶瞧見趙彩鳳的臉色不大好，只當是剛才說的話觸怒了她，見她這樣，忙陪笑道：「彩鳳，妳快別跟我那兒媳婦一般見識，她是個眼皮子淺的東西，見了錢就暈了。這事情我一定跟她說，不准她再隨便亂傳，這世上的人也不是個個像她那樣見錢眼開的！」

到了晚上，一家人圍著桌子吃晚飯。

楊老頭一想到今天把店裡的東西都安置得差不多了，就覺得心情愉快得很，笑著對楊老太道：「明兒我們一起去集市上，把麵粉攤子、雞鴨攤子還有肉案子都定一下，談好了價格，以後每天讓他們送貨，也省得我們麻煩了。」

楊老太跟著點頭，又想起明兒宋明軒是最後一天考試，便開口道：「明兒明軒從裡頭出來，我跟你帶著老二去就行了，讓錢木匠和彩鳳她們娘倆去接明軒。這在裡面熬了九天，出來也不知道還有沒有個人樣了？」

趙彩鳳努力回想了一下宋明軒的樣子，又伸手摸摸自己的臉頰，想像了一下宋明軒這臉頰上的兩片肉若是再瘺進去一點，會是什麼模樣，忍不住就笑了起來。

楊氏瞧見趙彩鳳傻笑的樣子，便笑道：「這會子還知道傻笑，別明兒見了，心疼還來不及呢！」

趙彩鳳聽楊氏這麼說，忙就忍住了笑，可腦子裡宋明軒的樣子卻趕不出去，想了想，又笑了起來。都說一日不見，如隔三秋，這九天下來，趙彩鳳還當真是想念宋明軒得很呢！

第二天，楊氏起了一個大早。

外頭的公雞叫個不停，趙彩鳳在床上翻了一下，睜開眼的時候見天已經亮了，嚇得從床上坐起來，緊接著就感覺到身下一股股的熱流湧了出來。

那每一次起身時候的潮湧，總是讓趙彩鳳尷尬到無地自容。趙彩鳳在床上坐了片刻，這才小心翼翼地起床，拿著昨晚楊氏做好的小枕頭，去後面的茅房裡頭更換。

趙彩鳳才出來，楊氏便開口道：「妳姥姥和姥爺估計一早就出門去了，我起來就沒瞧見人影。」

趙彩鳳也知道他們兩個老人以前擺攤時養成的生活習慣，便開口道：「娘，我們兩個吃一些早飯再過去吧，太早了只怕也沒有人出來，聽說很多考生都要考到最後一刻才肯交卷的。」

楊氏點了點頭，進灶房張羅早飯，又想起宋明軒在裡頭吃了那麼多天的乾糧，一定也膩味了，便又做了幾個新鮮的花卷放在鍋上蒸了起來。

這一忙就忙到了卯時二刻，楊氏瞧見趙彩蝶還沒睡醒，便抱著孩子又去了余家。

趙彩鳳如今知道了那余家媳婦的心思，便在門口等著，生怕那余家媳婦跟楊氏瞎說些什麼，見楊氏很快就出來了，這才放下了心。

楊氏和趙彩鳳推著小車到討飯街巷口的時候，就瞧見錢木匠遠遠地在拐角處等著兩人呢。這巷口一排都是討飯街上擺著的早飯攤子，錢木匠是從來不敢往這邊半步的，瞧見趙彩鳳母女從裡頭出來了，只稍稍露了一下面，兩人便推著車往那邊去了。

趙彩鳳笑著跟街坊們打過了招呼後，拐過街角去和錢木匠會合。

過了討飯街，已經沒有人認識他們幾個了，楊氏知道趙彩鳳身上不索利，忙開口道：

「彩鳳，妳在車上坐會兒吧！」

趙彩鳳想了想，自己這一路走過去，大腿兩邊只怕也要磨爛掉了，於是就聽了楊氏的話，乖乖地上車了。

那邊錢木匠已經迎了上來，從楊氏手裡接過了車推著，倒是顯得很有默契，只是這一路上，錢木匠一句話也沒有說。

楊氏好幾次想開口說幾句，可話到了嘴邊終究還是沒說出來，便在車子後頭三、五步外跟著，倒是有幾分小媳婦的模樣。

趙彩鳳已知道錢木匠心裡的心思，瞧見楊氏這樣，心裡稍稍地嘆了一口氣。這兩天她身體不好，倒是把這個事情給忘了，回頭等宋明軒回來了，也是時候把這事給了結一下，不能讓楊氏這樣陷下去了。趙彩鳳看了一眼錢木匠，作為男人，錢木匠確實有值得女人依靠的地方，楊氏就算心裡有他了，也沒什麼大不了，可既然人家已經把話說得這麼明白，趙彩鳳也沒有辦法。俗話說長痛不如短痛，很多事情還是當斷則斷好。

「錢大叔，店裡的活兒已經做得差不多了，明天我跟你把工錢結了，你就可以和老二回河橋鎮去了。」

楊氏冷不防聽見趙彩鳳說這話，頓時就愣住了，停下了腳步，見前頭兩人還一個勁兒地往前，忙不迭地跟上去，想聽個清楚。

錢木匠憨笑著開口道：「我正打算和妳提這件事呢！今兒小宋出來後，我也沒啥好擔心的了，也好揹著我那些傢伙回鄉下去了。說實話，這城裡頭我也住不慣，現在年紀大了，脾氣也爆，遇見看不順眼的小混混就想教訓一頓，連累妳為了這事情還淋雨生病，我心裡很過意不去呢！」

楊氏也聽趙彩鳳說起過自己生病的原因，現在又聽錢木匠這麼說，心下也沒有什麼可以反駁的話，臉上就越發悲戚了幾分，但一想到要是錢木匠真的在京城出了什麼事情，她心裡肯定也過意不去，便沒好意思再開口。

因為今兒是散考的日子，所以大街小巷都有人推著小車去貢院門口接人，等趙彩鳳他們到貢院門口的時候，門口的地方早已經圍滿了人。

帶著車的人都不准往裡頭去，趙彩鳳便從車上下來，讓楊氏和錢木匠在周邊等著，自己一個人想從邊上擠進去。

看著前頭擠著的那一個個黑乎乎的後腦勺，趙彩鳳伸長了脖子，一時間沒有用武之地，這時突然聽見裡頭有人大聲喊著——

「開門了開門了！有人出來了！」

趙彩鳳聽見這個聲音，精神頭一下子就足了，忙不迭就踮起腳跟往裡頭看了幾眼，果然看見幾個守門的捕快正拽著門上的銅環往外頭拉開大門。門拉開後，就見裡頭也是烏壓壓的一片人頭，那些個意氣風發的考生在堅持了九天七夜之後，終於解放了！

考生們個個瞪著一雙充滿了紅血絲的麻木雙眼，行屍走肉一樣地往外頭來，趙彩鳳頓時想起了「惡靈古堡」裡頭，大門一打開的時候，從門後面湧出來的那一大群喪屍……

趙彩鳳把擠在第一排的那幾張人臉迅速掃了一下，發現宋明軒並不在裡頭，心裡多少有些失落。可再一想，宋明軒可是聰明人呢，怎麼可能會去和這些人擠呢？沒準他這會兒正站在隊伍的最後頭，等著這些人擠出來了，自己再雲淡風輕地、慢悠悠地走出來。

那些考生們能熬到這最後一天，就算在學問上並不是最出色的，但在毅力上也是值得表揚的。

宋明軒原本是打算一早就交了卷子走人的，可他去取水的時候瞧見劉八順還在那邊埋頭答卷。

劉八順年紀小，這幾天沒睡好，整個人都瘦了一圈，頂著一雙熊貓眼，看見宋明軒氣定神閒地從自己跟前走過去，就更急了。

宋明軒不能跟他說話，悄悄地給他使了一個眼色，讓劉八順先安定下來。眼看著交卷子的人越來越多了，劉八順這會子腦子裡也亂得很，只強忍著慌亂，點了點頭，繼續硬著頭皮寫下去。

宋明軒回到自己的號舍裡，看著自己兩邊的人都走光了，心裡倒是也有些著急了。這個時候趙彩鳳他們該等急了，可是自己要是丟下了劉八順先出去，終究太不夠義氣。宋明軒想起一會兒要出去見趙彩鳳，便有些緊張，又怕自己這鬍子邋遢的樣子被趙彩鳳笑話，索性便打了水，好好地洗了一把臉，又把頭髮梳了梳整齊，然後換上了一件看上去最乾淨的衣服，最後把剩下的東西都整理好了放在書簍子裡。

宋明軒做完這些後，忍不住打了一個哈欠，揉了揉自己的眉心，就聽見巡考的人在外頭喊——

「還有沒有沒交卷的？時辰到了，交卷了、交卷了！」

這時候宋明軒才揹起了書簍子，拿上卷子往外頭來。帶來的乾糧全吃光了，這書簍子本應該很輕鬆就能揹起來的，誰知道宋明軒揹上來的時候，腳底還是忍不住晃了一晃。

他急忙深吸了一口氣，勉強把書簍子揹起來，走到劉八順的號舍前頭，結果看見劉八順居然趴在那邊不動了，這下可把宋明軒給急的，原本還覺得有些疲軟的身子頓時跟打了雞血一樣，急忙晃了劉八順兩下，見他沒有動靜，忙開口喊了巡考的過來。「這邊有人暈了過去！」

這時候考棚裡的人已經走得差不多了，巡考的聽見了聲音，便往這邊來，瞧見劉八順暈在考題板上，便開口問道：「卷子交了沒有？」

宋明軒這時候也著急，只看了一眼壓在劉八順身子底下的試卷，懇求道：「這位官爺，他的卷子已經答完了，麻煩官爺替他交一下，要是因為這最後一步，還要再等三年，那就可惜了。」考生之間是不可以代交試卷的，宋明軒不敢拿自己的前程開玩笑，只好求助於這個巡考。

那巡考看了一眼劉八順身上的衣服，瞧著倒像是有錢人家出來的公子哥兒，可再看一眼宋明軒的衣服，又覺得不過是個窮秀才，何必幫他這個忙？

宋明軒見那人心思還有游移，忙不迭地開口道：「他是杜太醫的小舅子，寶善堂杜家你可知道？那可是京城裡頭的富戶啊！」

那巡考一聽，果然眼珠子就亮了起來，臉上頓時堆著笑道：「那敢情好，這樣吧，你倆的卷子我幫你們交了，你帶著他先出去吧，別讓家裡人等急了。」

宋明軒也沒料到寶善堂的名號這麼好用，千恩萬謝之後，扶著劉八順從號舍裡頭出來。瞧了一眼他帶的那些東西，實在是揹不下了，只好把自己的東西也都丟了下來。宋明軒剛想揹起劉八順出去，忽然就想起了什麼，忙在書簍子裡翻了一陣子，把趙彩鳳做的那支毛筆給翻了出來，放在靴筒裡頭，這才揹起了劉八順往外頭去了。

這時候，貢院門口的人群已經散去了一大半，趙彩鳳從早上辰時一直等到了午時，要是宋明軒再不出來，就算趙彩鳳熬得住，她褲襠裡頭夾著的月經帶也熬不住了！

趙彩鳳擦了擦臉上的汗珠，只要看見裡頭出來一個人，心口就緊一下，如此這般折磨了小半個時辰，她也快沒有精神了。看著那些接考的人扶著自己家未來的舉人老爺一個個地從自己的身邊經過，趙彩鳳伸得脖子都要僵硬了，心裡一個勁兒地埋怨道：你個死秀才，平常不好好看書吧，鬧到現在還不交卷子，這一個時辰你能寫出啥玩意兒來？

趙彩鳳心裡雖然這樣罵著，可終究還是不忍心，稍稍歇了一會兒，又踮起了腳尖，繼續往門裡頭看過去了。

卻說蕭一鳴知道今兒貢院散考，順天府尹的捕快也接了要過來維持秩序的任務，所以一早就來幫忙了，可他來了才知道，原來這接考生的場面是這般盛大，整個貢院門口都被圍得水洩不通。雖然大多數考生能夠勉強撐著眼皮、僵著身子從號舍裡頭走出來，但不乏多人在看見親人之後，撲通一聲就直接栽倒在地上。

蕭一鳴被安排在裡頭維持考生秩序，在門口忙了小半個時辰，也沒瞧見宋明軒從裡頭出來，他心裡頭覺得奇怪，便往大門外頭看了一眼，果然見到了正在大門外望眼欲穿的趙彩鳳。

蕭一鳴看了一眼病得下巴都尖了的趙彩鳳，撥開人群走到她跟前，忍不住開口問道：「小趙，宋兄還沒出來嗎？」

趙彩鳳冷不丁瞧見蕭一鳴站在自己跟前，先是嚇了一跳，後瞧見他穿著順天府尹的衣服，這才反應了過來，蕭一鳴今兒應該是來這邊當差的。她稍稍蹙眉道：「還沒呢，我一直在門口盯著，沒瞧見他出來，也不知道他到底在裡面幹什麼，都開門這麼久了，就算生孩子，幾胞胎都該出來了……」

蕭一鳴瞧見趙彩鳳對著他時似乎有一些警備的神色，可說起宋明軒來卻還是這般帶著親暱的打趣，心裡就冒出一些酸水來，幽幽嘆了一口氣，開口道：「我進去幫妳找找吧，裡頭人也不多了，沒準正在出來的路上。」

趙彩鳳聽蕭一鳴這麼說，心下頓時就高興了起來。她自己也知道方才對蕭一鳴的態度有些冷，如今他還這樣熱心，反倒不大好意思了。

趙彩鳳努力調整了一下自己對待蕭一鳴的態度，平和地開口道：「那就謝謝蕭公子了。」說著，像古代的姑娘一樣，低下頭去，稍稍福了福身子，給蕭一鳴行了一個禮。

趙彩鳳低垂著頭，頷首屈膝地向蕭一鳴福身，蕭一鳴頓時就愣住了。他從來沒有想過，傲氣如趙彩鳳這樣的姑娘，還會有這樣小女人的樣子。那微垂的睫羽微微顫抖著，兩人雖然只離了兩尺遠，可蕭一鳴卻覺得，他認識的，以前那樣活潑伶俐、嬌俏傲氣的趙彩鳳似乎已經不見了。到底是什麼變了呢？蕭一鳴自己也說不出來，但他知道趙彩鳳肯定是知道什麼了。這不是他認識的趙彩鳳……蕭一鳴轉過身子，進考場去尋宋明軒的時候，忽然覺得自己的雙眼澀澀的。

走光的考場裡頭空空蕩蕩的，只留下這九天來的滿地垃圾。宋明軒揹著劉八順，舉步維艱地往外頭去，額頭上的汗水滴落到地上。

「八順兄弟，你可堅持一會兒，馬上就要出去了！」宋明軒一邊說話一邊喘，腳底下還一陣陣的發軟。

這會子正好是正午的天氣，明晃晃的日頭曬得腳底下的路面都發白了。宋明軒只覺得眼前似乎有無數的星光閃過，他努力地眨了幾下眼睛，發現星光並沒有散去，可原本白亮的天色卻漸漸暗了下來，緊接著，整個天空都黑了，黑暗中偶爾還閃過點點的星光。宋明軒身後揹著劉八順，在黑暗的星光中又往前挪了幾步，終於，他一頭扎到了地上……

蕭一鳴心情抑鬱地往貢院裡頭去了，一想到剛才趙彩鳳那帶著戒備的眼神和小心翼翼的動作，蕭一鳴還覺得心口抽抽的疼。不過眼前最重要的事情，還是幫自己的心上人尋回她的心上人。蕭一鳴想到這裡，便對宋明軒又是羨慕、又是妒忌，也不知道他有什麼好的，憑什麼趙彩鳳就這麼喜歡他呢？

蕭一鳴從門口進去，和裡頭的巡考打過了招呼，見禮部的堂官已經拿了交卷的盒子往禮部衙門去了，也有些著急了。禮部的官員拿走試卷之後，裡頭就要清場，清過場後，這邊就要鎖起來了。以前就有考生在試場裡睡過頭，忘了出去，結果最後被活活餓死的。

蕭一鳴一邊找著宋明軒，一邊在心裡暗暗想道：這要是宋明軒真的不見了，趙彩鳳會不會喜歡上自己呢？

胡思亂想終究是胡思亂想，蕭一鳴搖了搖頭，心下又坦然了幾分。他雖然羨慕嫉妒宋明軒，可卻也是真心佩服他的才華，若是這樣的人死了，也是朝廷的損失。

蕭一鳴這麼想之後，就覺得心情好了很多，順著考棚，一條巷子一條巷子地找著。

這時候巡考的人都已經不耐煩，想回家了，瞧見蕭一鳴還在裡頭找人，便開口道：「別進去了，人都走光了！」

蕭一鳴揮了揮手。

那人見他是蕭將軍家的公子，也不好意思再催，只隨他去了。

蕭一鳴順著一條條的巷子找了起來，他也不知道宋明軒在哪條巷子裡考，便扯著嗓子喊道：「宋兄，你在哪兒呢？宋兄，小趙還在外頭等著你出去呢！」

蕭一鳴的聲音迴盪在空曠無人的考場裡頭，一陣陣的回音從考場裡一直傳到考場外頭，就在他快要放棄的時候，忽然間瞧見不遠處似乎有兩個人疊羅漢一樣地滾在地上，只是他們身上的衣服太髒了，瞧著和地上的灰土垃圾都快差不多了，且這個時候大多數人都已經走了，壓根兒就沒人瞧見這裡還有兩個人在地上躺著。

蕭一鳴走過去，一把推開了壓在宋明軒身上的劉八順，把宋明軒扶起來，拍了拍他臉上的泥灰，開口道：「宋兄，你快醒醒！秋闈結束了，大家都回家去了！」

宋明軒前天夜裡受了涼，這會子腦袋燒了起來，又揹了劉八順一路，這一跤早已經摔懵了，雖然聽見耳邊似乎有人在喊自己，可怎麼用力也睜不開眼睛來。

蕭一鳴見宋明軒沒有半點反應，便狠狠地掐了一把宋明軒，見他仍是沒反應，索性放開了宋明軒，去掐劉八順的人中了。

沒想到這人中剛剛才掐下去，劉八順便「哎喲」一聲地醒了過來。

原來，劉八順方才不是暈了，而是看見自己的文章終於寫完了，一時放鬆，便睏意來襲，沒熬到交卷就睡著了！他幾日沒睡好，早已疲累到了極點，便是有人喊他也醒不過來，所以宋明軒便以為他暈了，一路把他給揹到了這裡，誰知道自己反倒體力不支地暈倒了，劉八順又正好摔在宋明軒的身上，只覺得軟綿綿的，像是逮著了墊子，越發就睡得沈了，這時候正作著春秋大夢呢，忽然間被蕭一鳴掐上了人中，疼得醒了過來。

劉八順醒過來，瞧見蕭一鳴正看著自己，急忙抹了一把臉，抬頭問道：「蕭兄，這是哪兒呢？」

蕭一鳴瞧劉八順那剛睡醒的眼神，恨不得給他來上一拳！他急忙把躺在地上的宋明軒給扶了起來，挖苦道：「我才要問你呢，你在宋兄身上睡覺睡得還舒服嗎？」

劉八順聞言，頓時就臉紅到了耳根，忙爬起來摸了一把宋明軒的額頭，嚇得連連道：「宋兄發燒了！這可怎麼是好？得快點送他出去！」

蕭一鳴見劉八順終於回神了，也不去罵他了，一把把宋明軒給扛到了背上，一邊揹著往外頭去，一邊側著頭小聲對他道：「宋兄，你可千萬別有事，你要是有事了，那小趙就得守寡了！」蕭一鳴說到這兒就頓了頓，瞧見劉八順跟在自己身後四、五步之外，估摸著也聽不見自己說話，這才又極小聲地補充了一句。「如果你真不想醒過來也沒事，我替你娶了小趙，好好疼她行不？」

蕭一鳴說完這話，心虛得不行，可一想到宋明軒還暈著，他不過就是過一把嘴癮，也就釋然了。誰知道，過了約莫片刻工夫，蕭一鳴忽然覺得後背的人動了動，然後他就聽見宋明軒用氣若游絲的聲音對他道——

「彩鳳是我的，你少打她的主意……」

蕭一鳴頓時就癟得臉紅脖子粗了起來，可再想回話，背後的人卻又沒了動靜，只覺得宋明軒搭在自己肩膀上的手臂忽然間往下滑了滑，嚇得他大氣也不敢出，連忙道：「行了行了，我不要小趙了，你好好的就成，她還等著你娶她當舉人太太呢！」

宋明軒聽了這話，忽然間就跟釋懷了一樣，原本粗重的呼吸也平靜了幾分下來，靠在蕭一鳴的後背，安安穩穩的，就像是睡著了一樣。

蕭一鳴扭頭看了一眼宋明軒慘白的臉色，心下卻忍不住泛著無止境的酸水。他一定是上輩子做了什麼缺德事，欠了他們兩夫妻的，不然為什麼會這麼倒楣？這麼這麼的倒楣！

貢院的門口，除了趙彩鳳一家和劉八順家的奴才，已經沒有別的人了。

這時，只見一輛馬車從馬路的盡頭疾馳而來，在貢院門口停了下來，簾子一掀，竟是杜太醫從裡面下來了！

見了門口的劉家下人，杜太醫開口問道：「出了什麼事情，少爺怎麼還沒有出來？家裡頭都等急了。」

那小廝見了杜太醫，一下子就像找到了主心骨一樣，忙不迭地迎上去道：「姑爺，裡頭人都走光了，也沒見少爺出來，他們又不讓人進去，這都快等得急死了！」

杜太醫聞言，神色也凝重了幾分，擰眉上前，向裡頭巡考的人打聽了起來。

那方才替宋明軒他們交考卷的人見果真是杜太醫來了，笑著道：「咦？杜太醫還沒接到您小舅子嗎？方才他在號舍裡暈了，有個考生揹著他離開的，難道這會子還沒出來嗎？」說著，往自己方才巡過的地方看了一眼，遠遠地就看見一個穿著順天府尹捕快制服的人揹著一個人往門口來，身後還跟著一個個子不高的大男孩。

劉家的下人眼睛尖，伸著脖子往裡頭看了一眼，立刻開口喊道：「姑爺，是少爺！是少爺他們出來了！」

趙彩鳳聞言，也急急忙忙地往裡頭瞧了一眼，這才看見蕭一鳴紅著一張臉，身上揹著一個人往外頭來。趙彩鳳仔細一辨認，蕭一鳴背上揹著的那個人不是宋明軒卻又是誰呢！

趙彩鳳這時候也是沒話說了，縱使做了萬全的準備，最後宋明軒還是倒在了考場裡頭！可越是這個時候，心裡頭的心疼就越發勝過了責怪，見那兩人越來越近了，裡頭巡考的人便給蕭一鳴讓出一條道。

那巡考的人看了一眼趴在蕭一鳴背上的宋明軒和跟在後頭的劉八順，不禁糊塗地道：「咦？剛剛暈著的明明是你，揹著你的明明是他，怎麼這會兒換了過來？」

劉八順聽了這話，越發面紅耳赤了，見杜太醫就在門口，忙不迭地就招呼道：「姊夫，快來給宋兄看一看到底有沒有大礙？」

杜若見宋明軒面色蒼白，忙拉開馬車的門，讓他靠坐在裡頭，伸手在他的脈搏上探了片刻，這才鬆了一口氣。「沒什麼大礙，有些低熱，又勞累過度了，這會兒只是在昏睡，等他睡夠了就會醒過來的。」

趙彩鳳聽了這話，一顆心才算是定了下來。

楊氏和錢木匠也都圍了過來，楊氏瞧見宋明軒那蒼白的臉色，也是說不出的心疼，唸道：「這傻孩子，便是堅持不住了，早些出來也是一樣的，何苦這樣熬壞了自己？倘若沒人進去找，丟了性命都沒人知道呢！」

劉八順聽了，越發不好意思了，對著趙彩鳳鞠了一躬道：「嫂子，是我不好，宋大哥是為了等我才晚出來的，可是我不留神給睡著了，所以他一路揹著我出來，最後體力不支才暈了過去。」

見眾人都圍著宋明軒團團轉，站在一旁喘著粗氣的蕭一鳴很是鬱悶，聽了這話插嘴道：「這兒還有個體力不支的呢！」

趙彩鳳回頭看了一眼蕭一鳴，又低頭想了片刻，這才走到他跟前，福了福身子道：「多謝蕭公子救命之恩。」

蕭一鳴原本累得大喘氣，可聽了趙彩鳳這看似真誠卻總感覺透著幾分冷淡的道謝之後，覺得整個人就跟在冰窖裡走了一遭一樣，渾身上下沒有一處不是冷的。他原本就有些僵硬的神色越發堅硬了，冷冰冰地回了一句。「不必了。」蕭一鳴轉過身子，瞧見門口還站著一群和自己一起來的同僚，便衝著他們笑哈哈地大喊了一聲。「今天的差事總算辦完了，走，八寶樓，我請客！」

一群人見蕭公子又要請客吃飯，鬧哄哄地都迎了上來，一轉眼，看似落寞的蕭一鳴早已經被眾人包圍在了其中。

趙彩鳳往宋明軒那邊走了兩步後，轉身看著蕭一鳴在陽光下的背影，心中無奈地嘆了一口氣。

第二十四章

劉八順堅持要用馬車把宋明軒送回討飯街，趙彩鳳和楊氏只好都坐在馬車裡頭陪著他。宋明軒靠坐在趙彩鳳的邊上，頭靠在她的肩膀上，下巴上青黑的鬍渣蹭得趙彩鳳的肩頭都覺得有些隱隱作痛，趙彩鳳扭頭看了一眼宋明軒，見他睡得天昏地暗的，明明心疼得很，卻還是忍不住苦笑了起來。

三人回到討飯街後，幸好對門的余大叔在家，把宋明軒給揹進了屋裡。

趙彩鳳彎腰脫下宋明軒的靴子時，忽然間，一支半截的毛筆從靴管裡頭掉了出來，正是當初趙彩鳳做給他的那一根。趙彩鳳心口一熱，嘆了口氣，將那毛筆收了起來。

楊氏去藥鋪抓藥回來的時候，錢木匠已經把小推車送到了門口，楊氏想起今兒去貢院時錢木匠和趙彩鳳說的那些話，心裡頓時有些不是滋味，見了錢木匠也尷尬了幾分。

錢木匠見楊氏不說話，也沒說什麼，把小推車放在了門口道：「嫂子，既然明軒沒事了，那我就先回那邊店裡了。」

楊氏聽錢木匠這麼說，欲言又止的，可想了想卻又不知道要說什麼，便點了點頭道：「你去吧，我一會兒就做好了飯菜送過去。」

錢木匠忙開口道：「不必了。」

楊氏卻不聽他的，低著頭道：「就算你不吃，我爹娘和老二總也要吃的。」

錢木匠聽了這話，也不好再說什麼，點了點頭，轉身離去。

楊氏看著錢木匠的背影好半天，這才緩過神來，提著手中的藥進了門。

法醫也是半個醫，趙彩鳳自己也替宋明軒檢查了一下，發現他只是進入了深度睡眠的狀態，因此終於放下了心來，湊到宋明軒的面前，隔開大約一寸的距離看著他的睡顏。

烏黑的眼圈有些深陷，臉頰已經瘦得凹陷了下去，手背瘦得剩一把骨頭，青筋畢露，下巴上更是黑壓壓的一片鬍渣，看著邋裡邋遢的樣子。

再玉樹臨風的人，經歷這九天下來，出來也都「枯」樹臨風了……

趙彩鳳忍不住笑了起來，到門外打了一盆水進來，替宋明軒擦了一把臉，汗巾在水盆裡洗了洗，結果絞出了一水盆的泥水來。

趙彩鳳又替宋明軒把手心手背都擦得乾乾淨淨的，對著還在睡覺的他撇了撇嘴道：「可別忘了你說過的話，要是不中個舉人，這些全都給我伺候回來！」

這會兒楊氏已經熬好了藥送了進來，見宋明軒還沒有醒過來，不禁擔憂地道：「彩鳳，咱要不要掐一把明軒的人中試試？沒準他就醒了呢！」

趙彩鳳瞧見楊氏這緊張的模樣，心想她還真是寶貝女婿啊，自己生病的時候也沒見她這麼殷勤。「娘，杜太醫說宋大哥就是睡著了而已，等他好好地睡一覺之後就會醒的。這藥先拿到外頭放著吧，等他醒了再喝也不遲的。」

楊氏將信將疑地看了一眼躺在床上的宋明軒，嘴裡默默唸了兩句「阿彌陀佛」，這才端著藥碗出去。

宋明軒這一覺睡得極其舒坦，身體彷彿躺在軟綿綿的白雲上一樣。他在裡頭考試的時候雖然作息很規律，奈何裡面的環境實在太差，這九天下來依舊睡眠不足，這時候可以舒舒服服地睡一覺，莫過於人世間最享受的事情。

宋明軒著實捨不得睜開眼睛，可是他稍稍動了動眼皮，卻好像看見一張放大的臉在自己面前，他瞧著那張臉熟悉得很，似乎就是他未來媳婦趙彩鳳的模樣……他很想把她看清楚，所以用盡了力氣睜開雙眼，果然是趙彩鳳睡在了他的床前！宋明軒低下頭的時候，看見趙彩鳳的手正握著自己的手掌，那纖纖玉手放在自己溫熱的掌心中，讓他頓時有一種想要緊緊包裹住她的感覺，他忍不住用力抓住了趙彩鳳的手，撐起了身子，卻在看見趙彩鳳身下的一片血紅之後大驚失色得又跌倒在床上！

「彩鳳……彩鳳……」宋明軒嘶啞著嗓子，喊了趙彩鳳幾聲。

趙彩鳳朦朦朧朧地醒過來，揉了揉眼睛，見宋明軒醒了過來，便笑著道：「宋大哥，你醒了啊！」

宋明軒這時候見趙彩鳳好端端地就坐在他床前的腳踏上，正對著自己笑呢，一顆心便也放了下來。

卻說蕭一鳴今兒是難得的傷心了起來，雖然他對趙彩鳳的那層心思他自己心裡也不明白，可每每瞧見她那伶俐活潑的樣子，蕭一鳴便打心眼裡覺得開心，但今天的趙彩鳳卻一改她往日的風格，和尋常的小丫鬟一樣，對他福身行禮、小心道謝。

蕭一鳴心裡是說不出的滋味，遲鈍如他似乎也明白了，他和趙彩鳳之間的距離已經越來越遠，而她也不可能再給他一個在身邊保護她的機會。

可憐的蕭一鳴，還沒有真正開始戀愛，卻已經失戀了。

蕭一鳴灌下一杯杯的酒，喝得爛醉如泥，幾個捕快也拉不住他，見他這種模樣，原本喝酒的興致也都給嚇沒了，只一味地勸他少喝幾杯。

蕭一鳴喝到一半，忽然就嗚嗚咽咽了起來，有點像是在發酒瘋，更是弄得胡老大幾人丈二金剛摸不著頭腦。

胡老大一個勁兒地問道：「蕭老弟，你這是怎麼了？難道是因為錯過了這次科舉，所以傷心難過了？」

小松聽了這話，很不贊同地道：「怎麼可能呢？蕭公子就是因為不想考科舉才來當捕快的，這事他高興還來不及呢！」

胡老大這下也奇怪了，拍了拍蕭一鳴的肩膀道：「蕭老弟，你要是真不甘心，三年後還有呢，你年紀輕，有得是機會！」

蕭一鳴聽了這話，抬起頭來，伸手把桌上的酒杯給掃到了地上，嘴裡破口大罵道：「去他媽的科舉！讀書人了不起啊？老子就不愛唸書，誰愛考誰考去！老子除了唸書沒他好，有啥比不過他的……」蕭一鳴說完，又捣著臉嚎了起來。

胡老大一聽這話裡頭似乎有些內容了，卻也不敢貿然揣測，跟一旁的小松商量道：「聽說蕭夫人最近正在為蕭公子物色媳婦，你說會不會是他已經有了意中人了呢？」

小松並不笨，聽胡老大這麼一提示，恍然大悟道：「老大，我明白了！你還記得前幾天趙姑娘在衙門暈倒的事情嗎？」

「怎麼不記得啊？聽說那天他發了一場大火，把衙門的小廝給嚇得不行——」胡老大說到這裡，猛然就停了下來，睜大了眼睛，扭頭向小松確認道：「你是說……蕭公子他喜歡趙姑娘？」

小松一臉確信地點了點頭。

胡老大卻還有些不信，開口道：「這不可能啊，就趙姑娘那身分，就是去將軍府給蕭公子當丫鬟，那都不一定夠格呢！」

「所以蕭公子才傷心啊，這不，今兒帶著我們來借酒澆愁了呢！老大你想想，他今天把誰從貢院裡頭給揹出來了？」

胡老大想了想，擰眉道：「不就是一個窮書生嗎？」

「那窮書生什麼人你知道不？」

胡老大又想了想，忽地張嘴道：「那窮書生不就是趙姑娘的相公嗎？」

「這不就得了！」小松一拍桌子，然後一臉同情地看著在桌上爛醉如泥的蕭一鳴，嘖嘖道：「老大，讓你揹一個情敵揹這麼一大段路，你心塞不心塞？」

「我何止心塞？我都要塞死了！」胡老大拍著胸脯道。

於是，兩人頓時都用同情的眼光看著蕭一鳴。

小松拍了拍蕭一鳴的後背，為他出謀劃策道：「蕭公子，你喜歡人家有沒有問過人家的意思呢？你也瞧見那秀才有多寒酸了，沒準趙姑娘就不打算跟他在一起，只等著你八抬大轎地接她進門呢！不然，你找個人去提親試試？」

「提什麼親啊？趙姑娘那身分，能進將軍府都難，頂多就是個通房姨娘的了，弄不好還只能做外室呢！我倒是覺得趙姑娘未必願意，那窮秀才萬一這一科高中了，她以後少不得也是舉人太太，若運氣好再中個進士，那就是正兒八經的官太太了，有人放著官太太不做，要去當別人小妾的嗎？」胡老大對這些事情倒是明白得很，給小松分析了起來。

偏生這時候蕭一鳴正是半睡半醒的狀態，前頭一句話沒聽見，後頭這句卻聽到了，越發覺得自己沒希望了，捶著桌子繼續大哭。

胡老大見了，也是嘆息。「行了，蕭老弟，節哀順變吧，這強扭的瓜不甜。你要真放不下，也不能在明面上幫著他們了，不然這抬頭不見低頭見的，多尷尬啊！」

蕭一鳴哭了一陣，酒也醒得差不多了，愣愣地抬起頭，忽然把腰間的大刀往肩膀上一扛，站起來道：「對了，還有幾個小嘍囉沒有收拾！瞧我這就去幫她給收拾了！」

兩個人見蕭一鳴扛著大刀、邁著醉步地往外頭去，急忙就拉住了他，生怕他出事。

宋明軒在看了一眼趙彩鳳之後，就又睡著了。這一覺睡得極沈，等他醒來的時候，外頭天色已經是黑壓壓的一片了。

宋明軒從床上起來，覺得頭重腳輕的，稍稍走了幾步，還覺得腳底下有些打飄。他梳好了頭，穿好衣服，挽了布簾子出去，就瞧見楊老太正從廚房裡頭端菜過來。

楊老太瞧見宋明軒便招呼道：「小宋醒了啊？原本就打算喊你吃晚飯了，又怕擾著你休息。」

宋明軒隨著趙彩鳳開口喊了一聲「姥姥」。

楊老太樂得合不攏嘴，笑道：「早該這麼喊了！」

見宋明軒微微臉紅，楊老太便拉著他在桌邊坐下了。「今兒菜都挺清淡的，彩鳳說你剛從裡面清湯寡水地出來，怕一下子吃多了腸胃會受不住。」

楊老太說完，趙彩鳳已從後面端了一碗菜秧湯過來，遞到宋明軒的面前。「你先喝一碗暖暖胃，我們再吃飯。」

宋明軒瞧著一大家子的人都來了，心裡覺得暖融融的，又問道：「小武怎麼沒有來？」

趙彩鳳便向他解釋了幾句。

楊老頭難得高興，就倒了一點點酒，見宋明軒身體不好，也不讓他陪著，自己一個人慢悠悠地喝了起來，又問道：「小宋啊，這秋闈是考過了，你自己心裡覺得，這次能中不能中？」

說實話，這問題還真是讓宋明軒犯難，原因就出在最後一場的時政題上面。若是運氣好，遇上了降爵派的評卷人，高中自然是沒有問題的；可若是運氣不好，遇上了保爵派的，名落孫山也是意料之內的事情了。因此，宋明軒臉上便露出了尷尬的神色。

趙彩鳳瞧著就覺得有些不對勁，在學習上很有天分的宋明軒一向是自信的，甚至有的時候還頗為自負，因此這樣的神色和他平常的作派有點不符。

「姥爺，考試都考完了，還提這些做什麼呢？人平平安安地回來就好了，說這些多掃興啊！」趙彩鳳替他解圍，順便挾了一小塊炒蛋放入宋明軒的碗中。

宋明軒感激地看了趙彩鳳一眼，低著頭慢慢地吃了起來。

楊氏和楊老太見了宋明軒這個反應，兩人心裡都微微有些擔憂。

楊氏已經認定了，宋明軒這次考試只怕是凶多吉少，畢竟人都是別人揹著出來的，這卷子到底有沒有做完還兩說呢！一想到趙彩鳳有可能當不成舉人太太了，楊氏心裡還是掩蓋不了失落。

原本熱熱鬧鬧的飯桌，一下子就沈寂了下來。

楊氏覺得這時候最傷心的人肯定是宋明軒，便又強笑著站起來道：「外頭爐子上還燉著雞湯呢，我出去瞧一瞧。」

楊老太見了，忙跟著出去了，見楊氏去爐子上看雞湯，便在她後面道：「二姊兒，我瞧著明軒這一科，怎麼看著凶多吉少的呢？妳說說，這要是真沒中，咱彩鳳還嫁他嗎？他家裡可還有一個拖油瓶呢！」

楊氏雖然早有心理準備，可畢竟大家的想法是一樣的，都是抱著希望的，如今眼看著希望要落空了，失望自然是難免的。

「嫁是肯定要嫁的，原本我和明軒他娘說的也是不管明軒中沒中，咱們過了孝期就把這事情給辦了。」

楊老太忍不住又往屋子裡瞧了一眼，見宋明軒那弱不禁風的模樣，開口道：「我原本瞧著小宋也是好的，可他要是沒中舉人，又是這麼個肩不能挑、手不能提的模樣，那咱彩鳳以後可不得養著他了？更何況他家還有一個小的，這以後的苦日子可不是一天、兩天?!」

楊氏聽楊老太這麼說，心裡頭越發矛盾了，瞧著那煤爐上的雞湯翻滾得厲害，墊著抹布，連砂鍋一起端了起來，小聲地道：「明軒的身體確實該養一養的，這不現在還沒放榜，娘我們就先不提這個了，沒準他這一科就中了呢！」

楊老太聽楊氏這麼說，無奈地搖搖頭道：「妳看他那模樣，老頭子才問了一句，臉就掛下來了，像是個能中的樣子嗎？」

楊氏聽了，越發就慌了神，硬著頭皮端著湯往裡頭去。

楊氏是一個很不會掩飾心情的人，什麼事情都擺在臉上，趙彩鳳從她出去的時候就注意到她的不對勁了，這會兒進來，明顯就感覺她的臉又拉長了一寸的樣子。

楊老太就不一樣了，這麼些年做生意招呼客人，什麼事情都能放在肚子裡，才跟著楊氏進來，就笑嘻嘻地開口道：「快喝雞湯、喝雞湯！這隻雞是我特意選的，一點兒也不肥，用來補身體正好！」

趙彩鳳瞧楊老太掩飾得好，便也笑著站起來，拿起大勺子為宋明軒滿上了一碗雞湯，遞到他的跟前道：「好好補一補，慢點喝。」

對於趙彩鳳來說，既然喜歡上一個人，那麼不管他是舉人還是秀才，是一輩子窮困潦倒還是金榜題名、飛黃騰達，那都是自己喜歡的人。當然，趙彩鳳也不會讓一輩子窮困潦倒這樣的事情發生在宋明軒的身上。

而且，以趙彩鳳從現代的高考經驗來總結，其實這次宋明軒考不上也是情有可原的。

首先第一點，他作為一個考生卻沒有系統的複習，都是在家裡頭靠自己自學，這有什麼用呢？俗話說，三個臭皮匠還賽過一個諸葛亮呢！宋明軒再聰明，沒有同窗一起探討，沒有名師每日指導，他的發揮也是有限的。

第二點，宋明軒的身體條件差，雖然九天七夜對於每一個趕考的人來說都是一個不小的考驗，但是在這之前宋明軒才病過一場，他身體本來就弱，自然是弱上加弱了。

還有第三點，那就不是宋明軒自己可以左右的了，很多事情其實除了實力之外，運氣也是一個不可或缺的成功因素，如果宋明軒真的沒有考試運，天下學子這麼多，能讓他考中的機率也確實不大的。

不過……在趙彩鳳想到這三點之後，她又忍不住想起了前世那個給她算命的老和尚。要是那個老和尚真的有通天的本事，那他口中文曲星下凡的人，會不會就是宋明軒呢？

趙彩鳳想到這裡，忍不住搖了搖頭，命令自己快醒醒，過於迷信的話，那就是神經病了。

楊氏見宋明軒低頭喝湯，臉上並沒有什麼異樣的神色，這才稍稍放下了心來，臉色也比剛才好看了很多，笑著開口道：「明軒，姥爺說你是讀書人，字又寫得好，你看看給我們家的鋪子取一個什麼樣的招牌呢？」

一家人談起了開鋪子的事情，氣氛頓時又活躍了起來。

一旁的趙文聽說要取名字，便插嘴道：「叫麵好吃！姥爺做的麵條就是好吃！」

楊氏聽了，摀著嘴哈哈大笑了起來，可一想起今兒請錢木匠來吃晚飯被拒絕的事情，楊氏心裡又有些不是滋味。

趙彩鳳聽了趙文的話，也笑了起來，拿筷子敲敲他的腦門道：「老二，你說說，是麵好吃，還是雞腿好吃呢？」

趙文一本正經地想了半天後，開口道：「那還是雞腿好吃些！」

兩個老人也忍不住笑了起來。

宋明軒端著雞湯，臉上笑得有些清淡，趙彩鳳瞧見他那個樣子，便覺得有幾分心疼，悄悄地從桌子底下把手伸過去，在他大腿上掐了一把。

宋明軒疼得直了直身子，放下雞湯，把手放到桌子底下，按住趙彩鳳的手背，不讓她抽走。

趙彩鳳低下頭笑了，又抬起來看了宋明軒一眼，這才慢慢地開口道：「我們既然要做好麵條，那自然要打一個招牌出來，姥爺的雞湯麵在河橋鎮那是遠近聞名的，不如我們就叫『楊記雞湯麵』，又響亮又容易記住！」

楊老頭聽了這話，連連擺手道：「不行不行，這鋪子是妳盤的，如今是我和妳姥姥投奔妳來著，妳怎麼還叫這名字呢？不如叫『趙記雞湯麵』吧？」

趙彩鳳聽了，笑著道：「姥爺，難道這店鋪叫什麼名字，這家店就是誰的了嗎？我現在是借你的名聲給我招攬生意呢，說起來還是你虧了！你又有名聲、又有技術，我啥都不會，要是不叫『楊記雞湯麵』，能有幾個客人來吃呀？」

楊老太聽了這話，倒是覺得很有道理，點頭道：「老爺子，彩鳳說的有道理，咱倆在河橋鎮賣麵條賣了有三十多年了，鎮上什麼人不認識啊？誰不知道你楊老頭的名號？雖然京城沒來過，可要是有人一打聽，說河橋鎮真的有這麼個楊老頭，那客人不就上門了嗎？」

楊氏也勸道：「爹，我也覺得這名字響亮，聽著又接地氣（注）。」

楊老頭想了想，點頭道：「既然都這麼說，那就叫這個名字好了。沒想到我楊老頭到了這把年紀，還真的能開一家『楊記雞湯麵』出來，真是祖上積德了。」

楊老太聽楊老頭這麼說，笑著道：「什麼祖上積德？那都是彩鳳能幹，又有貴人幫襯著，不然哪裡有這麼容易的事情？」

趙彩鳳聞言，低下頭略略笑了笑，想起今日蕭一鳴落寞的背影，心下也有些不好受。雖然蕭一鳴從來沒向自己表白過，可這種感覺，似乎就是那麼回事。

趙彩鳳才低下頭，就發現宋明軒按著她手背的掌心微微帶著幾分力道，將她的手整個包裹在他的大掌之中，帶著幾分霸道的占有慾。趙彩鳳抬起頭瞪了宋明軒一眼，稍稍用力，把手從他的掌心抽了出來。

一頓飯吃完，楊氏和楊老太在後面灶房裡頭整理東西，楊老頭帶著趙文到店裡頭睡覺去了。

趙彩鳳見宋明軒坐在院中的葡萄架下，若有所思地看著天上的月亮，便從宋明軒的房裡拿了一件袍子出來，上前披在他的身上道：「宋大哥，你有心事？」

宋明軒垂下眉宇，帶著病氣的臉上似乎還有些力不從心的感覺，嘴角的弧度卻有幾分倔

注：接地氣，簡言之，就是廣泛接觸老百姓的普通生活，與最廣大的人民群眾打成一片，反映最底層普通民眾的願望、訴求、利益。

強，開口道：「彩鳳，若是這次我沒有高中，我就回趙家村去了！」

趙彩鳳在宋明軒的面前坐下，怔怔地看著他道：「不是說好了，若是沒有高中，就帶著我一起回趙家村的嗎？」雖然趙彩鳳從來沒有打算過要回趙家村，可是哄人的時候，偶爾扯個謊應該也是無傷大雅的吧？

宋明軒看著趙彩鳳的眼神驀然就有些模糊了起來，撇過頭道：「鋪子已經裝修好了，眼看著就要開業了，妳怎麼有空回去呢？」

趙彩鳳瞧著宋明軒這帶著酸意的話語，心裡暗暗笑道：還跟我裝呢！肯定是出了什麼事情，說得跟生離死別一樣！

「我不回去可以，你也別回去了！」趙彩鳳一本正經地看著宋明軒，追問道：「你忘了我說過考完了你要娶我的事了嗎？你想一個人回趙家村去，難不成是要甩了我？」

宋明軒哪裡會有這樣的想法？聽趙彩鳳這麼說，眼眶裡溫熱的液體忍不住就要溢出來一樣。

趙彩鳳卻不等他爆發，站起來一把抱住了他的腦袋，往自己的胸口靠了靠，道：「男子漢能屈能伸的，考試沒考好有什麼關係？大不了三年後再考就是！三年考一次而已嘛，又不是三十年，咱等得起！」

趙彩鳳知道，這個時候宋明軒的小心臟脆弱得很，得好好哄哄才行，她最近帶孩子帶得也挺多的，哄孩子的本事也是有一套的，所以就大言不慚地哄了起來。

可她哪裡知道，宋明軒之所以會向她說這一席話，除了覺得自己考試失利之外，更多的是因為他臨昏過去之前，聽見蕭一鳴說的那些話……

一開始，宋明軒以為自己只是作夢而已，所以在醒來之後，看見趙彩鳳在自己身邊時，便忍不住想要抱著她、擁著她，感覺唯有這樣他才能安心。可漸漸地，宋明軒終於明白了過來，這一切都不是夢……所有的這一切都不是……

一百兩銀子、廣濟路的鋪子、誠國公府的捨命相助、一次次的探望。他一開始當真以為蕭一鳴是真心對待自己的，可誰知道，他原來是醉翁之意不在酒。宋明軒想明白了這些，也一下子就豁然開朗了起來。如果他這次僥倖能中舉人，興許還可以和蕭一鳴一較高低，可若是他連一個舉人都考不上，他又拿什麼娶趙彩鳳呢？他給不了她榮華富貴；給不了她錦衣玉食、呼奴喚婢的日子，而這一切，蕭一鳴都能做到！

宋明軒的心裡湧現出前所未有的挫敗感，讓他自己抬不起頭來。韓夫子告誡他，作為一個文人，應該要有文人的氣節，可他現在已經全然失去這些東西了，沒有功名、沒有地位，只能連自己心愛的女人都拱手相讓。

宋明軒心裡憋著的苦悶一下子都爆發了出來，在趙彩鳳的懷中嚎啕大哭起來。他抱著趙彩鳳纖細、柔若無骨的腰肢，曾經多少次，他都想狠狠地把她揉進自己的身體，然而從此以後，這一副美妙的身體將不會是自己的了。

趙彩鳳抱著宋明軒，很平靜地讓他發洩著。她沒有經歷過九天的考試，不知道這種壓力是怎樣的，但是從宋明軒的哭聲中，她能感覺到他前所未有的絕望。趙彩鳳覺得不能讓宋明軒再這樣下去了，她蹲下來，雙手托著宋明軒熱淚縱橫的臉頰，閉上眼睛，吻了上去。

這突如其來的吻讓宋明軒頓時驚呆了，他微微張開嘴巴，趙彩鳳的靈舌卻在這個時候探入了宋明軒的唇瓣中。

趙彩鳳跨坐到宋明軒的雙腿之上，熱切地捲弄著宋明軒的舌尖，摟著他微微發顫的身子，像是要證明自己的忠貞一樣，帶著幾分力道，彼此捲舔、吮吸著。

過了良久，兩人的呼吸都有些不穩了，趙彩鳳這才鬆開了宋明軒，捏著袖子擦了擦他臉上殘留的淚痕，紅著臉頰靠到他的懷中道：「我喜歡的人，只要我不嫌棄，你也不准自暴自棄！」

宋明軒微微一愣，有些羞澀地低下頭，在趙彩鳳的額頭上輕蹭著吻了幾下，喉中卻哽咽得說不出半句話來，一個勁兒地抱緊了趙彩鳳，恨不得將她揉進骨髓中。

趙彩鳳任由他這樣緊緊地抱著自己，這種被抱著的感覺讓自己徹底地安下心來，趙彩鳳抬起頭，看了一眼宋明軒下巴上還沒處理掉的鬍渣，尖著手指捏起一根來，用力地拔了一下，瞬間疼得宋明軒「唉喲」一地叫了一聲。

趙彩鳳笑著在他臉頰上蹭了蹭，用柔柔的嗓音繼續道：「宋明軒，別胡思亂想了，我既然已經選了你，那你這輩子是好是壞都是我的人了，哪裡是你自己說得算呢？你要是再胡思亂想，我可就不高興了。」

宋明軒這時候感動得不知道說什麼好，眼眶忍不住落下淚來，點了點頭，說不出話。

趙彩鳳繼續道：「富人有富人的活法、窮人有窮人過的日子，你看這討飯街上滿大街的窮人，有幾個是天天想著死啊活啊的？與其胡思亂想，不如想想以後怎麼把日子過得好一些。就比如你吧，你覺得這次沒考好，那就總結經驗，這次沒考好不打緊，沒準下次咱能考上個解元呢！」

宋明軒聽著趙彩鳳說話的口氣，心裡滿滿當當都是感動，也被她這神氣活現的樣子給逗笑了，遂嘆息道：「其實也不是不好，只是有一道題解得有些偏。」

趙彩鳳聽了，也略略有些明白了。聽說考科舉要寫八股文，有什麼審題破題的，要是一開始就弄錯了方向，這後面的文章你就是寫出一朵花來，也未必能考上，宋明軒大概就是遇上了這樣的問題。趙彩鳳想了想，勸道：「算了，考都考過了，咱就別再多想了，你看看你這悶悶不樂的樣子，我都心疼了。」趙彩鳳說這話的時候，還覺得有些不好意思，不過說出來之後，反倒覺得好多了。

宋明軒被趙彩鳳這一番又是說好話、又是投懷送抱地安慰了一回，心情也好了很多，伸著手指，在趙彩鳳的胸口上點了點道：「是不是這裡疼？」

趙彩鳳見他又悶騷了起來，也就少擔心一點了，紅著臉點頭。

宋明軒卻又握住了趙彩鳳的手，引著她的手來到一處邪惡的地方，小聲地在她耳邊道：「我這裡也很疼。」

趙彩鳳唰地一下從宋明軒的大腿上站了起來，瞪了他一眼道：「沒正經的，不理你了！」

說完後，便往房裡走去。忽然間，一片瓦落到自己的腳尖前頭，屋頂上傳來一聲野貓叫。

第二天一早，楊老太和楊氏就去了店裡頭幫忙，如今那邊爐灶都已經安置齊全，完全可以開伙了，楊氏也不需要兩邊跑來跑去的麻煩。兩人出門前交代了趙彩鳳，把昨兒吃剩下來的東西熱一熱，就夠趙彩鳳和宋明軒吃一天的了。

宋明軒身子沒復原，早上就沒醒過來。

趙彩鳳起了一個大早，瞧見灶上的東西都是冷的，便拿了幾個銅板，打算去外頭買豆漿回來喝一下。正好這時候趙彩蝶也沒睡醒，等她睡醒了，肯定也是餓著肚子要吃的了。

正所謂一日之計在於晨，清晨的討飯街總是朝氣蓬勃的樣子，大家夥兒都精神奕奕地做著生意，巷口的小攤前瀰漫著各種早餐的香味。

呂大娘見趙彩鳳拎著竹筒出來，便笑著道：「怎麼今兒是妳出來打豆漿，不是妳家小宋了？」

一旁攤子上的翠芬聽了，笑道：「宋秀才怕是要休息一陣子了，考完秋闈可是要脫一層皮的，怕還得在床上養幾天呢！」

呂大娘驚嘆道：「怪不得聽說昨天是給揹著回家的！好些了沒有？其實依我看，人好好的就行了，沒必要為了個功名糟蹋身子啊！」呂大娘失去兒子之後，把一切都看得很淡了，總覺得只有人活著，才是最有意義的事情。

事實也是如此，在趙彩鳳的心裡，宋明軒中不中舉人都是其次，只要他活著，肯上進，那麼總會有他的用武之地。

「大娘妳放心吧，他沒什麼大礙，不過就是有些低熱，誰能想到這幾天突然就變了天呢！」趙彩鳳笑著道：「我也覺得大娘妳說的有道理，這些功名利祿都是空的，只要人好好的就行，有人在，就有希望。」

呂大娘聽趙彩鳳這麼說，一個勁兒地點頭說是。

那邊翠芬聽了，也略略地笑了笑，伸手打包了兩個燒餅，遞給趙彩鳳道：「彩鳳，拿回去和宋秀才一起吃吧！」

趙彩鳳還要推託呢，翠芬已經招呼別的客人去了。趙彩鳳只好笑著接過了，在她攤子跟前的錢罐子裡丟了兩文錢下去。

趙彩鳳正打算打道回府，忽然就瞧見幾個順天府尹的捕快往這邊走過來，見了這攤子前的人便急吼吼地問道——

「問你們一件事情，昨兒晚上，有沒有人瞧見一個穿順天府衙捕快衣服的人在這邊出現？」

那幾個擺攤的人擰著眉毛道：「官爺，你們每天都要往這邊來幾次呢，來來回回的，我們哪裡記得了？」

趙彩鳳抬眸看了一眼，見來巡查的人中正巧有她認識的胡老大，便走過去打探道：「胡捕快，衙門裡又出了什麼事情嗎？怎麼一大早就出來了？」

胡老大見是趙彩鳳，就像看見了救星一樣，兩道眉毛都飛了起來，忙不迭地問道：「趙姑娘，妳昨晚見到蕭公子了沒有？他說他昨晚來過這討飯街，我問他有沒有人見到他，他又不肯說，我估摸著他是來見妳的！」

趙彩鳳昨晚吃了晚飯後就沒出過院門，自然沒有看見過蕭一鳴，因此搖了搖頭道：「我沒見過他，我昨天見他還是在貢院門口，後來他不是跟著你們喝酒去了嗎？」

胡老大哀嘆了一聲，開口道：「是啊，喝酒誤事啊！」

趙彩鳳見他一臉悲戚的表情，忍不住問道：「到底怎麼回事？蕭公子出事了嗎？」

胡老大火急火燎地道：「出大事了！蕭公子這次弄不好要沒命了！」

趙彩鳳聽了這話也有些納悶了，蕭一鳴雖然表面看著不大正經，其實做人正派，也沒有那些紈袴公子的壞習慣，應該不會惹什麼禍事才是啊！「他到底出了什麼事情？」趙彩鳳焦急地問道。

「就是昨兒喝酒喝多了點，鬧著要去廣濟路抓小混混，哥兒幾個拗不過他，就跟著去了，然後把那幾個小混混打也打了、罵也罵了，以為這事情就了結了，誰知道今兒天沒亮，就有人跑來順天府衙告狀，說是昨天其中一個被打的小混混死了！」胡老大說著，也覺得事情有些奇怪，平常拿那群小混混練手，不過就是打個皮外傷，頂多傷筋動骨，讓他們老實一段時日罷了，再沒有這麼容易就死了的！

趙彩鳳一聽，頓時也嚇了一跳，又問道：「就算死了，那也不能賴到蕭公子的身上啊！」

「唉！蕭公子昨兒不是喝醉了嗎？嘴裡沒有一句好話，指著那小混混罵道：『你不給我老實些，今晚我就把你收拾了。』這不，一群圍觀的百姓都聽著呢！如今人真的死了，那家人第一個告的就是蕭公子啊！」

趙彩鳳這時候也有些心煩意亂了，那幾個小嘍囉還是她前幾天開玩笑的時候讓蕭一鳴去收拾的呢，想到這裡她便忍不住自責了起來，繼續問道：「那仵作呢？驗屍結果如何？」

「驗屍結果說死者是昨晚亥時的時候嚥氣的，應該是被利器捅上了脾臟，失血過多而亡，死亡地點是死者家後門的小巷子裡。」

「凶器找到了沒有？」

「去哪裡找凶器啊？發現死人的時候，血都已經流了滿地，不成樣子了！」胡老大嘆息道：「如今那死者家裡只有一個瞎了眼睛的老奶奶，告狀的人是他嬸子。其實我瞧著那家人就是想訛幾兩銀子的，可誰知道蕭公子一口咬定了說沒幹這事，死活不肯認，蕭將軍一生氣，就親自綁著他交給順天府尹了，讓我們按規矩查，若查出來真是蕭公子幹的，也按規矩判！這不，我們順天府尹，算是傾巢出動了。」

蕭一鳴那個性子，要是敢殺人，趙彩鳳也不相信，他既然這樣鐵骨錚錚的不認，想必真是冤枉的，於是開口道：「那就趕緊查一下，昨晚亥時蕭公子到底在哪兒呀！」

胡老大看著趙彩鳳，忍不住又問道：「趙姑娘，妳昨晚真的沒看見蕭公子嗎？他說他昨晚那個時辰，就在這討飯街上來著。」

趙彩鳳擰眉想了想自己昨晚亥時都做了些什麼，忽然就想起來昨晚宋明軒正哭成了狗，她在那邊一個勁兒地安慰，壓根兒沒在意外頭有什麼動靜。

胡老大見趙彩鳳當真不知道，也不想在這邊耽誤時間了，急忙帶著人再去別處問問。

趙彩鳳在原地愣了半天後，心不在焉地提著豆漿、燒餅回去，進門的時候就瞧見宋明軒已經起來了，正在井邊取了水洗臉。趙彩鳳放下了手裡的東西，上前對宋明軒道：「宋大哥，我剛剛在外頭聽說了一件事情。」

宋明軒見趙彩鳳臉色不大好，忙擔心地問道：「彩鳳，這是怎麼了？妳快坐下說。」

趙彩鳳這時候心裡有些亂，她是一個現代人，只知道殺人要償命這規矩，一想到蕭一鳴若是當真被判做了殺人犯，豈不是就要沒命了？她不想因自己的一句戲言，就造成蕭一鳴這樣的悲劇，因此心裡越發慌亂了起來，抬起頭看著宋明軒道：「宋大哥，剛才外面有捕快來問話，說是有人告蕭公子昨天晚上行凶殺人，殺了廣濟路上的一個小混混……」

宋明軒聽趙彩鳳這麼說，一臉不可置信地道：「怎麼可能？蕭公子他不是這樣的人！」

蕭一鳴的確不是這樣的人，對於自己的情敵，蕭一鳴都可以這樣真摯地對待，更何況是一個小混混呢？何況蕭一鳴就算真要殺人，那也是殺他宋明軒，不可能是一個小混混啊！

「我也覺得蕭公子不是這樣的人，所以我打算去衙門看看他，順便看看能不能幫上什麼忙。」趙彩鳳這會兒並不知道宋明軒已經曉得了蕭一鳴對她的心思，所以毫不猶豫地說了這句話出來。

宋明軒看著趙彩鳳，心裡多少有些糾結，可轉念一想，蕭公子可以這樣不計較地幫自己，自己為什麼還要以小人之心度君子之腹呢？因此宋明軒也跟著點了點頭道：「好，彩鳳，我跟妳一起去！」

順天府衙門，趙大人這會子正頭大如斗。蕭一鳴被反綁在公堂之上，後背上還有斑駁的鞭痕，蕭家是武將之家，嘴上說不通的道理，從來都是用鞭子說的。

趙大人雖然貴為老丈人，可他也管不著蕭將軍教訓自己兒子，公堂審到一半，但凡蕭一鳴不肯認錯、據理力爭的時候，坐在一旁的蕭將軍就會站起來，啪啪來幾鞭子解決問題，到最後連趙大人都不敢開口了，生怕這還沒審完呢，自己的寶貝外孫就要被女婿給打死了！

趙大人耐著心思，小聲地問道：「老三，你就老實交代了吧，你昨晚亥時到底去了哪兒？有什麼人瞧見你了沒有？只要那個人能證明你說的是真的，那你就脫罪啦！這殺人可不是小事情，你快點把腦子給放清楚吧！」

蕭一鳴跪在堂下的青石板上，梗著脖子，背挺得筆直，依舊一言不發。

蕭將軍見他這副不見棺材不掉淚的樣子，氣得牙根都癢了，又站起來要掄鞭子。

趙大人立即喊住了道：「蕭將軍，我這兒是順天府衙門，不是你家祠堂，你要教訓孩子，回家教訓去！」

蕭將軍見老丈人終於發威了，忙不迭地低下頭道：「岳父息怒，這小崽子越發離譜了，竟沾染上殺人的官司，要是不好好教訓他一頓，只怕以後越發不學好了！」

趙大人瞪大了眼睛反駁道：「他說了人是他殺的嗎？你就不能信你兒子一回？你是覺得你自己兒子多，隨便打死一個也無所謂是不？那我告訴你，今兒你要是再敢打他，就先打我！」

這公堂原本是審案子的地方，如今扯了這些家事進來，越發就讓人覺得好笑，幾個拿棍子的捕快都忍不住憋著笑。

蕭將軍見趙大人實在護得緊，也沒話說了，頓了片刻才開口道：「只要他能說出昨天晚上都幹了些什麼、有什麼人可以證明他的清白？我就饒了他！」

趙大人聽蕭將軍這幾句還像些人話，便又開口問蕭一鳴。「老三，你倒是說啊！有沒有人能證明你的清白？」

蕭一鳴雙眸通紅，憋著一股倔強之氣，心裡也鬱悶，討飯街上的野狗算不算人證？

他昨晚酒醒之後，不知道為什麼就特別想看看趙彩鳳，吃了晚飯後就溜出了家門，鬼使神差一樣地去了討飯街。原本他打算悄悄地看一眼趙彩鳳就走的，自然沒有讓閒雜人等瞧見自己，偷偷地蹲在趙彩鳳家的屋頂上，看著趙彩鳳家的院子，結果瞧了半天也沒見趙彩鳳出來，都要走了，偏生那個時候，趙彩鳳卻從裡面出來了。

再後來他看見的那些，即便是讓他回憶一下，都要痛苦得哭出來了，他又如何能跟別人說呢？他看見趙彩鳳抱著宋明軒，狠狠地親吻著，而且，最關鍵的是……趙彩鳳是主動的！她喜歡宋明軒，無關乎他是不是能考上舉人，只因為他是宋明軒而已！

蕭一鳴回想起趙彩鳳的那些話，只覺得悲從中來，又狠狠地忍住了眼淚。

趙大人瞧見蕭一鳴這副痛不欲生的模樣，更是心疼得很，一個勁兒地安慰道：「老三，是不是你爹把你給打疼了？我讓師爺給你取些金瘡藥來！」

蕭一鳴嗚咽了一聲，抬起頭把眼中的淚水給憋了回去，依舊板著一張臉，抬起頭看著天花板。

蕭將軍見他這副死人模樣，就忍不住又怒從中來，繞著手裡的鞭子，又擺起了架勢。

這時候胡老大和其他幾個捕快正好回來了，瞧見趙大人那伸長脖子等待的模樣，不禁唉聲嘆氣道：「大人，討飯街那一條街都問過了，沒人說見過蕭公子啊！況且那個時辰，大多數人家都睡了，只有巷子裡的野狗還在亂叫，難不成我問巷子裡的野狗去嗎？」

趙大人聽了，拍著驚堂木道：「這可如何是好啊？老三，你快說句話啊！你昨晚跑去討飯街都幹了些啥呢？」

蕭一鳴情場失意，這時候正是人生最灰暗的時候，見真的沒人可以證明自己的清白，只淡淡地道：「姥爺，您就按正常審案的規矩來，若真認定我是那凶手，那我也沒話說。」

蕭將軍聞言，胸口一團怒火爆炸了，揮著鞭子又往蕭一鳴的身上甩過去道：「你要是真的殺人了，我就自己把你給了結了，省得丟人現眼！」蕭將軍的鞭子還沒打下去，就聽見公堂外有人開口道——

「蕭將軍息怒，我有辦法證明蕭公子不是凶手！」宋明軒昨天才從考場裡頭出來，雖說睡足了覺，可身子還沒完全好，這一路走過來還有些心跳氣喘、腳下打飄，見蕭將軍終於放下了鞭子，這才由趙彩鳳扶著，慢慢走上了公堂，看了一眼跪在地上的蕭一鳴，道：「要證明蕭公子不是凶手，有兩個辦法，一是找出人證證明蕭公子不在現場；二是找出殺人凶手，那就可以直接洗脫蕭公子的殺人嫌疑。」

這時候，一直跪在一旁的死者家屬忙開口道：「怎麼可能不是他呢？他昨天就把我家小二打了一頓，還親口說要收拾了我家小二啊！可憐我家小二從小無父無母，我一個瞎眼老太婆把他拉扯成這麼大不容易，好好的一個孩子就這麼沒了……」

趙彩鳳上下打量了一眼這瞎眼老婆婆，倒沒有一臉的刻薄相貌，就是跟她跪在一旁、扶著她的那個中年媳婦，看著有些不面善。

上回誠國公府的案子，宋明軒沒少出力，這次趙大人見是宋明軒來了，跟看到了救星一樣，忙不迭地就迎了過去，開口道：「宋秀才，你和老三是好朋友，你來勸勸他，他說他昨晚去了討飯街，是不是去找你了？我問他究竟去幹了什麼，他卻死活不肯說，真是要急死我這老頭子了！」

趙彩鳳聽了這話，便低頭往蕭一鳴那邊看了一眼，只見方才還昂著脖子、一臉有骨氣的蕭一鳴，不知道何時已經低下了頭，微微側著身子，彷彿是不想看見他們兩人一般。

趙彩鳳微微擰眉想了想，忽然就想起昨夜她回屋時，從屋簷上掉下來的一片瓦，心下頓時恍然大悟。她扯了一把宋明軒的袖子，忽然間當著滿大堂的捕快、外頭看熱鬧的百姓們的面，吻上了宋明軒的唇瓣！

宋明軒這時候正在想事情，哪裡知道趙彩鳳會這樣？略略一驚，便被趙彩鳳給含住了舌尖，踮著腳跟吻了起來！

頃刻間，外頭的老百姓都尖叫了！

一直低著頭的蕭一鳴聽見聲音，也忍不住抬起頭，當看見趙彩鳳這樣忘我地吻著宋明軒的時候，他已經完全忘記了思考。

趙彩鳳忽然又睜開了眼睛，推開宋明軒，扭頭問還在震驚中的蕭一鳴。「蕭公子，你昨天晚上亥時左右，在我家屋頂上，是不是就看見了我和宋秀才的這一幕？」

蕭一鳴頓時脹紅了臉頰，支支吾吾了片刻，不知說什麼好，心裡卻跟無數頭馬狂奔而過一樣，一個勁兒地咆哮道：趙彩鳳，妳還要不要臉？要不要臉……

誰知道趙彩鳳微微一笑，坦然對趙大人道：「趙大人，我可以作證，昨天晚上亥時，蕭公子就在我家屋頂上，因為那個時候，我和宋秀才就在做剛才那件事情。方才蕭公子的表情你們也看見了，他大概是怕說了出來，對我的名聲不好，所以才會隱瞞不報吧。」

方才趙彩鳳的舉動，其實不光是讓蕭一鳴驚呆了，在場所有的人也都驚呆了。

趙大人聽趙彩鳳這麼說，一時也沒有反應過來，愣了片刻才開口道：「老三，你快說，趙姑娘說的話是不是真的？」

蕭一鳴這時候早已經臉紅脖子粗了，壓根兒沒聽見趙大人的發問，反倒對著趙彩鳳道：「妳還是不是女人啊？怎麼能這麼不要臉呢？這兒那麼多人，妳竟然就……」後面的話，蕭一鳴自己臊得都沒法說出口了。

若是古代的女人被這麼說一句，只怕不是懸樑也要投井的，可趙彩鳳並沒有這種自覺，笑著道：「這有什麼不要臉的？他是我未來的相公，我跟他做什麼都不為過，像蕭公子一樣做梁上君子，在屋頂上偷看別人家做什麼的，那才是真的不要臉呢！」

宋明軒見趙彩鳳這麼說，隱隱也明白了過來，一時間覺得心口熱熱的。趙彩鳳她明明知道蕭一鳴對她的心思，卻還那樣對自己，她一定是真心的！

蕭將軍抬起頭看了一眼站在堂上的姑娘，見她長相甜美、形容秀氣，頓時就明白了幾分，他畢竟也是在趙家的牆頭上潛伏過的人，如何不知道這種情竇初開、夜夜難眠的感覺？看來自己的兒子這次是得了相思病了！

蕭一鳴聽趙彩鳳這麼說，一時間臉紅得都不知道怎麼反駁好，鬱悶地低著頭道：「我、我什麼都沒看見！」

趙彩鳳見蕭一鳴果然就承認了，這才微微一笑，轉身對趙大人道：「趙大人，昨天蕭公子自我家屋頂上離開的時候，不慎踩碎了一塊瓦片，其中有一半掉了下來，那半塊瓦片被我扔在了牆腳，趙大人不妨派人去查看一下，看看我家屋簷上是不是有這麼一塊破瓦片？」

蕭一鳴見趙彩鳳有心幫他，這時候也不堅持了，只無奈地垂著腦袋。

旁邊一直跪在堂上的兩個原告聽了，那瞎眼的婆婆倒是沒什麼反應，另外一個中年媳婦急忙開口道：「趙大人，您可不能只聽她一個人信口雌黃啊！她說蕭公子在她家屋頂，那蕭公子就真在了嗎？您也瞧見這姑娘有多不檢點了吧？當著這麼多人的面就公然和人卿卿我我的，我瞧著沒準她和蕭公子有一腿，故意來給他作偽證呢！」中年媳婦說完後，還往宋明軒的方向看了一眼，上下打量了一番後，又道：「這位小爺，你頭上被你女人戴綠帽子了只怕都還不知道吧？竟還傻傻地過來給蕭公子作證！你們是親眼瞧見他在你們家屋頂上了嗎？不過就是推斷而已嘛！那誰要說我殺人了，我也可以說我那天正好在誰誰誰家的屋頂上了呀！」

趙彩鳳見那婦人一副能說會道的樣子，只恨自己沒有她那種潑婦罵街的能力，雖是胡攪蠻纏，說的卻也有幾分道理啊！

第二十五章

趙彩鳳還在擰眉思考對策時，一旁的宋明軒已開口了。

「這位大嬸，妳說的也很有道理，我們確實沒瞧見蕭公子在我們家屋簷上呢，可是我們家的貓瞧見了，牠可以證明蕭公子昨天晚上就在我家屋頂上。」

宋明軒這話一說，大家都好奇了，只瞪大眼睛看著宋明軒。

宋明軒走到蕭一鳴的跟前，小聲道：「蕭公子，昨天你身上什麼地方被貓抓傷了？給他們看一眼。」

蕭一鳴這下也覺得奇怪，宋明軒是怎麼知道自己被貓抓傷的呢？他昨天潛伏在趙家的屋頂上，看著兩人溫存了半天，氣得自己牙癢癢的，當他忍痛想要離開的時候，卻正好遇上一隻貓上了屋頂跟自己搶地盤。

蕭一鳴瞧見趙彩鳳放開了宋明軒往屋裡走來，一時緊張便急忙低下頭，誰知道那貓以為他要去打牠，亮出爪子就向自己的臉上招呼過來，蕭一鳴一緊張，急忙伸手去擋住臉，不料那貓爪子鋒利得很，竟然一下子就抓破了他的手掌心，蕭一鳴疼得差點哀嚎出聲，結果不小心踩碎了趙家房頂的瓦片，掉了半片瓦下去。

可這事情宋明軒是如何知道的呢？蕭一鳴自己都覺得納悶，不過宋明軒既然這麼說了，蕭一鳴也只好乖乖地攤開了右手掌心，果然就見掌心上頭有四道貓爪印子，中間的那一條還很深。

趙大人也忙伸長脖子過去看了一眼，果然見蕭一鳴的掌心有幾道傷痕，便開口道：「叫你學人家聽壁角，連貓都不放過你吧！」

蕭將軍見了蕭一鳴掌心的傷痕，越發佩服起了宋明軒，開口道：「你連一鳴的臉都沒有瞧見，就知道他被貓抓傷了？你是怎麼知道的？」

宋明軒見他們大家都一臉疑惑的樣子，便笑著道：「昨天我睡得晚，進門的時候瞧見有一片瓦落在院子裡，也沒怎麼在意，但上面依稀有紅色的血跡，方才聽彩鳳這麼一說，這血跡必定是蕭公子留下的。昨晚屋頂上除了貓叫也沒有別的動靜，那必定是貓把蕭公子給抓傷的。」

趙彩鳳聽宋明軒說完這些，對他佩服得五體投地。本來趙彩鳳覺得她能從蕭一鳴提供的去向推斷出他昨晚在自家屋頂上已經很不容易了，誰知道宋明軒居然更厲害，還能拿出這樣的證據來！

宋明軒接著道：「我是本屆秋闈的考生，昨天因為體力不支暈倒在了考場中，是蕭公子揹著我出來的，他找到我的時候，我已經昏迷不醒，從那以後，我便沒有見過蕭公子一面，所以更不可能和他串通什麼。我之所以知道這些，全是因為蕭公子昨天晚上確確實實曾經在我家的房頂上出現過。」

趙大人聽了這話，點頭稱讚道：「宋秀才果然是心思縝密啊，本官自愧不如！」

宋明軒熬了九天，本應該好好休息，可為了這事情又勞心勞力了一把，這會兒早覺得腳底有些發飄了。

趙彩鳳扭頭瞧見宋明軒的臉色不大好，急忙上前一把將他給扶住了。

宋明軒看著蕭一鳴，在他心裡，蕭一鳴確實是一個難得的好人，也是一個值得相交的兄弟，可是他對趙彩鳳的心思，注定了以後他們兩個人無法再成為好兄弟。宋明軒定了定神色，開口道：「趙大人，請給草民三天時間，草民一定會找出真凶，還蕭公子一個清白，也給死者一個公道。」蕭一鳴幫了他們這麼多，他無以回報，唯一能做的，便是找出真凶，幫蕭一鳴洗清冤屈。

趙大人點了點頭道：「根據宋秀才你方才的推斷和老三掌心的貓爪印，本官現在可以確認，老三昨天確實是在你家房頂。至於要抓人犯，本官身為順天府尹，自是要以為死者洗清冤屈為己任，不過如果宋秀才你願意幫忙，那自然是再好不過的了。」

趙大人說完，看了一眼蕭一鳴，又看了一眼蕭將軍道：「蕭將軍，本官說了，這裡是順天府衙，不是你家祠堂，還不快幫我的好外孫鬆綁？」

蕭將軍如今也知道蕭一鳴是被冤枉的，故親自上前，為蕭一鳴解開了繩索。

蕭一鳴在老爹跟前還是一副不依不饒的倔樣子，揉了揉被捆得生疼的手腕，跪下來道：「姥爺，這事情是順天府的事情，我身為衙門的捕快，也應當出一份力，我請求和宋兄一起找出真凶。」

宋明軒原本是想還一個人情給蕭一鳴的，誰知道蕭一鳴還眼巴巴地湊過來。

趙大人聽了方才那故事，也知道蕭一鳴心裡頭在想些什麼，見蕭一鳴還要去查案，擔憂道：「老三，你和宋秀才兩個人待在一起……不會打架吧？」

蕭一鳴看了一眼宋明軒，拉長著臉道：「他打不過我。」

宋明軒也板著臉道：「君子動口不動手。」

趙彩鳳站在一旁，瞧著這彆扭的兩人，有些無奈了，不過她心裡卻覺得，經過剛才在堂上主動獻吻宋明軒的事情後，蕭一鳴對自己的這一份執念可能也會就此消弭了吧？

趙彩鳳見兩人這個模樣，便笑著上前道：「那好，等你們兩個合作破了這案子，我請你來喝我和宋大哥的喜酒！」

趙彩鳳說出這句話，還是經過了深思熟慮的。既然要蕭一鳴快速成婚有些困難，那最好的辦法就是自己和宋明軒早些過明路。反正現在已經住一起了，和成親也差不了多少，頂多到時候讓宋明軒嚴格做好計劃生育的工作，別在事業的奮鬥階段弄出一些不該有的小插曲，那就好了。

蕭一鳴聽趙彩鳳這麼說，心裡終究還是不捨的，但也沒有辦法，只能強顏歡笑地點點頭道：「那……那……那妳說話算話，到時候我要鬧洞房的。」

宋明軒見蕭一鳴終於也坦然接受了，心裡便鬆了一口氣。

一旁的趙大人聽了這話，笑嘻嘻地道：「老三，趕緊的，讓你娘也給你找個姑娘娶了吧！」趙大人說完，才想起蕭將軍還站在這邊呢，又瞪了蕭將軍一眼道：「你怎麼當人家爹的啊？好的不學學壞的，跟你一樣爬牆頭……」

蕭將軍一聽老丈人要抖他老底了，嚇得臉都變色了，急忙道：「岳父大人放心，老三的婚事已經在準備了，等過些時日定下了人選，就給您兩老過目！」

蕭一鳴聽著長輩討論自己的終身大事，看了一眼扶著宋明軒緩緩離開的趙彩鳳，還是覺得心中不是滋味。

趙彩鳳扶著宋明軒來到門口，才發現這看熱鬧的老百姓們視線都有些不對勁呢，饒是像趙彩鳳這樣厚臉皮的人，這會兒也忍不住有些臉紅了，往宋明軒的身邊靠了靠，踮起腳跟咬著他的耳朵道：「他們的眼神看著好怕人，會不會把我抓去浸豬籠啊？」

宋明軒難得見趙彩鳳這樣忐忑不安的表情，忍不住笑了起來，一手攬住了她的腰，低頭小聲地在她耳邊道：「他們是在羨慕我呢，羨慕我有這樣的好媳婦。」

趙彩鳳見宋明軒居然還逗起了自己，便稍稍鬆開手要走，卻被宋明軒給一把拉住了。

宋明軒臉上透著點無奈，道：「彩鳳，我腿軟。」

趙彩鳳聽了這話，臉頰就越發紅了，擰著眉頭，扶著宋明軒，小聲地道：「還腿軟，被別人聽見了多不好，以為昨晚我們幹什麼了呢！」

宋明軒其實就是隨便說一句，他可是純潔得半點兒聯想也沒有的，可被趙彩鳳這麼一說，也品出這話中的不對勁來，只見他那蒼白的臉色頓時就紅了起來，越想越覺得剛才自己說的那句話有多不堪。

宋明軒這下是真的不知道怎麼解釋才好了，這種事情總是越描越黑的，況且方才趙彩鳳那一提示，自己都已經覺得臉燙了起來，這會兒再去解釋，也確實有些此地無銀三百兩了。

兩人從衙門口走了才兩、三步，就受了不少人的指指點點，宋明軒便有些心疼起趙彩鳳了，伸手在她扶著自己胳膊的手背上拍了拍。

趙彩鳳知道宋明軒在安慰自己，笑著道：「宋大哥，這算什麼？我在趙家村的時候，出門也都是這樣被行注目禮的，早就習慣了。如今在京城清靜了這一陣子，反倒有些不習慣，今兒就當是讓我重溫一下以前的感覺吧。」趙彩鳳抬起頭，看了宋明軒一眼，兩人有默契地一笑，再不去顧及周遭百姓們的指點。

這時候，衙門裡忽然有人跑了出來，來到兩人跟前道：「宋秀才請留步！趙大人安排了車送兩位回去，兩位請稍等一下。」

趙彩鳳知道方才一路急急忙忙地走過來，宋明軒已經很累了，況且他自己都已經坦言腿發軟了，自然是要照顧一下的，於是便笑著道：「那就勞煩捕快大哥了！」

兩人在路邊等了一小會兒，老百姓們看完了熱鬧，也陸陸續續地散開了。馬車行駛了過來，兩人上了馬車，趙彩鳳和宋明軒這才鬆了一口氣。

趙彩鳳坐在馬車裡，往宋明軒的肩膀上靠了靠，小聲問道：「宋大哥，咱的麵店到底還開不開呢？」

之前宋明軒和趙彩鳳兩人不知道也就算了，可如今事情已經到了這個地步，兩人心知肚明蕭一鳴幫他們的原因，這時候再裝聾作啞地接受對方的恩惠，確實有些說不過了。可是一想到楊老頭和楊老太期盼的眼神，宋明軒和趙彩鳳都有些下不了決心。

其實趙彩鳳倒是覺得沒啥關係，畢竟做生意牽扯的是經濟利益，只要把錢算清楚了就好，可她知道宋明軒的脾氣，都說文人酸腐，他雖然沒那麼酸腐，卻也總喜歡把氣節掛在嘴邊，要不然那一百兩銀子也不可能來來回回地折騰了好幾次。如今又讓他知道這蕭一鳴動機不純良，當真是讓趙彩鳳為難得很。

趙彩鳳的擔心完全是多餘的，因為早在今天之前，宋明軒已經知道了這個事實，也接受了這個事實。

宋明軒瞧見趙彩鳳小心翼翼顧及自己感受的樣子，心裡就忍不住又生出幾分疼惜來，伸手把趙彩鳳攬入了懷中道：「店鋪的事情，咱昨晚不是都說好了嗎？把欠條寫了，把租金定了，就按正常做生意的程序來，這些我都沒有意見。」

趙彩鳳聽了這話，心裡雖然高興，卻又忍不住往宋明軒的懷裡多靠了幾分，抱著他的腰道：「我知道，男人都是有自尊心的，讓你眼睜睜地接受蕭公子的幫助，心裡肯定不好受。不過其實除了自尊心，你可比蕭公子幸運幾分，我都一心一意想跟著你了，你還有什麼不滿意的呢？」

趙彩鳳說這些話的時候，聲音小小的，和平常在自己跟前頤指氣使的模樣很不一樣，宋明軒忍不住就收緊了手臂，將趙彩鳳抱得更緊了些。

趙彩鳳抬起頭，用唇瓣蹭著宋明軒的鬍渣，緩緩地蹭到他的唇角，然後小聲道：「這會兒沒有人偷看呢！」

宋明軒低下頭，抱住趙彩鳳，讓她分開腿坐在自己的身上，托著她的臉頰，一遍遍、反覆地親吻著她的唇瓣。

趙彩鳳覺得渾身上下都跟冒火了一樣，細細地呻吟了起來。

宋明軒空出一隻手，在趙彩鳳的胸口輕輕地揉捏著。

趙彩鳳被他弄得身子軟成一灘水似的，靠在他的肩頭，小聲道：「都說腿軟了，還這樣亂動。」

宋明軒看著趙彩鳳紅撲撲的臉頰，輕輕地蹭了蹭，笑著道：「手並不軟。」說完，低下頭含住趙彩鳳胸口早已挺立的蓓蕾，用力地吸了兩下。

趙彩鳳按住宋明軒的頭頂，身子微微打顫。

宋明軒停下動作，欣賞著趙彩鳳略帶急促的嬌喘表情，咬住她的耳垂道：「嘴也並不軟。」

趙彩鳳聞言，越發臉紅起來，心道：這宋明軒真是越來越大膽了，敢在老娘跟前耍花招了！趙彩鳳微微調整了呼吸，一手拉著自己的衣服穿起來，一手探到了宋明軒下身某個變化頗為巨大的地方，小聲道：「那這裡軟不軟？」
宋明軒原本就憋的難受，突然被趙彩鳳那纖細的手指緊緊一握，覺得渾身都酥軟了起來，忙求饒道：「彩……彩鳳……這是在馬車上……」
趙彩鳳見宋明軒憋得臉紅脖子粗的樣子，也決定放過他了，鬆開了手道：「以後再這樣油嘴滑舌的，看我能饒了你！」
宋明軒知道，自己怕是玩不過趙彩鳳的，只好老老實實地點頭答應。

兩人回到討飯街後，送兩人回來的捕快開口道：「趙大人說，今兒讓宋秀才在家先好好休息休息，明天再開始查案，至於三日之期就不必了，只要這案子能破就好了。」
宋明軒送走了捕快後，和趙彩鳳一起進了小院。
趙彩鳳第一件事情就是去牆腳找那半塊瓦片，她把那瓦片撿起來，反覆地看了看，驚訝地開口道：「宋大哥，這瓦片上哪裡有血跡？你……你居然在公堂上騙人?!」
宋明軒見趙彩鳳發現了，笑著道：「世上哪裡能有這麼巧合的事情，正巧有沾了蕭公子血跡的瓦片從屋頂上掉下來？我這麼說，不過就是想讓蕭公子多一件物證而已。至於蕭公子掌心的傷口，是我進公堂的時候偷偷看見的。那傷口不深，應該就是昨晚才弄上的，所以我才推斷出，是被貓抓傷的。」
宋明軒說到這裡，看了一眼趙彩鳳手中的瓦片，擰眉道：「不過既然我說了這瓦片上有血跡，還是得弄得像一點才是，萬一順天府尹的捕快要來提取證物，我們也好有個交代。」

趙彩鳳見宋明軒說話的時候一直看著自己，頓時也有些不對勁了，想了想，這才想到自己身上正來著大姨媽呢！這偽造證據的工作，自然是要交給她來辦了！

趙彩鳳的臉頓時就紅了，不過說起來，這宋明軒腦子的反應也確實是快。幸好這是科學技術落後的古代，並沒有DNA鑑定技術，不然的話……鑑識人員若發現這瓦片上的血跡其實是經血，這種感覺真的是……

趙彩鳳忽然就想起了小時候在學校裡發生的一件趣事，那時學校要檢查寄生蟲，讓每個孩子帶一份大便的檢體來學校，結果他們班一位同學因為怕羞，所以弄了狗屎來充數，最後被檢測出有十幾種寄生蟲，通知家長把他帶回家，去醫院做進一步檢查了。這件事情當時被班裡的人知道了，因為那人姓黃，所以他的綽號一度就是「黃狗屎」。

想起這件事情，趙彩鳳還是忍不住笑得要岔氣，拿著瓦片、抱著肚子，哈哈大笑了起來。

宋明軒如何知道趙彩鳳在笑些什麼呢，心道：我這下面要做的事情還沒說呢，怎麼她就先笑了起來呢？宋明軒這時候反倒覺得有些不好意思了，擰眉看著蹲在地上笑得喘不過氣的趙彩鳳，一臉的茫然。

趙彩鳳從後面茅房回來，偽造好了證據，順便換了一個小枕頭，把瓦片又丟在了牆根下，開口道：「下次我可不幫你做這種事情了！」

這種事情在古代也不知道是不是犯法的？但是在現代，那就是妨礙司法公正，被查出來是要吃牢飯的呢！不過趙彩鳳心裡也知道，蕭一鳴是無辜的，所以這次她也就睜一隻眼閉一隻眼了。

趙彩鳳瞧見宋明軒的臉色不大好看，便上前扶了他進屋休息，自己去灶房拿了中藥泡起來，順便弄一些午飯吃。方才因為事出突然，兩人走得都挺著急的，所以早飯也沒吃幾口，這時候肚子裡倒是咕嚕嚕地叫了。

宋明軒回到房間躺了下來，雖然身體疲憊得很，可腦子卻安靜不下來。他既然說了要在三天之內找出真凶來，這事情自然不是隨便睡一覺就能解決的。可惜今天體力不支，不然的話應該先去停屍房看一下屍體的，畢竟從屍體的身上總能找出蛛絲馬跡，能看出死者死亡的真正原因。

宋明軒想來想去，總覺得對於這種市井小混混來說，仇殺的可能性比較大。若按照捕快說的死者是被人用利器捅死的，那麼現在首先要做的應該是尋找凶器。宋明軒擰著眉頭想了半日，越發覺得腦仁突突地疼了起來，便強忍著不適，閉上眼睛讓自己睡一會兒。

趙彩鳳在爐子上熬上了藥，去灶房裡頭把昨天的剩菜熱了熱，等進屋的時候，就發現宋明軒已經睡著了。趙彩鳳挽了簾子往房裡頭來，見宋明軒雖然睡著了，可眉宇還微微蹙起，分明是思慮過多的樣子。他本就清瘦，這熬油一樣的九天熬下來，已經瘦得皮包骨頭了。趙彩鳳伸手在他的眉心揉了揉，揉開了他眉心的皺紋，笑著道：「小樣，年紀小小的，睡覺還皺個眉頭，改明兒可不就長皺紋了？」

宋明軒似乎聽見了趙彩鳳的話一樣，鬆開了眉頭，略略翻了一個身，又繼續睡了。

趙彩鳳知道宋明軒這會子怕是睡得香呢，便也沒喊他起來吃飯，自己回灶房裡頭稍微將就著吃了一些，然後又進自己房間縫起了小枕頭來。說起來，這古代的衛生巾雖然粗糙了一些，但絕對是最新出品的，這不，這草木灰還是剛剛燒出來的，還熱呼著呢！

午後，這討飯街裡便安靜了很多，偶爾有行人走過，巷子裡的野狗才會稍微地嚎上幾聲。

趙彩鳳縫了七、八個小枕頭後，也覺得有些睏倦了，這時卻聽見外頭傳來了焦急的敲門聲。

趙彩鳳怕聲音太大吵醒了正在睡覺的宋明軒，便急忙放下了針線，去外頭開門。

門一開，只見楊氏一臉驚慌地站在外頭。

看趙彩鳳過來應門，楊氏急著哭道：「彩鳳，妳錢大叔被順天府尹的捕快給抓走了，說他昨晚殺了人了！」

又有命案？趙彩鳳一聽，頓時就糊塗了，心下卻也實在為錢木匠捏了一把汗，看來他是真的跟京城八字不合呢，才來京城這個把月，架都打了兩場，連順天府衙門都被請去了兩次！

趙彩鳳見楊氏急得上氣不接下氣的樣子，忙去灶房給她倒了一碗水，讓她進了院子好好說。

楊氏心裡又擔心又害怕的，可見趙彩鳳這樣淡定，便也稍緩了緩，先喝了一口水，漸漸穩住了呼吸。

趙彩鳳見她稍微定了定神，這才開口問道：「娘，妳剛才說什麼？錢大叔昨晚殺人了？妳慢慢講。」

楊氏放下碗，略回想了一下方才那兩個捕快說的話，這才開口道：「剛才有兩個順天府尹的捕快，說昨晚廣濟路附近出了人命，這會兒正在找凶手呢，就把妳錢大叔喊過去問話了，說什麼那個死了的小混混，就是前幾天和妳錢大叔打架的那一個，現在有人說是妳錢大叔為了報仇，所以就把那小混混給殺了！」

趙彩鳳聽楊氏說完，心下倒是暗暗冷笑了兩聲，果然說的和早上蕭一鳴的是同一個案子。只是宋明軒都說了會在三天之內找到真凶，怎麼這會子才剛過半天，順天府的人又去找錢木匠了呢？

趙彩鳳一時也沒想明白，就是覺得這順天府的工作效率似乎還挺高的，不過這裡畢竟是天子腳下，想偷懶也確實不那麼容易。

趙彩鳳想了想，開口安慰楊氏道：「昨晚姥爺和老二從我們家走的時候才剛過戌時，從我們家到廣濟路的店鋪，頂多也就是小半個時辰的事情，說明就算姥爺和老二走得再慢，亥時的時候也都到了店裡了，而那個小混混的死亡時間就在昨晚亥時，只要證實那個時候錢大叔在店裡頭沒有出門，那就可以證明錢大叔是無辜的了。」

楊氏聽趙彩鳳這麼說，頓時就鬆了一口氣，拍著胸脯道：「我當時都嚇傻了，什麼都想不到，妳姥姥又是個膽小的，只慌忙讓我回來拿主意，這麼說，我們現在應該叫上妳姥爺和老二，上順天府尹給妳叔作證去？」

趙彩鳳見楊氏總算緩了過來，便笑著道：「娘妳別著急，這個取證工作也是要一步步來的，等他們問過了錢大叔之後，自然會來找姥爺和老二作證的。」

楊氏聽完這些，稍稍地嘆了一口氣，見小院裡靜悄悄的，便隨口問道：「明軒呢？怎麼還沒起來嗎？」

趙彩鳳往宋明軒的房裡看了一眼，笑道：「起來過了，不過又睡了，估計是在裡頭時沒睡好，得好好地補一補覺。」

楊氏聽了，蹙起眉宇，想起昨晚楊老太對她說的那些話，臉上憂慮又多了幾分。

趙彩鳳昨天晚上就覺得楊氏不對勁了，這會兒見楊氏拉著個臉，便就開口道：「娘，妳有什麼話就直說吧，趁著宋大哥這會兒還睡著。」趙彩鳳直覺這事情肯定和宋明軒有關，便開門見山地問了出來。

楊氏抬起頭看了一眼出落得越發亭亭玉立的趙彩鳳，伸手把她鬢邊垂下來的碎髮理了理，開口道：「也不知道妳是不是一個有福的，當初在趙家村的時候，娘是怕妳嫁不出去，才偷偷地應了許嫂子，想把妳給了明軒，當時也是巴望著明軒有朝一日能高中，這樣妳也好跟著他過好日子的。」楊氏說到這裡，頓了頓，臉上也有些微微發紅，又接著道：「可如今見妳來了京城，越發比以前出落得好了，便又覺得當初這婚事似乎定得有些草率了，萬一明軒這一科沒中，妳跟著他，家裡還有一個寶哥兒，娘這不又是把妳往火坑裡頭推了嗎？」

趙彩鳳一聽楊氏這話，心下就覺得有些奇怪，楊氏之前對宋明軒那可是真心疼愛啊，可宋明軒昨天才從考場出來，今兒楊氏就說了這麼一大通的話，倒是讓趙彩鳳始料未及。趙彩鳳原本以為楊氏只是擔心宋明軒這一科沒有中而已，沒想到她已經順帶著連自己和宋明軒的婚事都懷疑了起來，這轉變也確實太快了些。

趙彩鳳低下頭想了片刻，楊氏平常就是一個耳根軟的人，只怕聽了別人的閒話也是有的。

「娘，說句實話，當初妳和許嬸子定下了我和宋大哥的事情時，我心裡頭確實是不情願的，雖說我身上沾了望門寡這名號，可我有胳膊有腿，人也長得周正，就算一輩子不嫁人，難道我就活不下去了嗎？」趙彩鳳說著，略略嘆了一口氣，繼續道：「後來，妳們籌謀著要讓我陪著宋大哥到京城趕考，妳們是個什麼心思，我心裡也清楚，我雖然也是不願意的，可我相信宋大哥的人品，也希望他能高中。」趙彩鳳說著，漸漸就有些激動了起來。「可如今我已經和他兩情相悅、私定終身了，妳又來說這些，這回我可不依妳了。實話告訴妳吧，我這輩子就只嫁給宋大哥一個人了，因為我喜歡他！」

楊氏聽趙彩鳳這麼說，心下也是一驚，她雖然知道趙彩鳳自投水醒來之後就轉了性子，但也沒想到趙彩鳳能這樣坦誠地在自己跟前承認，說自己就喜歡宋明軒。楊氏聽了這話，越發覺得不好說了。「這……我也不是覺得明軒不好，只是……萬一他這次沒中，那妳跟了他，可不知道要過多少年的苦日子呢！彩鳳，妳還年輕，娘這輩子算是苦過來的，希望妳能有個好歸宿啊！」

趙彩鳳開口道：「娘，那妳倒是說說，什麼才算是好歸宿呢？難不成嫁給蕭公子當小妾，這就算是個好歸宿了嗎？」

楊氏聽了，嚇了一大跳，張大了嘴巴道：「妳……妳是怎麼知道的？那蕭公子有沒有對妳怎麼樣？」

趙彩鳳低頭一笑，撇撇嘴道：「他能對我怎麼樣呢？我又不喜歡他！娘啊，宋大哥是妳給我選的，如今我喜歡上他了，妳就算後悔了，那也不能自己打自己的嘴巴呀！再說了，這都還沒放榜呢，妳怎麼知道宋大哥這一次就中不了呢？」

楊氏聽趙彩鳳這麼說，也是嘆了一口氣，又見趙彩鳳對宋明軒這一心一意的樣子，心裡倒也安慰，點了點頭道：「我也知道明軒是個好孩子，妳跟著他就算享不了大富貴，但他至少不會虧待妳的……好吧，這事情，我以後就不提了。」

趙彩鳳送了楊氏出去後，又回到自己房裡頭做針線，約莫過了一個多時辰，見外頭天色暗了下來，她這才放下了針線，打算去灶房裡頭燒開水張羅晚飯。經過宋明軒房間的時候，她稍稍往裡頭看了一眼，見宋明軒還在裡面蒙頭大睡，趙彩鳳無奈地笑了笑，心道這要是再不起來，晚上可就睡不著了。

趙彩鳳正想進去把宋明軒給喊起來，外頭就傳來了敲門聲，趙彩鳳便頓住了腳步，先去外頭開門。只見楊氏、楊老頭和楊老太都回來了，後面還跟著錢木匠和趙文。

看來趙彩鳳推測得不錯，順天府衙在問過錢木匠話之後，就把他放了回來。

楊氏開口道：「還是彩鳳妳猜得準，後來順天府衙真的也把妳姥爺和二弟給喊過去問話了，幸好妳姥爺和二弟都能證明妳錢大叔昨天晚上亥時就在店裡了，衙門那邊才肯放人。」

楊氏說到這裡，頓了頓，往錢木匠那邊看了一眼，繼續道：「只是，妳錢大叔說京城這地方跟他八字不合，他想著要早點回趙家村去，我尋思著既然他不肯留下，那我們也不好強求，就請他過來吃一頓便飯，順便把工錢給結了。」

楊氏說這些的時候，眼中多少還是有些失落的，可她是那種要臉面的人，心裡再不痛快，臉上卻擺著呢，話語中也還透著一股子淡淡的倔強。

趙彩鳳聽了也只能在心裡嘆一口氣，請了他們進來，開口道：「我看天黑了，正打算去後面燒水呢。宋大哥還沒起來，我先去把他叫醒了才好。」趙彩鳳說完，便往裡頭去喊宋明軒起來。

宋明軒在床上掙扎了一會兒，睜眼看見是趙彩鳳在自己跟前，便拉住了她的手腕，放到唇瓣下親了一口。

趙彩鳳噘嘴從他的手中把手給抽了出來，小聲道：「錢大叔也在呢，你好歹老實點。」

宋明軒聽說錢木匠在，急忙起了身，梳好了頭，迎了出去。

錢木匠瞧見宋明軒穿著一件鬆鬆垮垮的袍子，臉上還有沒刮乾淨的鬍渣，眼窩深陷，看著就像是病人一樣，原本很想走過去拍拍他的肩膀，可一見他這個模樣，這手就在半空中給收了回來，深怕這一巴掌下去，把宋明軒給拍趴下了。

兩人在屋外的石桌前坐了下來，錢木匠問宋明軒道：「小宋，明兒我就要回趙家村去了，你有什麼話要我帶回去的沒有？」

宋明軒自認為前兩場考得都算不錯，只有這最後一場很是心懸，所以對於這次是否能高中，心裡也很沒數，蹙著眉頭道：「放榜的時間大約是在九月初，錢大叔你替我帶一句話給我娘，就說等放榜了，我就回去看他們。」

錢木匠瞧宋明軒這心事重重的樣子，也有些擔憂，開口問道：「怎麼，這次考得不如意嗎？」

宋明軒搖了搖頭，嘴角帶著一絲苦笑。「也不是不如意，總之一言難盡，不過就是為難我們這些讀書人罷了。這世道本就是這樣，那些個當官的大老爺，有不少也是被這麼為難過的，如今為難為難我們這些後生晚輩，也沒什麼。」

錢木匠見宋明軒這麼說，略略低眉思索了片刻後，開口道：「莫非是考題涉及了黨爭？」

宋明軒聞言，倒是微微一驚，他哪裡能料到，一向看著憨厚老實的錢木匠居然還有這樣的政治敏感度，一句話就說到了這癥結上面。

錢木匠見宋明軒臉色變了變，知道自己大抵猜測得沒錯，便開口道：「那些當權者就是這般，也不知道出這樣一道題目，要斷送多少讀書人的將來，不說多，這三年又是白讀了，若是有一、兩個出挑的入了他們的眼，只怕再過三年也未必會手下留情，這一輩子就算這麼完了……」

宋明軒聽了這話，只覺得後背冷汗涔涔的就下來了，一時間也有些頭暈眼花。他當時只是一時氣憤，所以文章在遣詞造句上面確實有些激烈，雖然後來經過幾番潤色覺得已經圓滑了很多，可如今錢木匠說的這些話，卻句句敲打在他的心頭。若是這一科投錯了門，且降爵這件事情當真擱置了下來，那不就是說三年後的自己，也未必有翻身的機會？

宋明軒想到這裡，人已經渾渾噩噩了起來，面色也越發蒼白。

錢木匠見他這樣，頓時也發現自己說錯了話，慌忙安慰道：「不過這種事情誰也說不準，沒準你就賭對了，若是真的對了，那高中之時就指日可待了。」

聽錢木匠這麼說，宋明軒摸了摸額頭上的汗，心下還是有些戚戚然，嘆氣道：「終究還是拿讀書人開玩笑，聽天由命罷了。」

錢木匠聞言，也嘆了一口氣，繼續道：「遇上這些事情，至少還能有一半的勝算，可若是遇上了科考舞弊之事，那任憑你才高八斗，恐怕最後也只能抱憾終生。」

宋明軒聽了這話，略略有些感慨，心裡卻也暗暗驚嘆，這錢木匠的見識哪裡像是一個鄉下沒見過世面的木匠？分明像是一個仕途受挫的退隱官差啊！

錢木匠見宋明軒這樣看著自己，也有些尷尬，開口道：「這京城看來真的不是我的福地，才來沒多久就已經進了兩次衙門。像我這樣的鄉下人，還是老老實實地回趙家村去的好。」

宋明軒見錢木匠故意轉開了話題，也不再多說什麼。

這時候，趙彩鳳拿著一小包的碎銀子從房裡出來。趙彩鳳雖然很欣賞錢木匠的人品，也覺得錢木匠若是能和楊氏一起過日子也是一件好事，可既然人家不願意，這事情也強求不得，沒準距離產生美，等下次楊氏再回趙家村的時候，錢木匠會改變心意也未可知。

「錢大叔，這一包是你的工錢。」趙彩鳳說著，把手中包著的碎銀子推到錢木匠的面前，繼續道：「這京城裡頭木工的價格我問過了，比這個自然是多一些的，但是如今我們家也不富足，所以這銀子只能按著你在趙家村時候的給。另外多出來的半吊錢，是你的出差補貼，讓你大老遠地從趙家村過來，我們也過意不去。」趙彩鳳這個算帳的方法完全是按照現代的思路，連出差補貼都算在裡頭了。

錢木匠聽了頓時丈二金剛摸不著頭腦，擰眉問道：「這出差補貼是個什麼東西？怎麼要半吊錢那麼多？這也太多了點吧？彩鳳，其他的我收下，只這筆銀子我真的不能收。」

趙彩鳳笑著道：「你就收下吧，銀子結清了，我也好放心。不過我尋思著你也別著急走，跟王大哥的車一起回去吧，反正他三天兩頭來京城，還能省一趟車錢。我明兒就上劉家幫你問問，也耽誤不了你一、兩天時間的。」

錢木匠聽趙彩鳳這麼說，又想著去驛站搭車要另外花銀子，便也點頭應了，開口道：「那我就等上一、兩天，正好趁著這兩天工夫，把店鋪的招牌也給做出來好了。」

趙彩鳳聽了直點頭道好，給宋明軒使了一個眼色道：「快去房裡，把『楊記雞湯麵』這幾個大字給寫出來，一會兒好讓錢大叔帶過去刻字。」

宋明軒笑著站起來，趙彩鳳便取了水，高高興興地跟在他身後，進房間替他磨墨去了。

錢木匠瞧著他倆柔情密意的模樣，心裡頭也替他們兩人高興。這時候楊氏從灶房裡頭沏了一壺茶水出來，低著頭送到了錢木匠的跟前，錢木匠便也低著頭，沒去瞧楊氏一眼，楊氏放下了茶盞，轉身就要離去，錢木匠見她那一副溫婉小媳婦的模樣，心下又有幾分不忍，於是開口道：「嫂子，以後若是有什麼事情我能幫得上忙的，儘管託人給我帶話。」

楊氏點了點頭，輕輕地「嗯」了一聲。

錢木匠又開口道：「如今你們的麵店也要開起來了，到時候店裡少不得要人手幫忙，妳若是捨不得老二跟著我，那就讓他留下來。不過我的意思呢，覺得男孩子還是得學一門手藝的，就算他不跟著我學木工了，少不得也要學個拉麵什麼的，以後得靠著手藝養活家裡人。」

楊氏聽錢木匠這麼說，眼眶就又有些熱了，想了想，道：「你若是不嫌棄老二笨，就帶著他吧。他雖然不伶俐，卻也是一個聽話的孩子，你以後若是有個頭疼腦熱的，他也能照顧你幾分，我身邊還有彩鳳他們，倒是不覺得冷清。」

錢木匠聽楊氏這麼說，心口也有些澀澀的。他這個人最見不得女人落眼淚，上次楊氏紅著眼眶進門，他就難受了一陣子，如今見楊氏又要哭出來，急忙站起來，扯開了話題道：「嫂子，明軒在裡頭寫大字呢，我進去瞧瞧！」

楊氏瞧著錢木匠落荒而逃的背影，偷偷擦了擦眼淚，又覺得自己也挺不爭氣的，話都說到這分上了，她也該死心了。

眾人吃過了晚飯，趙彩鳳便點了燈，讓宋明軒把練習後還沒寫完的幾個大字也寫好，錢木匠則坐在宋明軒的房間裡頭等著。

趙彩鳳想起今日下午的事情，便開口問道：「錢大叔，今兒下午你去順天府尹，他們都問了你什麼話？為什麼無緣無故會喊了你過去呢？」

錢木匠聽趙彩鳳問起這個事來，也有些不屑，道：「前幾天和我動手的小混混死了一個，因為沒抓到凶手，就把他的仇家都喊過去問了話，我也算其中一個吧。這種小混混，出來混遲早是要還的，不過就是時間問題。」

趙彩鳳擰眉想了想，覺得錢木匠說的也有道理，又說道：「像這種小混混，只怕仇家滿街跑，現在出事了就隨便拉人做替死鬼，倒是想得美呢！」

錢木匠托著腮幫子想了片刻，這才開口道：「不過今兒有件事情，我倒是納悶得很，若真要是那一群小混混的仇家幹的，那死了一個，其他三個估計都會嚇得不輕才對，但是我從廣濟路上回來的時候，卻瞧見另外那三個人正在街口的川菜館裡頭大吃大喝呢！怎麼死了個兄弟，他們倒像是沒事人一樣呢？」

「這種人哪裡會有人性？沒準還會覺得少了一個人和他們分一杯羹，心裡頭高興還來不及呢！」趙彩鳳隨口回道。

這時候宋明軒已經寫完了字，坐在一旁默默地聽著兩人的對話發呆，見兩人都不繼續說話了，才開口道：「字已經寫好了，等墨乾了，錢大叔就拿回去吧，又要麻煩錢大叔了。」

「哪裡麻煩，舉手之勞而已。」

趙彩鳳聞言，笑著道：「可不是麻煩，工錢都結過了，這會兒又要加活，我們可就占你的便宜了。」

錢木匠笑得憨厚，道：「妳新店開張，我也沒有什麼好賀喜的，就做一個牌匾送妳，也算是我的一點心意了。」

趙彩鳳見錢木匠這麼說，也笑著應了。

不一會兒，錢木匠便和楊老頭等人回廣濟路上住了。

宋明軒白天睡得多了，這會兒倒是不睏。

趙彩鳳把外頭熬的藥給端了進來，見宋明軒正在房裡找東西，便問道：「你找什麼呢？翻箱倒櫃的。」

宋明軒見趙彩鳳問起，只紅著臉頰不說話。昨日從貢院出來，雖然多餘的東西拿不了，可他明明記得自己帶上了趙彩鳳做的那支胎髮筆，為什麼現在不見了呢？難道是在回來的路上給弄丟了？

宋明軒臉皮薄，支支吾吾地道：「沒……沒什麼，我沒找什麼……」

趙彩鳳見宋明軒這吞吞吐吐的樣子，笑著道：「讓我猜猜，你是在找什麼？」趙彩鳳說著，放下了藥碗，轉身就去翻宋明軒書桌上的那幾本書。

宋明軒想起那書裡還夾著字條呢，便急忙道：「沒沒……我真的沒有在找什麼！」

趙彩鳳一早就知道那張字條在哪裡了，伸手就把那一本書拿了起來，正要翻開的時候，就聽宋明軒喊了一聲。

「彩鳳！我……我在找妳送我的那支胎髮筆，應該不會在書裡的。」

趙彩鳳忍住了笑，若有所思地點了點頭道：「喔，原來你是在找那個啊！你回來的時候放在靴管裡，我幫你收起來了。」

趙彩鳳見宋明軒還是很緊張地看著她手中的書本，心裡越發想笑出來，只努力憋住了，假裝漫不經心地把書放到了桌子上，笑道：「你先把藥喝了吧，我過去把胎髮筆給你拿過來。」

宋明軒聽趙彩鳳這麼說，如釋重負一樣地鬆了一口氣，表情帶著點尷尬，笑著目送她出門，見趙彩鳳才轉身出去，宋明軒連忙三步併作兩步地往桌子前頭衝去，伸手翻開了那本書，把夾在裡頭的紙片給拿了出來。

宋明軒稍稍嘆了口氣，打開摺合的紙片，卻見紙片的右下方歪歪扭扭地寫著「已閱」兩個字！宋明軒頓時就嚇出一身冷汗，緊接著，臉上就快速地脹紅了起來。

他握著手中的紙片，手指輕輕拂過那兩個字，見上面還殘留著斑駁的淚痕，他的眼睛也忍不住紅了，他似乎能想像到，當時趙彩鳳看見這張紙，那淚眼潸然的樣子。

宋明軒摺好了紙片，重新夾在了書中，稍稍眨了眨眼，藏住了眼中的濕意。

這個時候，布簾子一閃，趙彩鳳帶著幾分玩味的笑從門外進來，把手中的胎髮筆放到宋明軒的桌上。

「喏，還給你了。你也真是的，居然還帶著這個去考場，萬一寫一半壞了怎麼辦？」

宋明軒伸手拿起筆，放在指腹間摸索了幾下，柔聲道：「帶著它進去，我就覺得安心了，就像是妳在身邊一樣。」

趙彩鳳撇了撇嘴，笑道：「少貧嘴，早些洗洗睡吧，明兒說好了還要去衙門的。」

宋明軒這時候倒是蹙起了眉宇，見趙彩鳳要出門，伸手拉住了她，讓她坐在了自己的大腿上，從身後抱著她道：「白天睡多了，這會兒還不睏。妳若是睏了，就先去睡吧；若是不睏，那咱們聊聊？」

趙彩鳳覺得耳後癢癢的，忍不住就縮了縮脖子。「你摟得這麼緊，像是要讓我去睡覺的樣子嗎？」

宋明軒微微一笑，低頭在她脖頸的嫩肉上蹭了蹭。「其實我是在想，到底是什麼人殺了那小混混？按說這樣的殺人案簡單得很，順天府的推測應該也沒錯，尋仇的可能性的確是很大，但是我私下裡想了想，錢大叔說的那話不錯，這四個小混混從來都是一起行動的，就算有什麼私仇，也不可能單單找他一個人，所以我猜凶手的仇家可能不是這四個人的，而是死了的這一個小混混的。」

趙彩鳳見宋明軒的腦子又開始精密地運轉了起來，便靠在宋明軒的胸口，擰眉想了想。「如果凶手是這四個人的仇家，那其他三個人可能會成為受害者；可如果凶手是那一個人的仇家，那跟死者接觸最緊密的這三個人，可能也脫不了關係。」趙彩鳳頓了頓，繼續道：「錢大叔說死者死後，那三個人還高高興興地上館子喝酒，這哪裡有半點朋友死了的樣子？看來這幾個人和這死者的關係，只怕也未必很好。」

宋明軒點點頭道：「說的有道理。今天在公堂之上，我雖然沒有見到那三個人，但按照我的推測，跪在地上的兩個原告如何能知道蕭公子和那死者在生前有過過節呢？無非就是聽別人說的，很有可能就是那三個人說的。後來錢大叔被帶去衙門的事情，肯定也是那三個人說的，因為只有他們才知道自己有哪些仇家。但，如果這些仇家全都不是殺人凶手，只能說明凶手另有其人。」
趙彩鳳咬著唇瓣想了片刻後，瞇著眼睛道：「也許衙門一開始的目標就已經錯了，他們不應該把目光放在這一群人的仇家上面，而是應該只關注於死者一個人的仇家？」
宋明軒見趙彩鳳的腦子這麼靈光，忍不住在她的臉頰上親了一口，道：「我家娘子真是聰慧，一點就通了！」
趙彩鳳橫了宋明軒一眼，扭頭道：「誰是你家娘子了？」
宋明軒蹙眉。「這不是妳說的嗎？等放榜了以後，咱倆就把事情給辦了。」
趙彩鳳低下頭，心裡微微一笑，小聲道：「我這不是將計就計，想當著大家夥兒的面，宣告一下自己的持有人嘛，省得蕭公子再胡思亂想的。」
宋明軒聽趙彩鳳說起這個，心下一熱，越發用力地抱緊了趙彩鳳，在她耳邊亂蹭亂吻了起來。
趙彩鳳一邊躲著，一邊道：「你發什麼瘋呢？鬍子也不刮刮乾淨，蹭得我臉都疼了。」
宋明軒哪裡肯停下，低下頭，尋上了趙彩鳳扭過來的脖子，將那一雙翹起的紅唇含在了口中。
卻說蕭一鳴回了將軍府之後，也沒得到好果子吃。
蕭將軍親自捆了蕭一鳴去順天府衙後，蕭夫人已經在家哭了幾缸淚出來，要不是有老大、老二攔著，只怕蕭夫人也是要去大鬧公堂的，如今瞧見蕭將軍又親自拖著蕭一鳴回來，一顆心也漸漸放鬆了下來，可瞧著蕭一鳴後背的那些鞭痕，又忍不住哭了起來，罵道：「你何苦要這樣對他？你不如打死我算了，都怨我把他給生了下來！」

蕭將軍看了蕭夫人一眼，嘆息道：「是怨妳，沒事讓他考什麼科舉，不然這個年紀早就娶了媳婦抱了娃了，哪裡還會整日在外頭亂跑？」

蕭夫人不過就是隨口一說，哪裡知道蕭將軍還真的責怪起了自己，因此擦了擦眼淚道：「怎麼又怪到我頭上了？我想讓兒子平平安安地做個文官怎麼就不對了？非要跟你一樣去衝鋒陷陣，那才算是出息嗎？兒子被人陷害了，你不幫他也就算了，還打他，哪裡有你這樣狠心的親爹！」蕭夫人說著，忍不住又哭了。

蕭將軍聽了心煩，轉身看了一眼跟在身後的蕭一鳴，開口道：「去跪祠堂，沒我的命令不准出來！明天早上再去衙門，把你自己惹出來的事情給了結了！」

蕭一鳴這會兒內心充滿了失戀的情緒，只想找一個地方躲起來，聽說讓他去祠堂，頭也不回的就走了，一張臉黑得跟包公一樣。

蕭將軍看著蕭一鳴那帶著倔強的背影，搖頭嘆了一口氣，見蕭夫人還在那邊哭哭啼啼呢，便開口道：「還哭什麼？趕緊的，把前幾天媒婆說的那幾家姑娘的情況跟我說一下，隨便找個姑娘娶進門了便罷！」

蕭夫人聽了這話，一時沒反應過來。蕭將軍對兒子的婚事從來沒過問，前頭兩個兒媳婦都是蕭夫人選好了，他不過就是看一眼、點了個頭而已，如今居然要親自過問蕭一鳴的婚事了？她忍不住說道：「這幾日還在物色呢，我瞧著程老將軍家的四姑娘不錯，你和程將軍又是故交，兩個孩子小時候也一起玩過，說是青梅竹馬也不為過。」

蕭將軍聽了，一錘定音道：「好，那就程家四姑娘吧！過兩日妳就派人上門去提親，務必越快越好，趕在年底之前把這事給辦了！」蕭將軍雖然理解蕭一鳴的情竇初開，但對蕭一鳴喜歡上像趙彩鳳這樣身分的人，還是不能接受。

蕭夫人越聽越覺得不對勁，小心翼翼地問道：「老爺你這是怎麼了？這給兒子娶媳婦總也要問問他自己的意思吧？再說，這急也急不來好的。」

蕭將軍氣得吹鬍子瞪眼地道：「問他自己的意思？問他自己的意思，只怕他還不知道要給妳娶什麼兒媳婦進門呢！妳自己去問問看他，他昨晚出門後去幹了什麼事？竟然躲在人家的房頂上，偷看人家小夫妻——」蕭將軍說到這裡，自己也說不出口了，想想自己當年也幹過這樣的事情，頓時就面紅耳赤了，可自己當年好歹是只看蕭夫人一人的，如今蕭一鳴倒是好，喜歡上一個有對象的姑娘了！

蕭夫人聽了這話，越發納悶了，問道：「你說老三偷看人家小夫妻？這……他看人家小夫妻做什麼……」蕭夫人說完，忽然就茅塞頓開了，驚訝道：「他不會是喜歡上了別人的媳婦吧?!」

蕭將軍覺得這些也沒必要再說下去了，哼了一聲，開口道：「妳明天就開始籌備老三的親事，越快越好，等他有了自己的媳婦，沒準就能斷了這念想！」

蕭夫人這一回真是被嚇得不輕，見蕭將軍氣得拂袖而去了，揉著腦仁想了片刻，便命人把孫嬤嬤給喊了過來。

孫嬤嬤並不知道衙門裡頭發生的事情，不過這個點兒蕭夫人請她進去，準沒什麼好事。孫嬤嬤進了房間，見蕭夫人的臉色果然不大好，上前道：「夫人這是怎麼了？聽說三少爺已經回來了，人並不是三少爺殺的，跟他也沒什麼關係，夫人也好放下心來了。」

蕭夫人抬眸看了孫嬤嬤一眼後，遣退了左右丫鬟，拉著孫嬤嬤的手小聲道：「方才老爺回來後大發雷霆，說老三喜歡上了一個有夫之婦，我這心裡頭嚇得跟什麼似的！妳平常常在外頭走動，有沒有聽到什麼閒言碎語？」

孫嬤嬤聞言，心下暗暗一驚，這事情怎麼就傳到了蕭夫人的耳中？不過既然做主子的問了起來，她一個奴才也不好瞞著，便開口道：「三少爺喜歡不喜歡，我倒是不清楚。夫人還記得廣濟路上那個南北貨鋪子嗎？三少爺自己說要做生意的，後來找了我，給了一對小夫妻開麵館去了，好像這幾日就要開業了。我瞧著那一對小夫妻很是老實可靠的樣子，並不像什麼壞人，男的是這一屆鄉試的秀才、女的是來陪讀的，兩人雖然還沒過明路，但是已經定了下來，就等著女方家裡過了孝，這就要過門的。」孫嬤嬤說得很慢，透著一股子篤定的語氣。

蕭夫人聽了也稍稍覺得平靜了幾分，開口問道：「難道老爺口中老三喜歡的小媳婦，會是這位姑娘嗎？」

孫嬤嬤知道這事情瞞不住，也笑著道：「怎麼可能呢，人家都是有家有口的人了，我瞧著那小媳婦和她男人感情可好得很呢，三少爺再怎麼樣，也不可能拿熱臉貼個冷屁股吧？我一開始也是擔心，後來知道那秀才和三少爺是在書院裡頭認識的，也就放心了。太太不是一直希望三少爺結交一些學問好的朋友嗎？那秀才一看就是有學問的人。」

蕭夫人見孫嬤嬤說得這樣確定，也稍稍定了定神，開口道：「難道是老爺弄錯了？可老爺說老三昨晚躲在他們家房頂偷看他們來著，又好像是真的，這倒是讓我糊塗了。」

孫嬤嬤也沒料到蕭一鳴居然能做出這種事情來！她再巧舌如簧也圓不過去了，不過好在自己經驗老道，立馬就換了臉笑道：「不過說句實在話，那小媳婦長得可真是俊，我瞧著比起我們家那幾個丫鬟都還要好。三少爺年紀大了，太太眨眼就要給他物色媳婦了，不如找幾個模樣好的，先在房裡頭放著，也讓三少爺多留些心思在家裡，外頭的那些就想得少了。」

蕭夫人聽孫嬤嬤這麼說，倒是一個勁兒地點頭稱是。

孫嬤嬤又接著道：「如今想一想，倒是真的有那麼幾分意思了，不然怎麼又幫他們開店鋪，又去房頂偷看？不過我瞧著那姑娘到底是個老實的，三少爺都做到這分上了，換了別的丫鬟，只怕早就貼上來了，她倒是還一心一意地對那窮秀才。」孫嬤嬤說到這裡，忍不住哈哈大笑了起來，心裡想著的卻是：趙彩鳳是個好姑娘，可別讓蕭夫人覺得她是個狐媚子，那倒是冤枉了人家了。

誰知道蕭夫人卻是一個愛子心切的人，聽孫嬤嬤說趙彩鳳老實，人又長得好看，且還沒跟宋明軒過明路，便有了別的想法，小聲地問孫嬤嬤道：「孫嬤嬤，不如改明兒妳去替我問一問，這姑娘是否當真和那秀才定下了？若是沒定下來，老三又這麼喜歡，我雇一頂轎子把她從後門抬進來，當個姨娘也不虧待她吧？」

孫嬤嬤一聽，真是氣得一股子老血都要吐出來了！蕭夫人樣樣都挺好的，能生兒子這一點自然是最好的，可蓋不住和趙夫人一樣，見到好的都想往自己家裡抬！孫嬤嬤這時候有些後悔了，方才不應該誇趙彩鳳的，應該就讓蕭夫人以為她是個狐媚子那才好呢，這樣蕭夫人才會一輩子把趙彩鳳給丟在後腦勺！孫嬤嬤在心裡頭默默地嘆了一口氣，這一次真是馬失前蹄了，服侍了蕭夫人這麼久，怎麼就忘了她這個老習性了。

「太太別著急，這納妾的事，也要等三少爺娶了正房奶奶再說，不然讓人家瞧著也不合適。奴婢私下裡先打探打探，看看是個什麼光景，總不能讓別人家以為我們仗著是將軍府，就奪了人家的妻室啊！」

蕭夫人聽了，笑著道：「妳辦事，我放心，咱就悄悄的，先問問那姑娘的意思，我就不信這世上還有不愛榮華富貴的姑娘。」

孫嬤嬤聽了覺得牙疼，不過這主子交代下來的事情，她也不能不辦，只好硬著頭皮，陪笑道：「太太放心，奴婢知道太太這是心疼三少爺呢！奴婢方才瞧見三少爺後背又傷著了，怕是老爺又動家法了吧？」

蕭夫人聽孫嬤嬤提起了這事，想起蕭一鳴還在祠堂孤零零地跪著呢，忙扶著額頭道：

「妳不說我差點忘了，老爺不給他吃飯，只怕這會兒他還餓著，我得到祠堂看看他去！」

孫嬤嬤瞧著蕭夫人這樣，也是替蕭一鳴可憐。寵是寵、愛是愛，可以前逼著他考科舉的也是她！這世上當爹娘的，有時候當真得好好反思一下啊！

第二十六章

宋明軒很早就醒了過來，趙彩鳳癸水到了最後兩天，行動也索利了很多，兩人才吃過了早餐，就聽見外頭傳來敲門的聲音，原來是順天府尹的捕快來接人了。

趙彩鳳因為想去看看那死者的屍體，所以堅持要跟著宋明軒一起過去。

宋明軒想起前幾次趙彩鳳每次都能在無意中給自己一些提示，便也同意她跟著一起去了。

兩人上了馬車，那捕快才開口道：「兩位先跟我去衙門吧，蕭公子已經在那兒等著你們了。」

那捕快瞧著趙彩鳳上車，忍不住又上下打量了她一番，心裡默默道：這麼漂亮的姑娘，怎麼就願意跟個窮秀才呢？還是這樣火辣辣的性子，當著那麼多人說親就親上了，這要是在炕上，還不知道有多熱情呢！想到這兒，他覺得某個部位一跳，竟然有了些感覺，忙低下頭，又送了宋明軒上馬車，見宋明軒瘦得皮包骨頭一樣，弱不禁風得很，心裡頭就更納悶了：可惜啊可惜，這樣火辣辣的姑娘，偏偏喜歡這款，弱雞一樣的，在床上能行不？

兩人來到順天府衙的時候，蕭一鳴已經在那邊等著他們了。

經過昨天那讓蕭一鳴憤怒的、失落的、痛苦的、鬱悶的公堂之吻以後，蕭一鳴也終於明白了過來，這世上最痛苦的事情莫過於看著別人幸福，最不幸的卻是自己。

與其說那個吻是吻在了宋明軒的唇上，不如說是烙在了蕭一鳴的心口，趙彩鳳已經向所有人宣告了，她喜歡的是宋明軒，沒他蕭一鳴啥事了。不過其實從一開始也確實沒他啥事，他就是偷偷地暗戀了一陣子而已，誰能想到，當暗戀被發現時，頃刻間他就失戀了！

蕭一鳴看著宋明軒把趙彩鳳從馬車上扶下來，臉上仍舊面無表情，他很努力地讓自己的雙眉不要皺起來，僵持了片刻之後，便覺得臉有些僵硬。

趙彩鳳抬起頭看了蕭一鳴一眼後，很自然的就垂下了腦袋。發生了昨天的事情之後，他們三個人見面確實也尷尬了一點。

趙彩鳳擰了擰眉頭，開口道：「我忽然想起來要去一趟劉家，給錢大叔打聽一下王大哥啥時候來京城的事情，就不去了。」

宋明軒也瞧見蕭一鳴遠遠地站在那邊，原本一向精神奕奕的他此時看著有幾分頽然，眼圈下一片青黑，見他們兩人看過去，只低頭躲閃著他們的目光。宋明軒心下也覺得有些不好意思，蕭一鳴畢竟什麼都沒有做，要怪只能怪自己沒用，不能給彩鳳過上好日子。

「那妳去吧，我今天辦完了事情就早些回去，妳放心好了。」

趙彩鳳點了點頭，又往蕭一鳴那邊看了一眼後，湊到宋明軒的耳邊道：「他要是欺負你，你就告訴我。」趙彩鳳也不知道為什麼，總有一種蕭一鳴會把宋明軒打一頓的錯覺。男孩子之間爭東西有時候跟禽獸也差不了多少，大不了就打一頓唄，可宋明軒在這一點上明顯就不是蕭一鳴的對手。

宋明軒笑著道：「妳放心吧，蕭公子不是這樣的人。」

趙彩鳳也覺得自己有些杞人憂天，蕭一鳴的人品其實還是有保證的，就衝著……衝著那天她暈過去後，他沒有對自己做什麼來說。說來說去，總是自己欠蕭一鳴的。

「那我走了，一會兒我就不過來，直接回家去了。」

宋明軒目送趙彩鳳離開，這才走到衙門口跟蕭一鳴會合。

蕭一鳴見趙彩鳳走了，整個人也沒那麼緊繃了，但也沒跟宋明軒說什麼話，兩個人一前一後地往停屍房裡頭去了。

馮仵作知道今兒宋明軒要來，也一早就趕了過來，見蕭一鳴帶著宋明軒進來了，大手一掀，就把那屍體呈現在了兩人的面前。

宋明軒在驗屍方面其實也沒有什麼特別的技能，不過就是心思比較細膩些，他還沒湊過去看呢，那邊馮仵作已經開始侃侃而談了。

「這一次的死因絕對不會有錯了，就是被人一刀捅破了脾臟，失血過多而死的。可惜在屍體的周圍並沒有發現凶器，不然凶手還能更好找一些。」

宋明軒聽完馮仵作的話，點了點頭，湊過去小心翼翼地察看了一下死者身體的其他部位，見有好幾處的皮外傷，額頭上還有一塊很明顯的瘀血，但他身上的致命傷卻只有這一處刀傷。宋明軒抬起頭，支著下巴擰眉細細地思考了起來，又轉頭問馮仵作道：「他身上的其他傷口都是舊傷嗎？」

馮仵作開口道：「這些小混混三天兩頭的打架，身上天天都掛彩，我瞧著除了額頭上那一處瘀傷應該是新的，身上的好些青紫傷痕都有了幾日了。」

蕭一鳴聽了這話，撓了撓頭頂道：「聽胡老大說，這人頭上的傷是我昨天喝多了，拎著他的脖子往牆上砸給砸出來的，可我已經記不得了。」

宋明軒聽了，略略翻了一個白眼，心道：這下手可真狠啊，自己還記不得了，活該被人誣陷成凶手呢！不過他也就是在心裡腹誹了兩句，臉上還依舊是一本正經的表情。「這麼看來，凶手可以讓死者一刀致命，且又是從正前方下手的，只有兩個可能——第一，凶手動作極快，死者壓根兒沒有機會反應；第二，死者認識凶手，所以根本毫無防範。」

蕭一鳴聽了，頓時也茅塞頓開了，開口道：「第一種可能性極小，哪個傻瓜看見有人拎著刀來找自己還不逃走的？只要稍稍有些反應，這一刀也能跑偏。」他沒捅過人，但是小時候也跟著兄弟們打過群架，逃跑的覺悟還是挺高的。

馮仵作聽了，也蹙起了眉宇道：「卷宗上的確記載了不少這樣的殺人案，有很多都是熟人做的，一般故意殺人的人從身後下手的比較多，能從前面得手的，大多有兩個可能，第一便是兩人在掙扎的過程中，忽然有人抽出了刀，對方躲閃不及，然後一刀下去，但是我們發現屍體的時候，並沒有發現屍體曾有過強烈的掙扎行為。」

「那就是第二種可能，死者是毫無防範的。」宋明軒總結性地說了一句，想了想又開口道：「聽說昨天把這幾個人的仇家都問了一圈，有沒有誰比較可疑？」

「看著都可疑，但是都有時間證人。晚上亥時大家都在被窩裡呢，能有幾個人在外頭跑的？」蕭一鳴擰眉道。

宋明軒想了想，開口道：「有沒有問過那三個同夥，他們晚上亥時都在幹些什麼呢？」

「問他們？自從這小二子死了，他們都嚇得要死了，昨天咬出來的幾個嫌疑犯都是他們招供的，還說要去鄉下避一陣子，等凶手抓到了才敢回來呢！」

宋明軒心下一驚，急忙開口道：「蕭公子，趕緊派人把這三個人抓起來，若是他們三個跑了，只怕這案子就破不了了！」

蕭一鳴一時沒弄清宋明軒的意思，先應了一句，往外頭走了兩步時才突然開口道：「什麼？宋兄，你是說他們自己人殺自己人了？」

宋明軒見蕭一鳴這一臉疑惑的表情，笑著道：「誰說自己人不能殺自己人的？請來問問總是對的，再把昨天死者家瞎眼的奶奶也請來。」

宋明軒覺得，這幾個小混混雖然在廣濟路上臭名遠播，但老百姓都是想過安穩日子的，會有幾個人因為這些事情而去殺人放火呢？所以對他們幾個人仇殺的可能性實在很小。既然目標只有死者一個，那就要從死者的身上順藤摸瓜了。

屍體已經看得差不多了，馮仵作又老習慣地給屍體上了一炷香，然後陪著宋明軒到了大堂裡頭。

沒過多久，出去抓人的捕快都回來了，卻只帶著死者的兩個同夥。

宋明軒見還有一個沒回來，也不急著等，就先問起了這兩人來。

「前天晚上亥時，你們兩個各自在幹什麼？」

那兩個人哪裡知道自己成了嫌疑犯了，聽宋明軒這麼問，小心翼翼地回道：「前……前天晚上亥時，我、我正好當值，跟著我們世子爺在長樂巷春風樓裡喝花酒，一直到第二天早上才回去，回去的時候才知道小二子死了。」

另外一個也小聲地道：「我……我前天晚上亥時……亥時……」那人說著，越發臉紅了起來，額頭上的汗也忍不住冒了出來。

一旁的同伴徐老三見了，不禁開口道：「你倒是快說啊，憋著幹麼呢？難不成是你把小二子給殺了？」

那人聽了，越發鬱悶了，咬牙道：「殺你個大頭啊！前天晚上亥時，我知道你到世子爺身邊當值去了，所以就……所以就……」他實在是不敢說，可一想到這殺人的事情要是牽扯到了自己的身上，只怕就越發說不清楚了，因此便狠了心，咬牙道：「所以就……就去你家看望了一下嫂子……」

跪在一旁的徐老三先是沒聽明白，宋明軒卻是一下子就明白了過來，忍不住摀著嘴低頭笑了起來，徐老三這才恍然大悟，一拳便朝著對方的胸口打上去。

「你這兔崽子！你你你……你他媽的還有沒有人性？連我媳婦你也敢動！」

那人嚇得往邊上躲了躲，小聲地對宋明軒道：「官爺，我可都實話實說了，你不信問他老婆去，前天晚上亥時，我真沒出去過！」

宋明軒心道，能把這事說出來也確實需要勇氣，看來他應該沒說謊，便笑著道：「你沒出去過，那小二子的死自然跟你沒關係。只是我有一點不明白，小二子不是你們的好兄弟嗎，為什麼他剛死，你們就上館子慶祝去了？」

剛剛發現戴了綠帽子、還被捕快們拉著不讓發作的徐老三縮著脖子道：「那是錢五請客的，錢五以前就覺得小二子這傢伙不老實，如今他死了，他可不就高興了？」說完話，四處找了找，問道：「錢五怎麼還沒來呢？說起來他還是小二子的叔伯兄弟呢，這小子最不夠意思。」

宋明軒「喔」了一聲，問道：「原來他們還是親戚？」

「可不是親戚？昨天小二子的屍體就是他娘發現的，她是小二子的嬸子。」

宋明軒回想了一下昨兒公堂上那面相略帶刻薄的中年婦女，開口問一旁的捕快道：「屍體是她發現的嗎？那她當時有沒有說看沒看見凶器？」

那捕快搖搖頭道：「沒聽她說起過。」

宋明軒便也沒繼續問。

過了約莫有小半個時辰，那兩個小混混在地上跪得腿都麻了，其中搞上人家媳婦那人便開口問道：「官爺，什麼時候放我們走啊？我們都是無辜的。」

「等去春風樓還有去他媳婦那兒求證的人回來了，就放你們兩個人走！」

這人一聽，鬱悶道：「嫂子怎麼可能認呢？這回我死定了！」

戴綠帽的徐老三聽了這話，又梗著脖子從捕快的手裡掙扎了兩下，伸著兩條腿要往那邊踢過去。

這時候，去抓錢五的捕快也回來了，正好是蕭一鳴和老胡。

宋明軒見他們兩人空手回來，便開口問道：「人呢？怎麼不見了？」

「說是鄉下的姥姥病了，今兒一早就回鄉探病去了。」蕭一鳴嘆氣道。「不過還好，也沒有完全白跑一趟，我把小二子瞎眼的奶奶給請來了。」

正說著，宋明軒就瞧見衙門的衛嬤嬤扶著那瞎眼的老太太進來，他忙讓捕快搬了座位過去，讓那老太太坐下，那老太太摸索了一番才坐了下來。

衛嬤嬤開口道：「錢奶奶，咱到公堂上了，我們這裡師爺、捕快都在呢，一定可以幫妳孫子找到殺害他的真凶的。」

錢奶奶聽了這話，雙手握著枴杖直點頭，一個勁兒地道：「我家小二子死得冤枉，他最孝順了，怎麼就死了呢！」

宋明軒聽錢奶奶說小二子孝順，倒也是有些奇怪了，這小混混能孝順到哪兒去呢？

錢奶奶一把眼淚、一把鼻涕，繼續道：「我家老二和老二媳婦去得早，小二子是我親手帶大的，這些年我眼睛瞎了，全靠小二子養著我。他知道跟著他堂哥錢五瞎混不好，可他又沒個本事，只能這樣混一口飯吃，誰知道竟然會發生這樣的事情。」

宋明軒見她絮絮叨叨的也說不到重點上去，便開口道：「奶奶，這些我們都知道了，妳現在好好想一想，妳家小二子平常有什麼仇家沒有？」

「小二子能有什麼仇家？那些打家劫舍的事情都是錢五挑的頭，他不過就是去湊個數的。」

宋明軒聞言，便看了一眼跪在地上的那兩人，那兩人老老實實地點了點頭。

錢奶奶又繼續道：「去年錢五還賭輸了銀子，鬧得賭坊裡的人都追到家裡來了，小二子怕嚇著我，就拿了錢出來替錢五給還上了，雖說是打了欠條的，但也不知道那小子什麼時候能還上，如今小二子又死了，這銀子恐怕也打水漂了。」

宋明軒聽到這兒，眉毛不動聲色地跳了跳，問道：「奶奶，這欠條還在嗎？」

「在，怎麼不在？小二子說錢五不地道，怕放在我這個瞎眼老太婆的跟前被他拿走了也不知道，所以他的欠條一直都隨身攜帶著的呢！」

馮仵作一聽這話，忙上前一步道：「怎麼可能？昨兒發現屍體的時候，身上根本就沒有見到什麼欠條！」

話問到這裡，在場的捕快也都明白了，互相使了一個眼色。

蕭一鳴的反應又慢了一拍，開口道：「快去把錢五的老娘給抓起來，問問她錢五跑到哪兒去了！」

底下跪著的兩個人這會子也聽出了一點門道來，拍打著地面道：「好你個錢五，哄著我們想了那麼多的仇敵，敢情都是給他當替死鬼的?!我我……」

這會子，大家覺得那錢五基本上大差不差就是殺人凶手了，也都鬆了一口氣。

底下跪著的兩人又問道：「官爺，那我們什麼時候可以走呢？」

這時候，忽然有一個捕快氣喘吁吁地從外頭跑進來，見了宋明軒便開口道：「宋、宋秀才，派去這徐老三家的人回來說，他媳婦聽了問話，二話沒說，拿了一把菜刀抹脖子了，人沒救下來！」

那徐老三聽了這話，氣得從地上站起來，掄起拳頭就往他那哥兒們頭上招呼，哭著道：「我操你個畜生，今兒我就廢了你……」

那人也萬萬沒想到徐老三的媳婦竟這樣剛烈，抱著頭道：「大哥大哥，我錯了、我錯了！你饒了我吧，下回我不敢了，真的不敢了！你好歹讓我去給嫂子磕個頭啊！」

「你死遠點！」徐老三大哭著，往家裡去了。

趙彩鳳去劉家打聽王鷹啥時候來京城的事情，倒是在劉家遇上了程姑娘。原來程家也有和蕭家結親的意思，這幾日程夫人正讓程姑娘準備出閣時要用的針線繡品。程姑娘平素就不大喜歡那些豪門貴女，且那些人的針線活也都一般，索性便來了劉家請教錢喜兒了。

兩人見趙彩鳳來了，自是將她迎了進去。

程姑娘瞧見趙彩鳳，一想到她是認識蕭一鳴的，臉上便露出一絲羞怯來。

趙彩鳳心裡卻是暗暗慶幸，幸好昨兒公堂上的事情還沒傳出去，不然的話，怕這程姑娘見了自己不是怕羞，而是先要亮拳頭了。

趙彩鳳本來也對這些女紅針線沒啥興趣，只是瞧見她們兩個人在做，便多看了一眼，結果發現錢喜兒的手藝那可是真的好，又想起自己給宋明軒縫的那蚊子都能飛得過的衣裳，頓時覺得自己作為人家未來的老婆，確實很不合格。

「喜兒，妳這竹子繡得可真好看啊！」簡直比現代的電腦刺繡還精細。

錢喜兒聽了，笑著道：「這是要送給蘭芝的，她非說自己繡的拿不出手，我怎麼勸她都沒用。其實，若真是要送給心上人的東西，手工好壞也不打緊，不過就是一個心意而已。」

趙彩鳳見錢喜兒這麼說，也笑著道：「可不是？我的針線那可是說有多差就有多差的，可我家宋大哥還不照樣穿嗎？他都不嫌丟人了，我嫌丟什麼人？」

趙彩鳳說到這裡，倒是想起了一件事情來。宋明軒自從科舉回來後，都是一副心事重重的樣子，很顯然是在考場中遇到了什麼難題，可偏生趙彩鳳也沒好意思直接問，今兒瞧見了錢喜兒，便旁敲側擊地問了兩句。「對了，劉公子有沒有跟妳提起這次鄉試的考題來？」

錢喜兒恪守婦道，從來不會去打聽這些事情，自然對這些事情也是不上心的。不過聽趙彩鳳說起，倒也低下頭想了片刻，這才沈吟道：「考了啥題目我倒是不清楚，就聽見有一回大姑爺和八順說話，說什麼聽天由命啊，還有什麼依著聖上的意思，總歸是不錯的，這也是大勢所趨。」錢喜兒說完，頓了頓，又道：「我也不明白這是什麼意思，我聽了倒是有點像打啞謎呢。」

趙彩鳳見錢喜兒說得含含糊糊的，也是沒聽明白，不過這裡頭既然有聖上的意思，難道還有別人的意思？莫非是選擇陣營的問題？趙彩鳳一想到這些事情就頭疼，揉了揉眉心道：「我也不想了，我們女孩子家家的，操這些閒心也沒用。我倒是有一件喜事要說，我家在廣濟路上的鋪子就快開業了，到時候妳們過來捧場，我請妳們吃全京城最好吃的雞湯麵！」

錢喜兒聽了這話，蹙眉道：「想出門一趟都難，哪裡還能出去吃麵？」

程蘭芝聽了，倒是很來勁地道：「這有什麼難的？換上一件小子的衣服，誰能看出來我們是女的？」程蘭芝說完，往錢喜兒那高挺的胸脯上看了一眼，頓時就皺起了眉頭，和趙彩鳳對視一眼後，笑著道：「我和彩鳳的確是看不出來的，只是喜兒妳……」

錢喜兒見兩人拿她取笑，唰一下就紅了臉，把手裡的針線往程蘭芝的手中一推，挑眉道：「哎呀，這東西我可不會繡，還是蘭芝妳自己慢慢繡吧！」

程蘭芝忙就求饒道：「好喜兒，妳就幫我這個忙吧！那人老說我沒個姑娘家的樣子，等我這荷包送過去，也讓他見識見識，其實我也很有姑娘家的樣子的！」

趙彩鳳聽她這麼說，覺得那人定是蕭一鳴無疑，便小心地開口道：「我聽說昨兒蕭公子被蕭將軍給打了一頓，程姑娘不妨借機去安慰一番？」

誰知道程蘭芝聽了這話，哈哈笑道：「他怎麼又被打了？他這惹事的毛病只怕一輩子都改不了了！我才不去看他呢，沒準還以為我又在外面亂說了他什麼壞話，害得他回去遭殃了。」

趙彩鳳無奈地看了程姑娘一眼，心道：姑娘，不是我不幫妳，雖說妳有父母之命，媒妁之言，可好歹也要給自己爭取一些好感度啊！妳還真是不怕嫁不出去啊！

趙彩鳳來劉家傳了口信，還沒到晌午就把事情給辦完了，錢喜兒非要留了她在劉家吃午飯，趙彩鳳推說店裡頭有事情，便辭別了劉家，往廣濟路上去了。

趙彩鳳兩天沒往這店裡頭來，這店裡就已經大變樣了，那些桌子、凳子早就粉刷一新了，門口的灶臺上熬著老滷，楊老頭正蹲在門口，吧嗒吧嗒地吸抽著旱煙，一雙眼尾布滿皺紋的眼睛看著路上來來往往的客人，眉梢都笑得挑起來了。

楊老頭瞧見趙彩鳳來了，便站起來問道：「丫頭，妳怎麼跑這邊來了？」

趙彩鳳笑著道：「我來跟錢大叔說一聲，王大哥後天來京城，我已經讓劉家的人給他捎信兒了，到時候讓他來這邊載他一程。」

楊老頭點了點頭，跟著趙彩鳳進了店堂，兩人坐在門口，看著來往的行人，不時有人往裡頭問一句「店家，做生意不」，楊老頭便笑著道：「不好意思，這還沒開業呢，過幾天等開業了，客官可一定要來捧場啊！」

趙彩鳳見店裡頭已經不缺什麼東西，只要等錢木匠的招牌做好了掛起來，這個店就算是真的齊全了，便問楊老頭道：「姥爺，您說我們什麼時候開業呢？您看您這湯熬得這麼香，人家過路人聞著都要流口水了！」

楊老頭嘿嘿笑道：「要不然，咱明天就試營業一把？我也有幾天沒拉麵了，手癢得很呢！」

趙彩鳳連連點頭。

這時候楊氏和楊老太也從後院打掃好了環境出來，楊氏瞧見趙彩鳳來了，便急忙道：「彩鳳妳來了？今兒遲了，不如我去買一些燒餅回來，咱們湊合著吃一點算了。」

楊老頭聽了，站起來道：「吃什麼乾糧？這現成的老滷還熬著呢！老太婆，妳去給我和個麵，我今兒拉麵給妳們吃！」

楊氏見趙彩鳳來了，便上前問道：「妳來了這兒，明軒一個人在家怎麼辦呢？」

趙彩鳳撇撇嘴道：「他這麼大一個人了，難道一頓飯自己也搞不定嗎？再說了，今兒他去衙門幫人審案了，這會兒也不在家。」

宋明軒在衙門忙乎了半天，總算是定下了嫌疑犯，但是因為那人犯潛逃了，一時半會兒也追捕不回來，所以趙大人吩咐了下去，讓順天府尹的捕快們全力追捕，又讓蕭一鳴帶上了宋明軒，好好出去犒勞犒勞。

於是，蕭一鳴便帶著宋明軒去了他常去的八寶樓。

因為上一次蕭一鳴喝多了差點兒闖下禍事，所以他今天特別自覺，一杯酒都沒有喝。宋明軒說身子不好，也並沒有要酒。

因此兩個男人便點了一桌子的菜，在雅室裡頭靜悄悄地吃了起來。

蕭一鳴抬起頭看了一眼瘦得兩眼凹陷的宋明軒，也不知道說什麼好，站起來，伸手擰下一隻鴨腿，塞到了宋明軒的碗中，開口道：「宋兄，你好歹多吃一點！」

宋明軒略略清了清嗓子，忽然從袖中摸出了一張紙，遞到蕭一鳴的跟前，開口道：「蕭公子，這是一百兩銀子的欠條，請你一定要收下。」

蕭一鳴見宋明軒拉長了一張臉，一副要跟自己老死不相往來的模樣，也很是鬱悶，可他畢竟也是一個頂天立地的男子漢，光明磊落得很，因此便開口道：「宋兄既然非要把這欠條給我，那我就收下了，可還有一句話我也要對宋兄明說——我是真心仰慕宋兄的才華和人品的，這一點和小趙沒有關係。我是喜歡小趙沒錯，可我從來都沒透露半分，若不是前日怕你死在了貢院之中，恐怕我蕭一鳴這輩子都不會把這件事情給說出來。」蕭一鳴說到這裡，把杯中的茶水當成了酒水一飲而盡，嘆息道：「我喜歡小趙，是覺得她一個姑娘家不該過得這樣辛苦，可如今我也明白了，她是情願跟著你過苦日子，也不要我所能給她的榮華富貴。」

蕭一鳴又把茶水一口給喝了，才想起來他們壓根兒就沒上酒，便扯著嗓子喊道：「小二，拿酒來！」

店小二前兒是看著蕭一鳴扛著刀出去的，這會兒又聽他說要酒，小聲勸道：「蕭公子，前幾日中秋，咱們店裡頭釀了一些桂花酒，您要不要試試？甜——」話還沒說完，就被蕭一鳴給一眼瞪了回去，他嚇得急忙道：「酒、酒！這就給您送上來！」

沒過多久，店小二上了酒來，兩人各自一壺，不動聲色地喝了起來，酒過三巡，話卻還沒有說上半句。

蕭一鳴見宋明軒手中的酒杯空了，便幫宋明軒給滿上，開口道：「宋兄，喝了這杯酒，以前的事情就算是過去了，咱倆還是好兄弟，小趙是我的嫂子，我也一輩子只把她當嫂子。」

宋明軒本就不勝酒力，這時候已喝得有四、五分的醉意，前兩日的擔憂又湧上了心頭來，越想越覺得人生失意，只閉上眸子，將那一杯酒緩緩地喝下了肚中，睜開眼的時候眼睛帶著幾分酸澀。

「蕭公子，不瞞你說，這次鄉試我未必能中，若是我真的名落孫山，只怕以後也沒有辦法照顧彩鳳，若是你真心對她好、若是你……」宋明軒咬了咬牙，繼續道：「若是你能讓她風風光光地進將軍府，當你的夫人，宋某感激不盡！」

蕭一鳴聞言，兩隻眼睛頓時瞪得和銅鈴一樣大，不可置信地道：「宋兄，你這不是在開玩笑吧？你若是不中，那這世上還有別人會中嗎？」

宋明軒這時候已垂下了頭，嘆息道：「我不中，自然還是會有別人中的。正如我若是照顧不了彩鳳，也自然會有人照顧她。」宋明軒說完這句話，心裡越發酸澀。昨夜的柔情密意還在腦中，可宋明軒昨晚想了整整一夜，若是這一科沒有高中，等待他和趙彩鳳的將來，似乎真的是一片黑暗。作為一個男人，他必須要承擔一個男人的責任，他不能讓家中的老娘再如此操勞，更不能一直躲在趙彩鳳的關懷和羽翼之下。平生第一次，宋明軒參透了「百無一用是書生」這句話。

「宋兄，你該不會是喝醉了吧？你這樣想，彩鳳她知道嗎？」

宋明軒垂著腦袋不說話，過了良久才道：「你若是能讓她做正室奶奶，就算她不同意，她家裡人也不會不同意的。古來男女大婚，不過就是父母之命，媒妁之言，等她過上了好日子，心裡自然就會明白了。」

蕭一鳴雖然覺得宋明軒這提議很不靠譜，但在聽見他這麼說的時候，心臟卻還是狠狠地跳動了一下。可正當他要說服自己，想要答應下來的時候，又幡然醒悟了過來。

「宋兄，彩鳳當著那麼多人的面，在衙門裡親了你，你怎麼能這樣輕而易舉的一句話就把她拱手相讓了呢？」蕭一鳴說著，搖搖頭道：「我原本以為宋兄和那些迂腐書生是不一樣的，如今看來，彩鳳倒是喜歡錯了人。」

宋明軒依舊低著頭，杯中的酒卻早已一杯杯下肚了。說出那一番話來，他著實心痛萬分，可比起讓趙彩鳳跟著自己受苦，他也不得不狠下了心腸。宋明軒紅著眼睛，站起來一把抓住了蕭一鳴的衣領，定定地看著他道：「她確實是喜歡錯了人，我宋明軒如何跟你相比？你是高高在上的將軍家少爺，而我不過是一個手無縛雞之力的窮書生，我……」宋明軒的話還沒說完就鬆開了蕭一鳴，趴在桌上毫無顧忌地嗚咽了起來。

外頭經過這包間的店小二聽了，又嚇出一身冷汗來，心道這蕭公子到底是怎麼了？每回都到他們八寶樓裡來哭一場啊！

蕭一鳴瞧見宋明軒哭得厲害，也忍不住灌起了自己酒，一邊喝一邊道：「你以為就你能借酒裝瘋嗎？得了便宜還賣乖！彩鳳要是喜歡我，我能等你讓我嗎？我早自己搶去了！」

蕭一鳴說著，一把抓著宋明軒的後領，把他拎起來道：「宋明軒，你這個懦夫！」蕭一鳴差點兒又控制不住，要抓宋明軒的頭去撞桌子，待看清了他這手裡拎著的是宋明軒的腦袋，不禁嚇得後背一身冷汗，酒也醒了一半，輕輕把宋明軒給丟下了道：「怎麼比我還不禁喝？」蕭一鳴說完，砰的一聲，也趴在桌子上睡著了。

外頭的店小二聽見裡面又消停了，稍稍鬆了一口氣，從門縫裡頭看了一眼，見兩人都爛醉如泥地躺著，便湊到一旁夥計的耳邊道：「一會兒忙完了午市，去討飯街小趙家說一聲，讓她把自己男人給領回去。」

趙彩鳳在廣濟路吃完了拉麵，瞧著那邊也沒有什麼自己能幫得上忙的，便先回了討飯街去了。她前腳到家，後腳八寶樓的夥計就到了。

那夥計一瞧見以前朝夕相處的趙彩鳳如今出落得越發好看了，也有些不好意思，撓著後腦勺笑著道：「小趙，好久不見。」

趙彩鳳也納悶他怎麼跑到這邊來了，笑著問道：「這是什麼風把你給吹到這兒來了？」

那夥計正看著趙彩鳳傻笑呢，這會兒被趙彩鳳這麼一說，才想起了跑這邊來的正事，便開口道：「這不，妳家相公和蕭公子在店裡頭喝得爛醉如泥的，我來找妳把他給領回去呢！」

趙彩鳳翻了一個白眼，轉身關上了大門，跟著他一起出來，笑道：「你這特意跑一趟的，幫我把他揹回來不就得了，還白跑那麼一趟。」

那夥計聞言，果然覺得很有道理，鬱悶道：「這都是那小毛子出的主意，我還真白跑一趟了這是！」

趙彩鳳跟著夥計到八寶樓的時候，正是下午店裡頭最冷清的時段，那夥計領著她去了二樓的包間，正是平常蕭一鳴常來的那一間，酒桌上早已經杯盤狼藉，兩人各自趴在桌上，一副爛醉如泥的樣子，蕭一鳴更是呼嚕聲一聲賽過一聲，宋明軒倒是還和往常一樣，睡得安安靜靜的，只是臉頰紅成了一片。

趙彩鳳伸手摸了摸他的額頭，嚇了一跳，他從貢院出來的時候，本就有一些低燒，吃了兩日的藥才好了起來，今兒就跑來喝酒，真是不要命了！

趙彩鳳見蕭一鳴睡得熟，推了推他的肩膀，那人嘴裡也不知道嘀咕了一句什麼，翻了一個身，繼續睡了。

跟在趙彩鳳後面的兩個夥計見了，都忍不住笑了起來。

趙彩鳳這也是頭一次遇上男人喝醉酒的無賴樣，氣得嘆了一口氣，一拳就砸在兩人中間，桌上的盤子跟著震動了一下。蕭一鳴一個激靈就嚇醒了，屁股後面的凳子沒坐穩，往後擺了一下，結果一屁股就跌坐在地上了。

蕭一鳴吃痛地喊了聲，一邊揉著眼睛，一邊揉著屁股，睜開眼看見是趙彩鳳站在那邊，頓時又嚇出一身冷汗來，開口道：「嫂……嫂夫人怎麼來了？」

趙彩鳳聽蕭一鳴這麼喊他，也沒計較，這時候兩個夥計上前把蕭一鳴給扶了起來。

趙彩鳳瞧了一眼蕭一鳴那布滿血絲的紅眼睛，也不想再責怪他，說起來他和宋明軒兩個人也不過就是高中生的年紀，自己這麼一棵老草，還跟他們計較些什麼呢？

「你喝醉了，睡一覺也就醒了，可宋大哥還病著呢！這幾日他老是心事重重的樣子，大概是鄉試沒考好，你還帶他來這兒喝酒。」趙彩鳳其實也不是想責怪蕭一鳴，可話到了嘴邊，就有那麼一股責怪的意思了。

蕭一鳴聽了，心裡就又不是滋味了起來，撇了撇嘴，看了一眼仍舊醉酒不醒的宋明軒，開口道：「我……我這不是案子快破了，我高興的嘛！」

趙彩鳳聽他這麼說，也知道這事情不怪他。這幾日宋明軒白日裡魂不守舍，拿著一本書卻又不像是在看，必定是有心事的。趙彩鳳嘆了一口氣，上前扶起宋明軒，宋明軒比她整整高了一個頭，這醉酒的人身子又特別重，趙彩鳳拉著宋明軒往身子上一壓，差點兒就被壓彎了腰。

一旁的夥計忙開口道：「小趙，妳慢著點兒，我幫妳一把。」

趙彩鳳搖頭道：「不用了，我自己能行。」

蕭一鳴見了又是一陣不忍心，越發就自責了。每次都是想為了她好，可每次都能好心辦了壞事。蕭一鳴一步上前，把宋明軒拉到了自己的背上，揹著往前走了兩步。「沒事逞什麼能？還真當自己是女漢子啊？」

趙彩鳳被蕭一鳴這句話噎的，看了眼自己的細胳膊細腿後，也只能老實地跟在他後面。兩人出了八寶樓，一路上一前一後地走著。

蕭一鳴稍稍扭頭看了一眼趙彩鳳，方才宋明軒對他說的那一席話，他終究沒有說出口。他是喜歡趙彩鳳不假，但趙彩鳳心裡卻只有宋明軒一個，自己也早已經認清了這個事實，如今還能在她身邊說上幾句話，已經是不容易的事了。

「彩鳳，妳是一個好姑娘。」蕭一鳴揹著宋明軒，心裡頭說不失落那是假的，可很多東西似乎是命中注定的一樣，不然為什麼他蕭一鳴就這麼倒楣，會遇上他們兩人呢？

趙彩鳳聽他冷不丁地冒出這麼一句話，反倒鬆了一口氣。通常男人對女人說出這樣一個開頭，後面的話基本上也可以猜得八九不離十了。趙彩鳳沒打斷蕭一鳴，讓他繼續說下去。

蕭一鳴嘆了一口氣道：「妳和宋兄真的很般配，妳那麼能幹，宋兄是這樣的才高八斗；妳一心一意地對他好，他也處處為妳著想。你們兩個要是不在一起，老天爺也不同意啊！」

趙彩鳳聞言，忍不住笑了，開口道：「你今兒倒是奇怪了，我們兩個在不在一起，和老天爺也沒有什麼關係。再說，感情這個東西，也不是一朝一夕就會有的，日子長了，就算是養一隻小貓小狗也會有感情的。蕭公子，你與其想這些亂七八糟的，還不如仔細想想，你身邊有沒有哪些人是值得你自己留意的？」

蕭一鳴搖了搖頭，見離討飯街也近了，便扭頭看了一眼還在他後背睡著的宋明軒，鬱悶道：「下次請宋兄喝酒，還得給他準備一頂轎子才行！」

趙彩鳳噗哧地笑了一聲，開口道：「誰讓你帶他去喝酒了！現在知道自作自受了？」她往裡頭開了門，兩人把宋明軒給放在了床上。

蕭一鳴這才把懷裡的那一份借條給拿了出來，遞給了趙彩鳳道：「彩鳳，我也不知道這是你們倆誰的意思，可這銀子是我入股用的，妳若是打算將來不給我股了，那我就收下了這欠條；妳若還當我是朋友，那就把這欠條拿回去，我們還能做個朋友。」

趙彩鳳瞧著欠條上宋明軒那一手秀麗的蠅頭小楷，只把那欠條從蕭一鳴的手裡拿了過來，藏在了自己的袖中，抬起頭看著蕭一鳴道：「蕭公子，我趙彩鳳永遠都當你是好朋友。」

蕭一鳴聽了這話，心裡還是忍不住的高興，看了一眼床上的宋明軒，撓頭道：「那我先回去了，妳好好照顧宋兄。」

趙彩鳳送走了蕭一鳴後，又回到了宋明軒的房裡，看著他那副爛醉如泥的樣子，不禁狠狠地鄙視了他一番。宋明軒終究是沒有蕭一鳴這樣豁達啊！可趙彩鳳心裡卻也明白，像蕭一鳴這樣有家世、有背景的人，宋明軒如何能比得上呢？宋明軒唯一能翻身的機會不過就是他手裡的一根筆桿子而已。趙彩鳳嘆了一口氣，到外頭給宋明軒熬藥去了。

宋明軒原本就是一個不勝酒力的人，這幾日心裡又受了不少的打擊，先是科舉結果未定，繼而是發現自己多了一個強而有力的情敵，這兩項打擊下來，使得宋明軒整個人處於一種分裂的矛盾中。一方面他極度渴望自己高中，可以早些把趙彩鳳娶進門；另一方面，他又極度懼怕自己落榜，到時候有蕭一鳴這樣的情敵在前，他拿什麼保證給彩鳳幸福呢？宋明軒酒醒睜開眼睛，又開始矛盾了起來，只不過他翻了一個身，卻發現這裡已經是討飯街自己的家了。

趙彩鳳在門外收衣服，聽見房裡頭的動靜，便抱著衣服走到了門口，見宋明軒的臉色好看了些，也沒責怪他，開口道：「你醒了啊？現在覺得怎麼樣？」

宋明軒每每看到趙彩鳳這種不苟言笑的樣子，就反射性的後背發冷，忙低下頭道：「沒……沒什麼，可能中午喝得有些多了。」

趙彩鳳冷冷地道：「以後喝多了就別回來了，酒醒了再回來。」

宋明軒見趙彩鳳這麼說，越發擔心了，忙小雞啄米一樣地道：「衙門那邊的案子有新的線索了，如今正等著把嫌犯捉拿歸案，趙大人一高興，就讓蕭公子請了我去八寶樓喝兩杯。」

趙彩鳳走進去，把手上的衣服往床上一丟，慢悠悠地問：「那你是不是只喝了兩杯呢？」

宋明軒這下子臉又紅了起來，自己喝了幾杯哪裡能記得？他這會兒才剛醒過來，人還是懵的呢！「這……那……」

趙彩鳳見宋明軒支支吾吾的樣子，狠狠地瞪了他一眼道：「宋明軒，不想好好過日子了，你就跟我說一聲，你愛怎樣怎樣！不就是一個破考試沒考好嗎？你至於這樣患得患失的嗎？天還沒塌下來呢！我趙彩鳳說過你若是沒考上，我就不嫁你的話嗎？我說過嗎？」

宋明軒被趙彩鳳逼問得越發無語，低著頭不吭聲，手指拽著自己的衣襟，眸中已然有了淚光。

趙彩鳳這會兒罵也罵爽了，見他那副樣子，便站起來道：「我們家不養吃白食的，從明天開始，你到店裡頭跟著姥爺學拉麵去！」趙彩鳳說完這些話，便頭也不回地走了，到了院子裡才終於鬆了一口氣，心想那傢伙這會兒指不定還在房裡頭傷心呢！趙彩鳳嘆了一口氣。沒辦法啊，誰讓自己喜歡的是一根嫩草呢，少不得還要幫他上一些心理強化課程……

一想到明兒要讓宋明軒去店裡頭學拉麵，趙彩鳳便忍不住想笑。其實讓他學拉麵不過就是個藉口，從今兒起到秋闈放榜，少不得還要十幾天的時間，這宋明軒要是天天胡思亂想的，可不得想出病來？所以還是得要找一些事情，讓他先把科舉的事情給放下來。

宋明軒瞧見趙彩鳳走了，心裡也略略地嘆了一口氣，低下頭看了一眼自己平常只拿過筆桿子的雙手，暗暗下定決心，三百六十行，行行出狀元，他就算真的考不上舉人，憑著這雙手，難道就養活不成趙彩鳳了嗎？宋明軒想到這裡，就燃起了一絲鬥志來，站起來，把桌上堆著的那些書都收到了角落裡，來一個眼不見為淨！

當天晚上，一家人回到了討飯街上來吃晚飯。

因為店裡的準備工作已經做得差不多了，楊老頭便宣布道：「我今天回來之前，已經把明兒開早市的東西給準備好了，明天我們就先開始試營業。這幾天我到廣濟路上的其他幾家麵館附近打聽過了，陽春麵的價格大約是一碗十二文錢，若是雞湯帶澆頭的，基本上在一碗三十到三十五文錢。我私下裡想了想，咱這初來乍到的，一開始還是便宜些好，帶大肉和雞腿的，就按照一碗三十文定價，彩鳳妳覺得如何？」

趙彩鳳其實對這裡的物價還沒有完全弄明白，不過按照她對現代物價的比例來看，這三十文折合人民幣大約是在十六元左右，按照現代一級城市的物價，十六元吃一碗帶雞湯的大肉麵，那絕對算不上貴的。「就按姥爺您的意思吧，反正是試營業，到時候不行再調整就是了。」趙彩鳳說著，又開口道：「姥爺，除了這事，我還有一件事情想要請姥爺幫忙，不知道姥爺肯不肯？」

宋明軒聽了這話，臉色多少有些不自然，忍不住低下頭。

楊氏也好奇地道：「彩鳳，都是一家人，妳還說什麼幫忙不幫忙的，這不是見外嘛！」

趙彩鳳繼續開口道：「是這樣的，這幾天明軒在家裡頭等放榜，也沒有什麼事情，我想讓他去店裡頭看看，順便和姥爺學一學拉麵。」

楊氏一聽，睜大了眼睛道：「讓明軒學拉麵？妳沒搞錯吧？明軒可是個讀書人！再說了，他這才出來幾天，身子也還沒養好呢！」

趙彩鳳倒是沒預料到楊氏會這麼大的反應，撇撇嘴道：「讀書人怎麼就不能學拉麵了？再說了，有一門技術傍身也是好事，宋大哥身體不好，其實也是因為唸書唸得太多，不注重運動才造成的，姥爺每天都要拉十幾斤的麵，身子骨不照樣好得很？就當是讓宋大哥去鍛鍊身子好了。」

楊老太聽了這話，心裡咯噔一下，心道這一次宋明軒怕是真的沒希望了，怎麼連想學拉麵這主意都出來了？楊老太抬起頭看了一眼宋明軒瘦弱的樣子，心裡暗暗搖頭，俗話說百無一用是書生，這下趙彩鳳可真的吃虧了。

楊老頭聽了趙彩鳳的話，倒是沒像其他兩人一樣震驚。他作為一個男人，也知道若是科舉之路行不通，宋明軒改行是遲早的事情，因此只吧嗒吧嗒地抽了兩口旱煙，這才開口道：「彩鳳這麼打算也有道理，要是明軒自己同意，那就學吧。這天底下考科舉的人多了去了，能當官的最後不過也就那麼幾個，考得上那是福氣，考不上也只能怪自己沒那運氣。不過既然想要學了，這事情也不急在一時，等明軒在家裡頭把身子養好了，我再慢慢教他。」

趙彩鳳聽楊老頭說的這話有些道理，終究是年紀大閱歷深，眼界也比楊氏她們開闊很多，便點頭道：「那我就先謝謝姥爺了！」趙彩鳳說著，從桌子底下捅了捅宋明軒。

宋明軒便尷尬地開口道：「謝……謝謝姥爺。」

第二十七章

眾人吃完了飯，都各懷心事，各自做事去了。

趙彩鳳一邊收拾東西，一邊想事情，腦子裡忽然就想起了今兒在劉家問過錢喜兒的那些關於這次鄉試的事情。她往宋明軒的房間看了一眼，見裡頭靜悄悄的，如今聽不見宋明軒讀書的聲音，自己的心裡也覺得慌慌的，心道宋明軒心裡頭這個癥結若是不解決了，怕是會憋出病來，便放下了碗筷，跑去房裡找宋明軒。

宋明軒這時候正在房裡頭磨墨，見趙彩鳳進來，反倒有些不好意思，開口道：「我、我想趁著現在還記得，把最後一場的答卷默下來，就算到時候沒有中，也好歹留下個證據，沒準過幾年時局不同了，還會再有機會。」

趙彩鳳聽宋明軒這麼說，心道莫非還真是被自己給猜中了，這考題中必定涉及了黨爭，才會讓宋明軒如此惴惴不安。趙彩鳳上前，從宋明軒的手中接過了墨塊，開口道：「你快寫，明兒你也不著急去學什麼拉麵了，帶著你的文章，去找劉公子吧！我今兒去劉家的時候問了喜兒，聽她說，杜太醫跟劉公子說，只要隨著聖上的意思，大約捅不了什麼樓子，也不知道是個什麼意思。你與其在家裡整日魂不守舍，不如去劉家打聽打聽，杜太醫畢竟是朝中的人，興許會給劉公子帶些消息出來。」

宋明軒一聽，那眉梢都快飛到額頭上了，睜大了眼睛問道：「當真？」

趙彩鳳見他那模樣，似乎又看見了希望一樣，笑著道：「我騙你做什麼？你快些寫下來，明兒我陪著你一起去。」

宋明軒聽了這話，頓時就興奮得兩眼冒光，握著筆的手都顫抖了起來，一個勁兒地道：「好好好，我這就默下來！」

趙彩鳳最喜歡宋明軒這種自信滿滿的樣子，笑著道：「自你從考場出來後，這會子才算有些人樣了。」

宋明軒抬頭看著趙彩鳳，一時間感激得不知道說什麼好，見趙彩鳳已經低著頭為自己磨起了墨來，便暗暗咬牙，將筆蘸飽了墨水，開始唰唰地寫著。

趙彩鳳瞧著宋明軒那一氣呵成的樣子，幾乎連思考都沒怎麼思考，就把一整篇的文章給默了出來，奇怪道：「你這寫得也太快了吧？這都過好幾天了，你怎麼還能記那麼清楚？」

宋明軒默完了文章，一時間神清氣爽，遂笑著道：「這卷子我頭一天晚上就已經寫好了，細細修改了兩日，讀了不下百遍，早已經刻在了腦中。」

趙彩鳳拿過來瞧了一眼，發現這樣的文章實在不是她這水平能看懂的，搖了搖頭道：「還是還給你吧，它認識我，我不認識它。」

宋明軒接過文章，一行行地看了下去，看到出色之處，還忍不住又點了點頭，興奮地道：「妳沒有上過私塾，自然是看不懂這些的，科舉應試都有專門的格局，不是一般人就能看明白的。」
趙彩鳳見宋明軒的臉上又透出了自信的光彩，從身後抱著他，下巴抵在宋明軒的肩頭道：「我家相公怎麼就那麼有才華呢?字寫得好，文章也寫得好。」
宋明軒聽了這話，心尖上微微地抽動了一下，一把拉著趙彩鳳的手，讓她坐到了自己的大腿上，摟著她，合上了眸子，過了半晌才開口道：「彩鳳，我想明白了，就算是讓我拉一輩子的拉麵，也要讓妳過上好日子。」
趙彩鳳聞言，噗哧地笑了出來，道：「嗯嗯，孺子可教也!你要是拉麵拉得好，我就賞你個拉麵狀元當一當!」
宋明軒聽了便面紅耳赤了起來，低頭把自己的腦袋埋在趙彩鳳的胸口，嗅著趙彩鳳身上少女的馨香，鼻腔裡頭一熱，急忙用手捣住了鼻子，把頭扭到了一旁。
趙彩鳳見了宋明軒這個樣子，笑了起來，拉著他的手問道：「宋大哥，你……你這是怎麼了呢?」
宋明軒捣著鼻子，嗓音沙啞地道：「我……我這兩天有些發熱，身子還沒好。」
趙彩鳳便又笑著道：「我有獨門退熱的方法，你要不要試試?」還沒等宋明軒說要不要，趙彩鳳的手已經摸到了他身下被褻褲勒得滾熱變形的地方。
宋明軒輕哼了一聲，紅著眼睛閉上了眸子，伸手握住趙彩鳳的手腕，也不知道是要把她的手拿開，還是按上去。

趙彩鳳耐著性子，輕輕地用掌心在那上面摩挲了一下，又引得宋明軒的身體輕輕地顫慄了起來，連聲音都變了。

趙彩鳳這時候有了一絲玩興，前世作為一個法醫，沒少看過男人的屍體，可是這樣活著的、有反應的身體，她也沒瞧見幾回，如今好不容易有這麼一個年輕鮮活的身體，她覺得自己有點要變色女了……

宋明軒見趙彩鳳的手指還在不安分的動來動去，弓著身子，把頭埋在趙彩鳳的胸口輕輕蹭了起來，嘴裡還帶著幾分嗚咽，這時，他蹭到了趙彩鳳胸口的一處突起，眼看著自己處在下風，被趙彩鳳逗弄得渾身發軟，宋明軒便狠下心，帶著一絲力道，一口咬上了趙彩鳳的胸口。

趙彩鳳猝不及防，嗚咽了一聲，急忙鬆開了手，推開宋明軒，從他的身上起來，鬱悶道：「你居然偷襲我！」

宋明軒見趙彩鳳跑了，也鬆了一口氣道：「這叫兵不厭詐。」

趙彩鳳輕哼了一聲，看見自己胸口被宋明軒給蹭上的鼻血，咬著唇瓣道：「不跟你玩了！」說著，便轉身出門去了。

宋明軒看了一眼他身上飢渴的小老弟，對著趙彩鳳的背影嘆息。再不把趙彩鳳娶過門，他只怕真的要憋不住了。

第二天趙彩鳳起來的時候，楊氏等人早就去了店裡頭。趙彩鳳因為要出門，只好把趙彩蝶託付給了對門的余奶奶，和宋明軒隨便吃了點早飯，便往劉家去了。

去劉家的路上，宋明軒心裡還是百般的忐忑，見趙彩鳳在一旁淡定得很的神色，這才稍稍地定了定神，讓自己把那些多餘的想法都拋到了腦後去。

趙彩鳳偷偷地瞥了宋明軒一眼，心下也暗暗嘆息，宋明軒越是計較得失，就越發淡定不起來，如今也只有來和劉八順說說話，兩人在一起互相探討個幾句，沒準就都豁然開朗了。

李氏深居簡出，雖然在京城住了許多年了，但和這邊的人交往也不是很深，難得趙彩鳳來劉家玩，忙請了小丫鬟又是送茶又是送果子的。李氏也是頭一次瞧見宋明軒，見他長得一表人才又彬彬有禮的，便瞧了一眼自己的兒子劉八順，笑著道：「這回可是有人把你給比下去了。」

劉八順早習慣了，反正他在這個家也是最沒地位的，長得沒有姊夫帥，個子如今甚至還不及錢喜兒高，他也是沒話說了。

李氏瞧見宋明軒這模樣，笑著道：「可算是被我遇到了，我家八順太挑嘴了，什麼都不愛吃，如今都十六了，個子也沒見長，還愣說是我讓他讀書讀多了，這才長不高的。你看看人家宋秀才，怎麼就比你高出這許多呢？」

劉八順聽了這話，鬱悶道：「宋兄比我年長，等兩年之後，沒準我比宋兄還高一些呢！」

李氏寵溺道：「都說了吃飯不要挑嘴，你這都是挑嘴的毛病。正好今兒你宋大哥也在，留下來一起吃個午飯再走吧？我也有段時間沒親自下廚了。」

宋明軒聽說李氏要親自下廚，越發不好意思了，倒是趙彩鳳大大方方地答應了，李氏便高高興興的出去張羅了。

劉八順把宋明軒請進了自己的書房，問道：「宋兄，這次鄉試若不是有宋兄的幫忙，只怕我這時候都已經撞牆了。」

宋明軒見平常看著一本正經的劉八順也說出這樣的話來，忍不住笑了起來。「舉手之勞而已，也不是什麼大事。第一次下場子難免經驗不足，但是誰也不想多下幾次場子，在那裡頭當真不是人過的日子。」

劉八順想起那日自己在宋明軒背上睡著的事情，還覺得有些羞愧，略帶了歉意道：「原本是想過幾日去看看宋兄的，沒想到宋兄今日倒是先過來了。不知宋兄的身子可是好些了？」

宋明軒那日著了風寒，略略有些燒，倒也沒有什麼大礙，今兒一早又喝了藥才出來，雖然精神不濟，可一想到自己心裡懸著的事情，也只開口道：「身子已經無礙了，只是這幾日每每想到那最後一場的考題，總是睡不著覺。」

「原來宋兄是為了這件事情來找我的！」劉八順拍案站起來，急急忙忙地去他書桌上的一堆書裡頭翻了起來，這才從那最底下拉出一頁紙，遞給宋明軒道：「這是我寫的，只給我姊夫一人看過，被我姊夫給罵了一頓，說我言辭過於激烈。你說說，我怎麼激烈了？現在那些個公侯世家，有幾家不仗勢欺人的？老百姓的日子越發過得艱難了，他們卻享朝廷俸祿，可以世襲爵位，若長此以往，天下必亂啊！」

宋明軒略略掃了一眼劉八順的答卷，心道他這寫的可真是和自己第一遍寫的可以媲美了，可惜自己膽子太小了，前後修改了七、八回，等最後一遍成型的時候，都已經是四平八穩的話了，雖偶爾有幾句針砭時弊的，卻也不像劉八順這樣鋒芒畢露。

宋明軒看完了劉八順的卷子後，把自己默出來的卷子遞給了劉八順道：「這是我的卷子，原來你我的想法是一樣的，可惜我一交這卷子，心裡頭就後悔了。我們苦讀十幾年，說好聽些是為了天下蒼生；說難聽些，不過就是為了自己的功名利祿，但是這樣的卷子一旦交上去，得罪了那些當權派，只怕一輩子都難有出頭之日了，還不如做一次縮頭烏龜來得好，就算這一科失利，下一科至少還能繼續考。」

劉八順這時候也沒仔細聽宋明軒的話，拿著宋明軒的卷子看了起來，看到精彩之處忍不住拍手叫好，笑著道：「宋兄、宋兄，你是如何把這樣一篇戰鬥檄文寫得如此幽默風趣的？我若是那閱卷的考官，看完了只怕還得要細細思索，才能悟出這其中的道理來呢！」

宋明軒聽了劉八順的表揚後，心中也有些暗暗自得。他的文章一向寫得不錯，韓夫子都誇獎了他幾次，若是出一道正常點的題目，這一科就算不能奪得頭籌，中個舉人也不是什麼難事，可偏偏攤到了這些事情，真是讓人糟心啊！

劉八順看完了宋明軒的卷子後，開口道：「前兩天我姊夫來給我傳了消息，說是這一屆鄉試閱卷大臣的名單還在確定之中，不過如今禮部尚書湯大人是清流名士，雖然在降爵一事上並沒有表態，但其實他所忠之人，也是當今聖上，所以我姊夫讓我先不必擔憂，靜待結果便好。」

宋明軒聽了這一番話，心中的大石頭陡然落了下來，一時間輕鬆得腳底心都似打飄了起來，扶著案桌道：「若真是如此，那就謝天謝地了！」

劉八順聽宋明軒這麼說，又拿起宋明軒的卷子看了一遍，還是忍不住讚嘆道：「宋兄怎麼就能寫出這樣的文章來？如今讀了宋兄的文章，我那文章看著著實幼稚可笑啊！」

宋明軒笑著道：「我若還是三年前的我，必定是喜歡你這樣的文章，可如今年紀大了，反倒少了那份初生牛犢不怕虎的幹勁。我若是閱卷的大臣，只怕還更喜歡你的文章一些，我這裡頭難免參雜了一些世故圓滑，讓人看著不純粹了。」

兩人互相寒暄了半日，外頭的午膳也準備得差不多了。

趙彩鳳在房裡和錢喜兒學了好一會兒的針線，手指上都扎了一串針眼，如今聽說要吃飯了，這才鬆了一口氣道：「我算是知道什麼叫術業有專攻了，看來我還真不是做針線這塊料子。」

錢喜兒湊過去看了一眼趙彩鳳繡得四不像的鴛鴦，撝著嘴笑道：「妳比起程姑娘已經好多了，至少妳的還能看出是一隻鴨子，她繡的鴛鴦，我瞧著就是一隻黃狗……」

趙彩鳳這會兒也沾沾自喜了起來，笑著道：「當真？那我要是再練個十年、八年的，沒準也能跟妳繡得一樣好了！」

錢喜兒只點頭笑了笑。

趙彩鳳忍不住開口問道：「喜兒，妳和八順打算什麼時候過明路呢？」趙彩鳳如今是真心把錢喜兒當成了閨蜜，所以知道錢喜兒是劉家的童養媳之後，便也對這件事情有了一些好奇。

錢喜兒臉上的表情依舊是淡淡的，小聲道：「八順說，要等考上了進士再談終身大事，我聽他的。」

趙彩鳳聽了這話，越發就佩服起了錢喜兒，問道：「妳心裡不著急嗎？劉公子和妳同歲，他今年雖然年輕，可是妳要是再等三年，那就不年輕了。」古時候女孩子都很早嫁人，再過三年錢喜兒都十九了，在古人的眼中，那都是超大齡剩女了。

錢喜兒放下了針線，抬起頭想了想道：「大姑奶奶說，女人到二十五、六生孩子才最好，那個時候生就不傷身了。再說，我相信八順不會變心的，讓我等那就等著吧。」錢喜兒說完，臉上還帶著淡淡的笑容，似乎完全不為這件事情擔憂一樣。

趙彩鳳看在眼裡，也不得不在內心暗暗佩服道：這才是真愛啊！想到這裡，她也略略有些釋懷了，點頭暗暗道：真愛本來就應該是這樣，禁得起考驗才是！

在劉家吃過了午飯，兩人便謝過了李氏，起身告辭了。

趙彩鳳見宋明軒從劉八順的房裡出來後，臉上的笑容就一直沒停過，便知他心裡頭的擔憂應該已經開解了。有時候不得不承認，宋明軒的確還是一個孩子啊！趙彩鳳瞧著他那眉宇間又流露出了慣有的自信來，忍不住撇了撇嘴，從身後跟了上去，問道：「喂，這會兒還早著呢，我們去店裡頭幫忙吧？你不是說了要學拉麵嗎？」

宋明軒點頭道：「好啊，今兒店裡試營業，是要去幫忙才好，學拉麵、學拉麵去！」宋明軒說著，臉上也笑著加快了腳步。

趙彩鳳跟上了道：「你跑那麼快幹麼？腿不軟了嗎？你當真要去學拉麵嗎？」

宋明軒一本正經地點頭道：「學！就算考不上科舉，我還能拉麵養活妳！」

這幾日，宋明軒果然跟換了一個人似的，再不去想那科舉的事情，一心一意地跟著楊老頭學起了拉麵來。趙彩鳳瞧著他穿著短打在楊老頭身旁打下手的模樣，心下倒也安慰了幾分。這等待放榜的日子實在是太漫長了些，若不給宋明軒找一些事情做，也確實難熬得很。

順天府尹的捕快們也把那殺人的小混混給抓了回來，一經審問，那錢五便老老實實地交代了自己的犯罪事實。

原來，那日小二子又問他追債，他一時拿不出銀子來，就想著把小二子身上的欠條給搶了，沒了欠條，看小二子還敢不敢三天兩頭地問自己要債。誰知道那小二子死活不肯把欠條拿出來，錢五突然想起了稍早前他們和蕭一鳴起的爭執，索性就來了個一不做二不休，一刀殺了小二子，想著借此推到蕭一鳴的身上。

錢五覺得這些紈袴子弟身上就算是沾了人命，也不過就是花幾個銀子了事的事情，況且全京城誰不知道這順天府尹趙大人是蕭一鳴的親姥爺，哪裡還會真的抓了自己的親外孫？錢五一想到這些，便覺得自己的計策是萬無一失，高興地和另外兩位同伴上小館子慶祝去了。

誰知道人算不如天算，他拉了一堆墊背的，最後卻沒有一個能定罪的，而自己搶了小二子的欠條，這反而成了最大的疑點，把自己給出賣了！

順天府又破獲了一起殺人重案，趙大人親自表彰了捕快們，並命胡老大請了宋明軒去參加他們的慶功宴，卻被宋明軒給謝絕了。

錢木匠已經帶著趙文走了幾日，楊氏的心思也淡了下來，且這幾日新店試營業，生意也確實很好，一時間倒也沒有心思去想那些事情了。

這會兒，吃麵條的客人見了宋明軒，多嘴地問道：「這打雜的小夥計看著倒是挺秀氣的，是妳家兒子不？」

楊氏聽了這話，心裡頭難免有些尷尬，遲疑了片刻，笑著道：「是我女婿。」

那人聽了，又從頭到尾地打量了宋明軒一眼，接著臉上露出幾分鄙夷的神色來。

怪只怪平常趙彩鳳也常來這店裡頭幫忙，她模樣又好，待客又殷勤，且不像其他的姑娘家忸忸怩怩的，為人大方得體，說話又甜，平常來吃麵的客人就沒有一個不說她好的，甚至還有人偷偷地找了楊老太，說要給趙彩鳳介紹對象呢！

楊老太聽見楊氏這麼說，偷偷地把楊氏給拉到了一旁，左右瞧了瞧，見宋明軒和趙彩鳳都不在跟前，這才壓低了聲音道：「前兩日隔壁首飾店的老闆娘還說要給彩鳳介紹對象呢，妳這會子跟人家說自己有女婿了做什麼？」

楊氏聽了楊老太這話，心下越發尷尬了，蹙眉道：「娘，我若不說明軒是我女婿，那他到底算個啥呢？」

「妳就說他是店裡的夥計唄！總之，我細細地想了想，咱不能就這樣把彩鳳給搭進去！」

之前楊老太一直覺得宋明軒不錯，那是因為她實在沒料到彩鳳這樣能幹，且身上沾了望門寡的名聲，怕在鄉下不好找婆家。如今瞧著不過進城兩個月的光景，竟然就弄下一間門面來，就知道趙彩鳳比自己想的還要有能耐的多。再想一想趙彩鳳這容貌，哪裡就輸人了？這自家外孫女的條件一上升，再去看宋明軒，就覺得條件似乎有點差了。況且看宋明軒如今這光景，都低聲下氣地學起了拉麵來，料想這一科多半是沒中的，等下一科又要等三年，到時候趙彩鳳可就不年輕了。

楊氏聽楊老太這樣說，莫名又想起了余家媳婦的那一席話，腦子裡沒來由地打了個激靈，尷尬地笑了笑道：「娘，這不還沒放榜嗎？沒準明軒就中了呢！這要是再接再厲，明年春天再考一場，沒準還中狀元了呢！」

楊老太聽了這話，看著楊氏，冷冷地笑了笑。「考狀元要真那麼容易，這滿大街都是狀元了。」楊老太雖然這麼說，可畢竟不是真想拆散趙彩鳳和宋明軒，只想著趙彩鳳或許能有更好的歸宿而已，所以便接著道：「這話我也就和妳講一講，不過是為了彩鳳好。妳當初跟著趙老大的時候，雖然過得也窮苦，但趙老大畢竟疼妳，若不是他去得早，妳也不會受這些苦。可彩鳳還年輕呢，這就要養一個男人，還不知道要養到什麼時候才是個頭呢！」

楊氏見楊老太說得也有些道理，便嘆息道：「我也不知道他們小倆口商量過這事情沒有？說實在話，宋家是真的沒有銀子再供明軒了，他這科若真的沒中，彩鳳也只能認命了。」

楊老太聽楊氏這麼說，啐了一口道：「認命認命，這兩個字我都聽了一輩子了，可認了命，也沒見落著什麼好的，還不是一樣吃苦受累嘛！我如今是瞧出來了，雖說妳姊不常想起我們兩老，可我當真不怨她，把自己的日子過滋潤了，那才是最好的。」

楊氏聽了楊老太的話，一時間也思緒萬千，這會兒正好前頭喊了端麵條，楊氏只好心思散亂地去了，可見了宋明軒到底還是有些尷尬。

宋明軒跟著楊老頭學了幾日的拉麵，這讀書人學東西也快，宋明軒又是聰明人，白天看楊老頭拉麵之後，晚上還回去做筆記，把拉麵的每一個步驟都記錄了下來，裡頭還包括著各種麵條粗細需要拉的次數。

趙彩鳳見他蹙眉研究的樣子，還當真是有幾分做學問的架勢，笑著問道：「你都在姥爺邊上看了幾天了，什麼時候打算親自上去試一把呢？」

宋明軒聽了這話，倒有了幾分緊張，蹙眉道：「不然明兒拿一些麵條回來，在家裡試試看？在那邊大庭廣眾之下，萬一拉不好，給客人看見了也不好，影響生意怎麼辦？」

這幾天雖然只是試營業，但店裡頭的生意還算不錯。天氣越發涼了，早上起來的時候就有些寒意，吃上一碗熱呼呼的雞湯麵，確實讓人感覺身心舒暢。

趙彩鳳見宋明軒那躊躇的樣子，也知道他心裡頭沒底，笑著道：「算了吧，我還怕你糟蹋麵粉呢！這麵粉可貴了，可不能被你給白白糟蹋了。」

宋明軒見趙彩鳳這麼說，便笑著道：「那不如還是讓我再打幾日下手較好。」

因為店面開了起來，京城也沒有宵禁，現在晚上還要做晚市，楊氏就沒有辦法顧著家裡頭了，只讓趙彩鳳和宋明軒先回來帶趙彩蝶，畢竟也不能讓人家余奶奶一天到晚給自己家帶孩子。

趙彩鳳隨便準備了一些晚飯，吃過之後就哄了趙彩蝶先睡了。

錢木匠幾天前就帶著趙文走了，如今楊氏和楊老頭他們就住在廣濟路的店裡頭。

上個月一家人趁著空閒的時候，還討論了一下具體開業的時間，楊老頭翻了一下從河橋鎮帶過來的老黃曆，說是到八月底都沒有好日子了，最好的日子是這個月初六，那時趙彩鳳掐指算了算，也不過就還十來天左右，這會兒眼看著日子快到了，秋闈也差不多要放榜了。

趙彩鳳瞧著如今宋明軒的狀態倒是不錯的，便笑著道：「得了，讓你學拉麵都學那麼長時間了，就瞧見你記下來的東西都可以寫一本拉麵攻略了，也沒瞧見你真的上去拉一回。不然你還是幫我寫幾個牌子吧，如今每個人進門都要問價格，你幫我把價格寫好了，到時候客人在店門口就能看見了，多方便。」

宋明軒笑著道：「妳不說我還真沒想起來，我就說我們店裡頭似乎少了一些東西！只不過這若是要寫價格，還得先做幾個竹牌子出來。」

趙彩鳳笑著道：「竹牌子早就有了，錢大叔走之前就做好了的，只是那幾日你恍恍惚惚的，我就沒提起這事情來。」趙彩鳳垂下頭，看著宋明軒寫下來的拉麵攻略，他的小楷玲瓏秀氣，雋秀得不像是一個男子的字跡。

宋明軒聽趙彩鳳這麼說，也略略低下頭來。這幾日他跟著楊老頭學拉麵，雖說沒有親自上去拉過，只是打打下手，但這其中的每一個環節，宋明軒也算是熟悉了。這世上無論做哪一行，只要精通了，必然也能有一番成就。就比如楊老頭，現在隨隨便便就能拉出好吃勁道的拉麵來，讓客人們都忍不住食指大動。

宋明軒嘆了一口氣，抬起頭的時候目光中帶了幾分澄澈，開口道：「彩鳳，前一陣子讓妳擔心了，以後我不會再那樣了。」

趙彩鳳見他難得說出這麼一番話來，撇撇嘴道：「算你識相！」

宋明軒看著趙彩鳳笑咪咪的樣子，越發就臉紅了，又想起如今趙彩蝶已經睡了，楊氏又都不回來睡覺，腦子裡頭便冒出了一些不好的想法來，只覺得身上越來越熱了。

趙彩鳳見他莫名其妙的臉紅了，就知道他的腦子又開始胡思亂想，也不在他跟前站著了，笑著道：「天色不早了，我先回去睡了，明兒一早還要過去店裡幫忙呢！」

宋明軒見趙彩鳳說走就走，哀怨地看著趙彩鳳的背影，萬般不捨地目送她離去，最後實在忍不住，上前抱住了她，低頭在她臉頰上狠狠地親了一口，這才肯鬆開。

第二天一早，兩人特意起了一個早，把趙彩蝶穿戴了起來，索性一起帶到店裡頭去。早上向來是麵條店生意最好的時候，趙彩鳳他們過去的時候，店裡頭早已經坐滿了人，就連門口都擺著兩張桌子，一群人已經圍在那邊吃了起來。

楊氏見趙彩鳳把還在睡覺的趙彩蝶也抱了過來，開口道：「怎麼把她也帶來了？這兒人多，可得看好了。」楊氏說著，把趙彩蝶從趙彩鳳的身上給接了過去，抱著送到了後頭的房裡，讓她繼續再睡一會兒。

宋明軒帶了筆墨過來，趙彩鳳去後面房裡頭找了找，把之前錢木匠做的竹牌都拿了出來，對宋明軒道：「好好寫，寫好了才給你飯吃。」

宋明軒聽了這話，忍不住抬起頭瞟了趙彩鳳一眼，拿毛筆就要往趙彩鳳的額頭上點。

趙彩鳳急忙就往後躲了一下，結果一時沒站穩，摔了個四腳朝天！

宋明軒見這回闖禍了，忙不迭地就站起來要去拉趙彩鳳，結果反被趙彩鳳給一把拉住了，兩人在地上滾了一圈。

趙彩鳳趴在了宋明軒的身上，瞧見他羞澀的樣子，長睫毛撲閃撲閃的，垂著眸子，忍不住就吻了上去。

宋明軒先是嚇了一跳，待身上漸漸有了反應，這才回過神來，伸手在邊上撐了一下，一翻身又把趙彩鳳給壓在了下面，啞著嗓子道：「這……這種事情，還是我主動些好。」

趙彩鳳這下子也忍不住紅了臉頰，往宋明軒身上推了兩下，道：「行了，我認輸好不？快起來寫你的牌子，明兒就可以掛起來了。」

兩人正說著，忽然聽見遠處的街道上傳來哐噹哐噹的鑼鼓聲。

楊氏急忙忙地從前頭走了進來，瞧見兩人坐在地上，開口道：「明軒，秋闈……秋闈放榜了！」

原來方才的聲音正是秋闈放榜的鑼鼓聲！

楊氏方才聽見外頭人議論，就忙不迭地進來和宋明軒說道：「我方才問了過路的，說是富康路上劉家的少爺中了，這會子一群人都往那邊去呢！」

宋明軒聞言，激動地從地上站了起來。「什麼？八順中了?!」

劉八順寫的文章大意是和宋明軒一樣的，所以劉八順中了，就意味著自己也有可能中！

這下子宋明軒可淡定不下來了，急忙跑了出去，見那敲著鑼鼓放榜的官差正好從門口過，立即衝上去問道：「這位官爺，敢問河橋鎮的宋明軒有沒有中？」

宋明軒今兒穿了一件短打，頭上紮了一個髻兒，看著就像是一個尋常小廝，哪裡有半點讀書人的樣子？因此那人見了只擺擺手道：「我哪知道？上頭說誰中了，那就是誰中了，沒消息就在家裡頭等著唄！」

宋明軒聽了這話，只覺得胸口一痛，忍不住就退後了兩步，看著那一群人敲鑼打鼓地離開，怔怔的沒有反應。

趙彩鳳見他那副失魂落魄的樣子，也知道他終究還是放不下的，又想起小時候讀過一篇叫〈范進中舉〉的文章，那范進中了舉人都瘋了，宋明軒這會兒沒瘋沒傻，只是愣了一點，好像還算正常的了。

這會兒麵鋪裡面還有好些客人在，楊老頭拉完了麵條，也拿著旱煙走到門口來，看著那一群官差遠遠地走了，開口道：「明軒啊，你這學拉麵也有些時日了，今兒你就拉給我看一眼，看看你都學到了些什麼？」

宋明軒冷不防聽楊老頭說讓他拉麵，這才從方才的失落中給回過了點神來，扭頭問道：「姥……姥爺，您是要我拉麵嗎？」

楊老頭點點頭道：「你不拉，我怎麼知道你會不會？正巧我忙了一早上了，早飯也沒吃上一口，你拉的這第一碗麵條，就給我這個當師父的吃吧！」

趙彩鳳聞言，忍不住噗哧地笑出了聲來，也不去看那走遠的報喜隊伍，拉著宋明軒往鋪子裡頭走過去，笑著道：「快來快來，我早上也沒吃飽呢，我也要吃你拉的麵！」
宋明軒這下算是真正回過神來了，硬著頭皮，擔憂地道：「那我要是拉得不好，你們可別怪我啊！」
楊老頭蹙眉道：「拉吧拉吧，能吃下肚都是好的。」
宋明軒聞言，也暗暗下定了決心，既然舉人沒中，那索性好好地拉麵得了！他在一旁的水盆裡頭洗了一下手，擦乾之後，拿著麵團揉了起來。這些日子他雖然沒上手拉過麵，但楊老頭的這些動作，他都牢牢地記在了腦中，這會兒動起了手來，倒也有模有樣得很。
這時候就連楊氏和楊老太都過來看了，一家人圍成了一圈，人人都帶著幾分期望地看著宋明軒拉麵，一如當日把他送進考場一樣。
宋明軒這下反倒有些緊張了，正打算要開始拉麵條呢，忽然有人在門口笑著道——
「我當你們一家人圍著幹什麼呢，原來在看舉人老爺拉麵啊！」
趙彩鳳一聽這聲音，可不就是對門的余奶奶？遂扭頭笑道：「余奶奶，妳怎麼來了？難不成是專程過來照顧生意的？」
余奶奶笑著道：「我可沒福分吃舉人老爺的拉麵，我這是來報喜的！」
趙彩鳳聽了這話，心下微微一動，正要開口問話，那邊楊氏也已經反應了過來。
楊氏忙問道：「妳方才喊誰舉人老爺呢？」
余奶奶瞧楊氏這一驚一乍的樣子，笑著道：「這裡有誰是舉人老爺，妳這個舉人丈母娘還不清楚嗎？」余奶奶說著，往店裡頭走了兩步，繼續道：「你們趕緊拾掇拾掇，生意別做了，回家辦喜事去吧！這報喜的官差還在你們家門口等著呢，我說讓他們上這兒來報喜，人家嫌路遠不高興，我只好急吼吼地來給你們傳話了。」

宋明軒聽了，抓著麵團的手還習慣性的在案板上揉了兩下。

那邊楊氏聽了，忙道：「明軒，你還拿著個麵團做啥？還不趕緊洗洗手回去！」

趙彩鳳這時候也是高興，可她的喜悅沒楊氏他們表現的明顯，見宋明軒還在那邊愣著呢，笑著道：「娘，你們別著急，我和明軒先洗洗手回去。這店裡頭還有好些客人呢，人家沒吃完，我們怎麼好關門呢？」

楊氏一聽，確實如此，便點頭道：「那也只能這樣了，你們快跟著余奶奶回去，別讓官差等久了。記得要給賞銀，別捨不得銀子！」

趙彩鳳笑著點頭。

這時候，店裡頭的客人也都聽見了這喜事，起鬨道：「店家，原來這瘦得跟蘿蔔頭一樣的小夥計，真的是你家女婿啊？」

楊老頭眉開眼笑地道：「可不是？我外孫女婿，如今可是舉人老爺了！」

眾位客人都一臉意想不到的表情。

「還真沒看出來，我瞧著還以為就是一個打雜的小廝呢！」

楊老頭知道這幾日宋明軒打雜很是賣力，在人前也殷勤，聽這些客人這麼說，開口道：

「今兒我家有喜事，麵條一律半價，做完了早市，我就關門歇業一日。」

趙彩鳳和宋明軒正跟著余奶奶往討飯街去，走到了一半，宋明軒又忍不住問道：「余奶奶，那些官差沒弄錯吧？確實是給我報喜的？」

余奶奶見宋明軒那模樣，笑著道：「我說宋舉人，我們討飯街住著幾個要考舉人的？這要是能弄錯了，我也白活這一輩子了。」

趙彩鳳瞧著宋明軒那患得患失的模樣，上前一步在他胳膊上擰了一把。

宋明軒疼得齜牙咧嘴的，問道：「彩鳳，妳擰我幹麼呢？」

趙彩鳳瞥了宋明軒一眼，笑道：「還知道疼啊？那就說明這不是在作夢，你這舉人中定了！」

兩人才走到討飯街的巷口，就瞧見巷口那一排做生意的攤子上人人都探著個腦袋。見余奶奶帶了兩人回來了，鄰里笑著道：「喲，余奶奶，舉人老爺給喊回來了呀！」

余奶奶也笑著道：「可不是？回來了！他還不信呢，瞧我像是唬他的嗎？」

宋明軒才走過去，就聽見裡頭的鑼鼓聲又響了起來，砰砰砰的好不熱鬧，原本不安忐忑的心情在聽了這鑼鼓聲之後，似乎反倒平靜了幾分，緊了緊握住趙彩鳳的手指，拉著她一起慢慢地往巷子裡頭去。

余奶奶笑著道：「你倆等等，我先進屋尋一串鞭炮放一放，也好熱鬧些。」

宋明軒和趙彩鳳便等在了門外。

余奶奶去自己家裡尋了一串鞭炮來，這時候幾個官差也從余奶奶家跟了出來，瞧見了宋明軒，開口問道：「這位就是宋秀才嗎？」

宋明軒忙上前和幾位官差作揖，點頭稱是。「在下正是京城河橋鎮人，乙未年秀才案首宋明軒。」

那為首的兩位官差見宋明軒自報了家門，便托著手裡的喜報呈上前去，開口道：「河橋鎮人宋明軒，應本科京城鄉試，高中第一名解元。」

余奶奶聽那官差這麼說，驚訝地問道：「解元是什麼東西？不是說中了舉人嗎？怎麼變成了解元？」

一旁看熱鬧的人聽了，笑著道：「解元是第一名啊！舉人的頭名才加解元呢！余奶奶，瞧妳這大驚小怪的！」

這一回饒是趙彩鳳也覺得有些不切實際了，抓著宋明軒的手，湊到他耳邊小聲地道：「你捏我一把試試，看疼不疼？」

宋明軒這時候也呆愣了片刻，見那官差把喜報送到了自己的跟前，才忙伸手接了過來，打開來，自己又一字一句地唸了一遍，見那上頭泥金的墨跡清晰可見，這正是預報解元用的喜報。宋明軒忍不住拉住了趙彩鳳的手，把這喜報送到她的手中道：「彩鳳，妳看看，這不是作夢，我真的中解元了！」

趙彩鳳手中拿著那輕飄飄的喜報，低下頭打開來看了一眼，上頭的繁體字不算難認識，她一句句地唸了下來，便知道這不是假的。

一旁的鄰居們打趣道：「彩鳳這是樂傻了吧？眼看著要做舉人太太了，話都說不出來呢！」

這時候余奶奶已經在門口點了鞭炮，噼哩啪啦的好不熱鬧。

趙彩鳳被嚇了一跳，往邊上躲了一下，抱著宋明軒的脖子，在他臉頰上親了一口。

這舉動被那些鄰居們給看到了，一群大嬸、大娘遂笑著道：「瞧彩鳳那樣，真是樂壞了！」

宋明軒紅著臉頰站在一旁，生平第一次，他覺得他給趙彩鳳帶來了無盡的榮耀！他緊了緊抱在趙彩鳳腰間的手，讓她靠在自己的身邊。

趙彩鳳這會兒確實是高興，想當初她拚死拚活的，最後高考也就拿了一個全市第五，放到省裡頭也不過就在十幾名左右，可宋明軒這個可不一樣，實打實的全國高考第一啊！九天七夜的奮鬥，看來終究是沒有白費的。

趙彩鳳激動得又打開了喜報，在上頭親了一口，這時候才想起了要打賞的事情，忙不迭地就先進了房間，從錢匣子裡頭拿了兩塊碎銀子和一串銅錢出來，將那碎銀子給了領頭來報喜的人，又將銅錢撒在門口，讓那些來看熱鬧的孩子們撿去。

報喜的官差帶到了喜訊，又領了賞銀，雖然這銀子不多，也高高興興地走了，趕著下一趙報喜，沒準能遇上一家富戶，可以多討一些賞銀。

看熱鬧的人見官差走了，也都散去了，余奶奶也忙著回家裡頭帶兩個小孩，這時候院子裡就只剩下了趙彩鳳和宋明軒兩人。

趙彩鳳坐在石桌跟前，將那喜報又攤開來，細細地看了一遍，臉上的笑越發甜蜜了幾分。

這時候結果已經定了下來，宋明軒反倒比之前更為平靜，見趙彩鳳看著那喜報笑得樂不可支的樣子，心中越發地安慰，只坐在她的正對面，看著趙彩鳳的笑顏，也忍不住笑了。

趙彩鳳抬起頭才瞧見宋明軒正看著自己傻笑呢，板起了臉頰，一本正經地道：「這只是萬里長征的第一步而已，後面還有春闈、殿試，哪一項是不要努力的？你可千萬不能因為現在取得的小小成績而自滿，明白嗎？」

宋明軒聽了趙彩鳳這話，又見她頓時一本正經的表情，臉色也立即嚴肅了幾分，點頭道：「放心，我一定會再接再厲，爭取再創佳績的。」

趙彩鳳聽了這話，覺得宋明軒說得有點像運動場的宣誓一樣，忍不住噗哧一聲笑了出來，白了他一眼道：「你呀，只要考完了試不要像熱鍋上的螞蟻一樣七上八下、患得患失的，我就謝天謝地了！瞧瞧這一陣子把人給折騰的！」

宋明軒聽了趙彩鳳這話，頓時就有些不好意思了，低下頭道：「彩鳳，是我不好。」

趙彩鳳見他一副乖順認錯的樣子，也不想苛責他了，況且人家現在可是有頭有臉的舉人老爺了，可不得給人家一些面子了！

「行了，也沒什麼，至少你學會拉麵了。可惜啊可惜，余奶奶若是晚一點過來，沒準我還真的能吃到舉人老爺做的拉麵呢！」

宋明軒見趙彩鳳這麼說，忙站起來道：「那我現在就給妳拉麵條去，妳等著！」

趙彩鳳見他火急火燎的樣子，忙伸手拉住他的袖子，抬起頭悄悄地看了他一眼，臉上顯出幾分羞澀來，又低下頭道：「人家現在不想吃拉麵，只想和你在這兒待一會兒。」

宋明軒哪裡曾見到趙彩鳳這樣含羞帶怯的樣子？心跳突突的就加快了幾下。一想到方才趙彩鳳在門口親了自己那一下，就覺得臉上熱辣辣的，他想了想，忽然轉身，一把就把趙彩鳳從凳子上抱了起來，兩、三步地往房裡走了進去。

趙彩鳳一時來不及躲閃，就被宋明軒抱走了，心中鬱悶道：明明就是想坐下來跟你好好說會兒話的，你怎麼就想到了別處去了呢？這大白天的……

宋明軒把她放在了床上，緊接著就伸手按住了她胸口小巧挺拔的蓓蕾，低頭狠狠地吻上了趙彩鳳的唇瓣。

趙彩鳳嚶嚀了一聲，半推半就地張開唇瓣，宋明軒的靈舌就長驅直入地闖了進來。

在現代，婚前性行為雖然不被提倡，但也越來越少受到道德的譴責了，畢竟這種事情關係到一生的性福，誰也不想結婚之後才發現對方是個唇膏男……趙彩鳳抱著檢查宋明軒生理配件的心理，正決定放任自己一次的時候，宋明軒忽然就停下了動作。

他的指尖還在那片溫熱的禁地，但動作卻已經停了下來，矛盾的心理占據著宋明軒的內心，將他腦中最後一點清明拉了回來。他低下頭，在趙彩鳳的唇角輕輕地蹭了兩下，沙啞著嗓音道：「彩鳳，這種事情，我們還是留在洞房花燭夜吧……」

趙彩鳳早被他弄得全身虛軟，身下濕成了一片，突然聽宋明軒說這樣的話，真是恨不得一腳把他踹飛了！她翻了一個身，背對著宋明軒道：「快走快走，我要靜靜！」

宋明軒下身早已經有了反應，此時正硬挺挺地頂在趙彩鳳的大腿上，聽了這話也只能不情願地起身離開。

趙彩鳳見宋明軒走了，這才翻身平躺在床上，閉上眼睛稍稍地深呼吸了幾口。方才只是指尖的逗弄，就已經讓趙彩鳳有些招架不住了……趙彩鳳紅著臉頰，把頭埋在了被子裡。

這時候，楊氏和楊老頭他們招待完了那一波客人，也從廣濟路趕了回來。趙彩鳳聽見門外的動靜，忙從宋明軒的房裡頭起來，跑到自己的房裡，隨手拿了簍子裡納了一半的鞋底開始做起了針線，見楊氏他們還在門口跟鄰里們閒聊，這才讓自己的思緒稍稍平靜了下來，站起來走到門口道：「娘、姥姥、姥爺，你們也回來了啊！」

楊氏進了院子，見宋明軒並不在院中，便開口問道：「明軒怎麼不在呢？」

趙彩鳳臉色稍稍一變，心想方才宋明軒操著自家雄赳赳、氣昂昂的老二就這樣跑了，難道是去了後頭的茅房裡嗎？趙彩鳳一想到這個，便有幾分面紅耳赤，嚥了嚥口水道：「他方才說肚子疼，這會兒大概在茅房吧。」

楊氏一聽，頓時就蹙眉關切道：「是不是又著涼了？明軒這腸胃也確實不好，的確是要好好調養調養。」

這時候楊老頭和楊老太也已經進來了，見了楊氏，開口道：「二姊兒，方才聽門口的鄰居們說，這討飯街許久沒有這樣的喜事了，如今我們新店也還沒正式開張，不如趁著開張之前，在家裡頭擺上兩桌，請了各位鄰里熱鬧熱鬧？」

楊氏也覺得這個提議不錯，只是眼下麵鋪才剛剛開張，家裡並沒有多餘的銀子。

趙彩鳳聽了這話，蹙眉想了想，道：「姥爺，這事情我瞧著倒是可以免了，這邊的鄰里，等我和宋大哥成親的時候再請也不遲。宋大哥這次中舉，趙家村的人沒少幫忙，尤其是李大叔、錢大叔他們，我瞧著，我們還是過幾日回一趟趙家村，在村裡頭辦一場熱鬧一下吧！」

楊氏聞言也覺得不錯，便點頭道：「彩鳳說得對，咱在這兒畢竟只是客居，這正事還是得留著在趙家村辦吧。這一趟出來都幾個月了，許嫂子他們還不知道怎麼想明軒呢！」

楊老頭見楊氏和趙彩鳳都這麼說，也點頭道：「妳們說的有道理，還是先回河橋鎮辦一場，這邊到時候做些喜餅，左鄰右里的發一些，也算個意思了。」

趙彩鳳這會兒想起要回趙家村的事情，還真有種衣錦還鄉的感覺，心情也越發美妙了起來。就是不知道這當了舉人，朝廷發不發俸祿？這要是還這麼窮，她可要更加努力賺錢養家了呀！

第二十八章

宋明軒方才和趙彩鳳在床上那一番耳鬢廝磨，早已被撩撥得欲罷不能，可他偏生唸了這麼多年的聖賢之書，如何敢做出這種悖德之事？每次和趙彩鳳膩在一起，他總是小心謹慎，從不敢真的擦槍走火，方才那一番又讓他覺得那個地方都脹疼了起來，遂著急地去了一趟茅房，稍稍的舒緩了一下。這時候他聽見外頭有人說話的聲音，便知道是楊氏他們回來了，只是如今他脹紅著臉，如何敢出去？只好硬著頭皮在茅房裡頭多待了片刻。

楊氏見宋明軒好長時間也不出來，便對趙彩鳳道：「彩鳳，妳去看看明軒怎麼還沒出來，別是真的吃壞了肚子吧？」

趙彩鳳如何不知道宋明軒在裡頭幹什麼？撇嘴笑道：「就算是吃壞了，那也是他活該，怎麼我們一家人都好好的，偏生就他一個人吃壞了呢？」

楊氏聽了這話，嘆息道：「明軒身子弱，妳快過去瞧一瞧吧！」

古代的茅廁都是開放式的，雖然在後頭的角落裡頭，可這臭味還是讓人有些忍不住作嘔，趙彩鳳平常不方便的時候是絕對不靠近這裡的，如今既然楊氏吩咐了，她也不能不來，捏著鼻子走到邊上，見茅廁的門還關著呢，便小聲問道：「你好了沒有？我娘還有姥爺、姥姥都回來了。」

宋明軒在茅廁裡頭，還在回味方才那一瞬間的餘韻，忽然聽見外頭趙彩鳳這麼問了一句，只又脹得臉紅脖子粗的，忙小聲道：「就……就好了。」

趙彩鳳聽他說話的聲音還有些沙啞，忍不住笑了一聲。「你出來的時候洗一把臉，把火氣壓一壓。」

宋明軒聽了這話，越發就臉紅了起來，一個勁兒地點頭應下了。

這時候楊老頭在外頭和鄰居們閒聊完回來，抽著自己的旱煙道：「不容易啊，這討飯街也算是出了個舉人了！」

楊氏聽了這話，湊上去道：「爹，明軒這還不是頭一個呢，西邊翠芬她男人也是舉人。」楊氏說了這話，倒是有些後悔了，人家是中了舉人不錯，可才中舉人就拋妻棄子的，這要是讓楊老頭知道了也糟心，便忙笑著道：「不過他哪能跟我們家明軒比，我們家明軒這是解元，舉人老爺裡頭的頭一名呢！」

楊老頭聽了，忍不住哈哈大笑了起來。

楊氏瞧見楊老太不在，便問道：「娘去哪兒了？」

楊老頭笑著道：「我讓她出去買些好菜回來，今兒不開店了，好好在家裡樂呵樂呵，我和明軒好好地喝一杯！」

楊氏見自己爹娘這樣高興，心裡也安慰了幾分，心道楊老太這下總該不嫌棄宋明軒了，畢竟宋明軒再窮，如今也是舉人老爺了，這俗話說得好，「一世中舉，三世為爺」，宋明軒中了舉人，那就是官身了。楊氏想到這裡，也覺得輕鬆了幾分。

這時候，宋明軒正巧已經平靜得差不多，從茅房裡頭出來了。他本就膚色白皙，且方才還偷偷地用冷水洗了一把臉，把臉紅給壓了下去。

楊氏見了，忙不迭地關心道：「明軒，你沒事吧？這大喜的日子，可別病了。」

趙彩鳳偷偷瞥了宋明軒一眼，低頭暗笑，那邊楊老頭已經招呼了宋明軒坐下。

楊老頭畢竟是在京城長大的，雖然去河橋鎮擺了一輩子的麵攤，但他的思想還是很進步的，不然當初也不會給自家人脫籍。如今宋明軒既然已經考中了，這後面的事情，他倒是想和宋明軒議論議論了。

「小宋，你坐下。」

雖然宋明軒如今是舉人老爺，但是在楊老太跟前還是畢恭畢敬的，見楊老頭拿著煙桿，一副明顯就是要教育自己的樣子，便乖乖地坐了下來。

楊老頭抬起頭，見趙彩鳳還在一旁站著呢，便用煙桿敲了敲一旁的位置道：「彩鳳妳也坐下。」

趙彩鳳便順勢坐在了宋明軒的邊上。

楊老頭拿起煙桿子，吧嗒吧嗒地抽了幾口，開口道：「前些日子還沒放榜，我看你整日魂不守舍的樣子，因此你們說要學拉麵，我想這拉麵雖然簡單，其實也頗考驗人的心性，就答應了，但我心裡頭有一句話一直沒說出來，如今我也就直說了。明軒是個讀書人，若是因為一、兩次沒考中就輕易的放棄了，去做拉麵師傅，那他這一輩子就只能當拉麵師傅了。彩鳳啊，妳心疼明軒是好的，可妳也得知道，妳要嫁的這個人，他到底能幹什麼！」

趙彩鳳低頭笑著道：「姥爺，我讓他拉麵是怕他在家閒著，胡思亂想。就他這細胳膊細腿的，拿筆還差不多，去拉拉麵，只怕膀子還抬不起來呢！」

楊老頭聽趙彩鳳這麼說，也笑了。「我還真當妳想讓明軒學拉麵了，心裡頭還估摸著，這要是明軒沒學會，指不定還是我這個師父沒教好呢！」

趙彩鳳聽了哈哈笑了起來，宋明軒則忍不住又紅了臉頰。

楊老頭收了笑，一本正經地問宋明軒道：「明軒啊，這舉人你是中了，後面是個什麼打算，你想過了沒有？」

一旁的楊氏聽了，忙湊過來道：「先跟彩鳳把正事辦了吧！」如今宋明軒中了舉人，楊氏一下子就覺得宋明軒搶手了，恨不得明兒就讓兩人拜堂成親。

楊老頭聽了，皺眉道：「這事情妳著急什麼？明軒難不成還會黃了咱家彩鳳？」

宋明軒聽了這話，連忙表態道：「當然不會！若是嬸子同意，等我回了趙家村，就讓我娘馬上來你們家提親！」

楊老頭見宋明軒也這麼著急，不禁搖了搖頭，笑道：「彩鳳也不會跟別人跑了，你們這一個個著急的，這叫啥事啊？」

趙彩鳳見宋明軒也湊起了熱鬧，一把拉住了宋明軒的手道：「你少說兩句，先聽姥爺怎麼說。」

楊老頭點了點頭，抽了一口旱煙，才又開口。「我是想問問你，你這中了舉人之後，打算怎麼辦？是繼續唸下去呢，還是打算先謀個營生？」

宋家的形勢現在大家也都知道，宋明軒要繼續往下唸，沒有經濟來源是不行的，就靠縣學分發給貢生的那幾兩銀子，遠遠不夠宋明軒在京城的花銷。況且若是要考進士了，那就不能在家中自學了，上書院進學是必須的，遠的不說，近的書院是有幾家，可哪一家也沒有玉山書院好。這就像是明明知道有名校卻還去讀普通高中，如何能夠呢？

宋明軒聽了楊老頭這一席話，又想起了趙彩鳳之前說的願意養著他三年的那些話，心口一熱。可他是堂堂男子漢，如何能讓趙彩鳳養著呢？便是當時答應了，可如今還有一大家子的人，其他人又怎麼會同意呢？宋明軒蹙了蹙眉頭，正想開口回話，手背上卻忽然傳來趙彩鳳溫熱的掌溫。

趙彩鳳輕輕握了握他的手，開口道：「姥爺，讓宋大哥繼續唸下去吧。有一件事情我一直沒告訴大家，怕說了沒人相信，如今宋大哥既然高中了，我也不怕說出來，讓你們也高興高興。」趙彩鳳說著，故作玄虛地眨了眨眼，見楊老頭和楊氏湊了過來，這才壓低了聲音道：「上回我和宋大哥一起去紫盧寺上香，我偷偷地算了一卦，那和尚說我這輩子能嫁狀元郎呢！」趙彩鳳雖然從來不騙人，可一想到這古代的人多迷信得很，況且宋明軒確實中了解元，這時候要是哄一哄他們，肯定沒人不信，所以便說了這個善意的謊言。其實趙彩鳳想了想，她這也不算說謊吧？畢竟在沒穿越過來之前，確實有一個老和尚給她算命，說她這輩子是要嫁給文曲星下凡的人，雖然似乎弄錯了年代，可看宋明軒這勢頭，沒準還真是文曲星下凡呢！

楊老頭和楊氏一聽，果然都睜大了眼睛，楊氏一個勁兒地追問趙彩鳳。「彩鳳，妳說的是真的？真有這麼一回事？那妳怎麼不早說呢？」

趙彩鳳尷尬地笑了笑，偷偷朝宋明軒那邊使了一個眼色，這才繼續道：「這種事情，我原本只當是那和尚隨便說說的，哪裡敢相信了？誰知道宋大哥這麼厲害，居然還真的中了，我這不是也才相信嘛！」

楊老頭見趙彩鳳說得頭頭是道，一個勁兒地點頭。「紫盧寺居然準得很呢！唸，看來還是要唸下去！」

趙彩鳳從楊老頭那握著煙桿敲桌子的樣子中看了出來，這下只怕就算是砸鍋賣鐵的，也要讓宋明軒接著唸下去了。

宋明軒見楊老頭和楊氏這麼興奮的表情，略略皺眉看了一眼趙彩鳳。

趙彩鳳偏過頭，嘴角微微地笑了笑，大大方方地開口道：「宋大哥，那你可得加倍努力呀！」

宋明軒頓時覺得壓力山大，想到日後頭懸梁、錐刺股的日子，中舉人的興奮勁兒一下子就嚇去了一大半，蹙眉點頭道：「我……我會好生努力的。」

楊老頭見宋明軒這小雞啄米的樣子，嫌棄道：「這才中舉人，又開始唸緊箍咒了，彩鳳妳這還沒過門呢，這樣我可不喜歡！咱今兒不談唸書的事情了，明軒你好好陪我喝兩杯，商量商量回鄉辦酒席的事情吧！」

河橋鎮有些年頭沒有人中過舉了，這些年朝廷在培養人才這一方面也很看重，但凡是縣城裡頭有人中了舉人，禮部都會有文書嘉獎，這雖然不是什麼真金白銀，但是對於那些地方官來說卻是少有的榮譽。這次宋明軒中了解元，這可是河橋鎮開天闢地的第一回，這會兒雖然不知道縣衙那邊有沒有得到禮部的通知，但光是想一想，都覺得振奮人心。

楊老頭的旱煙抽得吧嗒吧嗒的，擰著眉頭問趙彩鳳。「丫頭，咱這店鋪開下來，還剩下多少銀兩？」

趙彩鳳在銀子這方面管得挺嚴的，平常隔三差五也都會去數一數，心裡自然清楚，當即就開口道：「還有七、八十兩左右，若是擺酒席肯定是夠的，只是不能大辦，還要留五十兩銀子當店裡的流水，好些東西當初談的都是月底結帳，若到了月底沒銀子，倒是不好意思了。」

宋明軒聽了這話，忙開口道：「怎麼好用你們家的銀子呢？其實辦不辦酒席都無所謂，只要我是真的中了就好！」

楊老頭聽了，兩道眉毛都揚了起來，道：「那怎麼行呢？這是喜事它就得辦，現在還說什麼你家我家的，這話我可不愛聽了！小宋啊，彩鳳照顧你可不是一日、兩日了，你這會子還說這話，可不是傷人心嗎？」

楊氏老早就想著把趙彩鳳和宋明軒的事情給辦了，這會兒聽楊老頭這麼說，笑著開口道：「爹，不如咱趁著這個機會，直接把彩鳳和明軒的事情一起辦了得了，這樣也省得辦兩次酒水了！這不正好雙喜臨門嗎？」

趙彩鳳這下也是沒話說了，忍不住看了楊氏一眼，心道：娘啊……妳這是多恨嫁啊！我就真的那麼難嫁出去，讓妳這一天、兩天的就光想著這些事嗎？

宋明軒聽了這話，心下一陣雀躍，幾乎就要舉雙手雙腳贊成了，可一扭頭瞧見趙彩鳳意味不明的表情，頓時就跟一盆冷水澆了上來一樣，心裡一味地祈禱道：彩鳳，妳就答應了吧！妳就答應了吧……

趙彩鳳還是一副面無表情的模樣，倒是楊老頭挑眉道：「咦？這想法好！趙老大今年也已經是第三年了，我掐指算算，妳們娘倆也守了有二十七個月了，這個時候辦喜事，實在也算不得衝撞了。就按妳的意思，選個好日子，讓彩鳳嫁過去吧！」

趙彩鳳這次總算體會到了什麼叫做父母之命了，敢情她自己的婚姻大事，自己完全沒開口，就已經被楊氏和楊老頭在幾句話之間給定下了？趙彩鳳鬱悶地鼓起了臉頰，這也太讓自己這個當事人憋屈了！沒有求婚，甚至連意見都不問一句，這就……定下了？

宋明軒這時候心裡頭早有雀躍的小鳥唱著歌謠，連眼神都滿溢著笑容，可當他一回頭看見趙彩鳳的臉色時，頓時又有一種大事不好的感覺，後背忽然間就涼颼颼的，忙小心翼翼地說道：「姥爺、趙嬸子，這事還是問問彩鳳的意思吧！」

趙彩鳳心想，總算有人想到自己了！正要開口表態呢，那邊楊氏卻搶先了她一步。

「你問她做什麼？她難道還會不同意嗎？她除了嫁給你，還能嫁給誰呢？這整條街的人都知道你倆是一對了！」

趙彩鳳氣得噘起了嘴，心道：我願意是一回事，可也沒讓妳替我說啊！這到底是我要嫁人，還是妳要嫁人？趙彩鳳一生氣，便有了一些小脾氣，站起來道：「你們誰愛嫁誰就嫁！我就這麼不值錢嗎？上趕著要嫁給他去？我不嫁了！」趙彩鳳說完便站起來，頭也不回地往外頭去了。

原本高高興興的其他三人，一下子就傻眼了。

楊氏沒有想到趙彩鳳會忽然間說出這些話來，在她眼裡，趙彩鳳是出了名的懂事乖巧、通情達理，且對宋明軒的情意她也看在眼裡，怎麼臨到了這節骨眼上，卻說出這樣的話來？這不是給大家夥兒心裡添堵嗎？

趙彩鳳才往外走了幾步，就瞧見楊老太拎著菜籃子回來了。

楊老太見趙彩鳳埋頭往外走去，忙喊道：「彩鳳，妳這是上哪兒去呢？這都要吃午飯啦！」楊老太見趙彩鳳沒搭理自己，自顧自地道：「這孩子是怎麼了？叫她也不答應，這是樂壞了嗎？」

屋內三人瞧見趙彩鳳跑了，一時都愣了，這會兒聽見楊老太嘮嘮叨叨的回來，楊氏才醒了過來道：「明軒，還不快出去追彩鳳去！這事兒我們可幫不了你！」

宋明軒聞言，急忙就站了起來，飛快地往門外去了。

楊老太瞧這幾人都不大自然的樣子，便疑惑道：「這都怎麼了？家裡有了這麼大的喜事，你倆咋還愁眉苦臉的呢？」

楊氏見楊老太問起，便把方才的事情給說了一遍。

楊老太聽了，哈哈笑了起來道：「我說二姊兒，妳這娘當得真是，讓我怎麼說妳好呢？彩鳳和明軒這小倆口怎麼個親熱妳是不知道還是咋滴？這事情不是明擺著的嗎？彩鳳心裡願意，可她是個姑娘家，總是有些嬌氣的，你們兩人當著人家的面就把事情定下了，也不問她一聲，這事擱我身上，我也生氣。」

楊氏聽楊老太這麼一說，頓時就明白過來了。都怪自己是個怕羞的人，以前楊老頭和趙老大談這些事情的時候，她一早就躲開了，事後也是楊老太悄悄地問了自己，自己才點頭的。雖說這婚姻大事是父母之命，媒妁之言，可如今趙彩鳳就在當場，她雖然大方，畢竟還是姑娘家，總有一些自己的小脾氣。楊氏想到這裡，徹底想明白了，鬱悶道：「娘啊，這回我可真是好心辦壞事了，妳說彩鳳會不會跟明軒置氣啊？」

楊老太想了想，道：「這我可就說不準了，明軒考科舉那本事咱是見識過了，這哄女孩子應該也不差吧？」

趙彩鳳一生氣就跑出了門，但她一時也不知道要往哪兒去，走著走著就遇上了伍大娘。

伍大娘瞧見趙彩鳳，兩個眼珠子都亮了起來，上前對她道：「彩鳳，妳可真是好命啊！聽說宋秀才中了？你們什麼時候辦喜事啊？」

趙彩鳳見人人都這麼問，也是無語了，嘆了一口氣，臉上戚戚然地道：「我也不知道，大概也快了吧。」

伍大娘聽了，笑著道：「那敢情好，這討飯街上又有喜事了！」伍大娘扭頭的時候忽然就瞧見一個人影往後面躲了一下，覺得奇怪，便拉著趙彩鳳的手，湊到她耳邊道：「彩鳳，妳瞧瞧，妳家宋舉人是不是跟在咱們後面呢？」

趙彩鳳聞言，扭頭稍稍瞥了一眼，果然見宋明軒正側身低頭站在離自己一丈遠的後頭，那一副苦大仇深的樣子，真是說不出的好笑。趙彩鳳剛還想著生氣呢，見了他這副模樣，頓時就忍不住笑場了，連忙回頭拉著伍大娘道：「大娘別理他，瞧他那慫樣！」

伍大娘這時候也瞧出兩人之間有些奇怪了，笑著道：「怎麼了這是？難不成鬧彆扭了？這才中了舉人，還能鬧啥彆扭啊？」

趙彩鳳支支吾吾地道：「一家人商量著要雙喜臨門呢，也不問問我的意思，難道我一個當姑娘的，就不能矜持一下嗎？」

伍大娘見了趙彩鳳這小媳婦模樣，也忍不住哈哈大笑了起來，又回頭看了一眼正尷尬得無地自容的宋明軒，笑著道：「妳這丫頭，心裡頭還指不定有多高興呢，就嘴上不肯，瞎拿喬！」

趙彩鳳噘著嘴道：「這哪裡是瞎拿喬了？一家人坐在那兒談婚事，我就跟沒事人一樣地坐著呢，誰也不問我一聲，這還不許我不高興嗎？」

伍大娘臉笑得嘴巴都要咧到耳根上去了，一個勁兒地道：「瞧瞧、瞧瞧，這是害臊了？臉都紅了！」伍大娘說著，也不拉著趙彩鳳往前頭走了，一轉身，對著宋明軒招呼道：「宋舉人，你預備在我們後頭跟多久呢？自己的媳婦自己不來追，這叫啥事呢？」

宋明軒本來就臉皮薄，被伍大娘這麼一吆喝，臉一下子就紅到了耳根。

偏生這時候又到了晌午，外頭的人都陸陸續續的回家吃飯來了，聽見伍大娘這麼一聲吼，大家都迎過來看熱鬧了。

宋明軒瞧著越來越多的人圍了過來，真是恨不得找個地洞鑽下去得了。

有街坊鄰居問伍大娘道：「大嫂子，妳在這兒做啥呢？又趕著來收房租？就不能少來幾趟嗎？」

伍大娘這時候也玩性大發，且中年婦女的通病就是愛作媒，這會子瞧趙彩鳳臉紅嬌羞的樣子，笑著道：「我做啥？我今兒走得巧，正好遇見舉人老爺要求親呢！」

宋明軒一聽，一雙眼珠子頓時就瞪得如銅鈴大，又瞧見趙彩鳳在那兒站著，臉上紅撲撲的樣子，心下真是鬱悶得要死了！這要是在自家院子裡問一聲多好啊？這會子那麼多人看著，可是要下不來台了！

這討飯街上都是苦哈哈的人，難得有個喜事，大家就都忍不住湊趣了起來，笑著道：

「頭一次見到當街求親的，也讓咱們一起開開眼吧！」

趙彩鳳見宋明軒還杵在那邊愣著一張豬肝臉，頓時就又鬱悶了！這古代的人也忒悶騷了點吧？她連在公堂上親嘴都做過了，讓他當街求婚又怎麼了？趙彩鳳想到這裡，便覺得有些鬱悶，一定是宋明軒不夠愛自己，所以才不願意的！

伍大娘見宋明軒這還愣著呢，也是急得牙癢癢的。她不熟悉宋明軒的習性，這萬一人家臉皮薄，一回頭給走了，她可就好心辦壞事了，她可丟不起這人啊！

「我說宋舉人，你有啥話你就說啊，這樣憋著有啥意思？彩鳳不夠漂亮嗎？配不上你還是怎樣？」

宋明軒這時候又緊張又怕羞的，後背的冷汗是一層層地往外頭冒，聽了伍大娘的話，那著急的樣子都快把自己給急死了！

趙彩鳳見了他那模樣，也知道他這會子只怕是緊張得說不出話來，便裝作生氣地道：

「大娘，我們別理他，他愛誰嫁他就誰嫁他，反正他現在中舉人了，看不上我也是正常的，我才不熱臉貼他的冷屁股呢！」

宋明軒聽了這話，胸口一痛，他最怕趙彩鳳這麼看他，也怕外頭的人這樣看他，他宋明軒就算一輩子中不了舉人，也絕對不是這種忘恩負義的人！他急忙往前走了幾步，一把拉住了趙彩鳳的袖子，著急上火地道：「走……咱們回去！」

趙彩鳳忍著笑道：「回去幹麼？我才不回去呢！」

宋明軒握著趙彩鳳的手都微微的發抖了起來，張著嘴巴半天也沒擠出一句話。

趙彩鳳見了他這副樣子，真怕他一口氣厥過去了，正要說話讓他平靜一下，只聽宋明軒終於擠出了一句話——

「我……我……回家拜堂去！」

眾人原本都在等著宋明軒求婚呢，聽了這句話都起鬨道：「快拜堂、快拜堂！拜了堂，今晚就可以入洞房了！」

宋明軒聽了這話，覺得臉上都要燒起來了一樣。

趙彩鳳瞧著這麼多人起鬨，也知道宋明軒臉皮薄，便也沒再掙扎，隨他拉著往自己家裡去。

兩人走了片刻，見圍觀的群眾並沒有跟來，這才放慢了腳步。

趙彩鳳把宋明軒拽著自己的手給甩開了，小聲嘀咕道：「平常在房裡不老實、動手動腳的時候，怎麼沒見你這樣怕羞的？就會在人前裝糊塗！」

宋明軒低著頭，弱弱地看了趙彩鳳一眼，見她如今這個樣子實在惹人憐愛，便鼓足了勇氣，轉身將她抱在懷中，狠狠地親了上去。

趙彩鳳被他的動作嚇了一跳，又想起人群還在不遠處，只半推半就地讓他稍微占了點便宜，就把人給推開了。

「我也不是不答應，只是……這好歹也是跟我有關的事情，你們幾個大大咧咧地在那兒談呢，我算什麼？」趙彩鳳雖然芯子是個成熟的成年人，但並不代表她沒脾氣，尤其是這種關乎終身大事的事情，怎麼好不讓她自己點頭呢！

宋明軒見趙彩鳳還有些生氣，再一次不放棄地牽上了她的手道：「別生氣了，妳娘也是為了我們好，若是真的分開兩次辦，又要多一次的開銷了。」

趙彩鳳無語凝噎，抬起頭看著朗朗乾坤。窮啊！窮人就連好好結一個婚都不成，還美其名曰雙喜臨門，唉……

「哼，你倒是說說，你打算怎麼娶我呢？」趙彩鳳這時候還沒完全解氣，想了想，便開口問道。現代結婚別說有房有車無貸款吧，總也要有個穩定的工作，有能償還房貸和養活孩子的能力。宋明軒這會兒雖然是中了舉人，可他畢竟不是中了六合彩，一下子就能變成有錢人，就算是成親，只怕也是沒有半點能拿得出手的東西。

宋明軒被趙彩鳳這麼一問，頓時也啞口無言了。宋家如今還真是一窮二白，拿什麼娶趙彩鳳呢？他能給趙彩鳳什麼呢？自己腦子一熱就想著要把趙彩鳳娶進門，聘禮呢？彩禮呢？

趙彩鳳瞧著宋明軒的臉色又有些變了，嘆息道：「算了，別胡思亂想的啦，你家沒錢娶，我家也沒錢嫁，就這樣兩清算了。」

宋明軒聽趙彩鳳這麼說，卻是不依不饒地道：「那怎麼行？從來沒聽說過有兩清這習俗的，我就是借銀子，也要讓妳風風光光過門的！」

宋明軒說這話倒是不假，他如今中了舉人，誠信度一下子就上升了不少，別說去借銀子，沒準還有人上門送銀子的，只是宋明軒自己不知道而已。

趙彩鳳這會兒氣也氣過了，聽宋明軒這麼說，笑著道：「你還真是，以為自己中了舉人就可以為所欲為了？還借銀子娶媳婦呢！那你怎麼不直接問人借個媳婦，豈不是更省事？」

宋明軒聽趙彩鳳這麼說，也有些不好意思了，鬱悶地低下頭。

趙彩鳳見他那樣可憐巴巴的，又覺得有些不忍心，便往他懷裡靠了靠。「行啦，想什麼呢？不就是拜個堂就能解決的事情，幹麼扯到銀子上頭去？咱倆回去給宋大娘磕個頭就好了。」

宋明軒聽趙彩鳳這麼說，一時激動得說不出話來，拉著趙彩鳳的手，驚喜地看著她道：「彩鳳，妳……妳說的是真的？妳答應嫁給我了？」

趙彩鳳這時候想一想，自己好像確實答應了，這還沒好好折磨他一番呢，都怪自己心太軟了！

趙彩鳳裝作不甘心地道：「不答應又能怎麼辦呢？也沒有別人願意娶我，少不得只能委屈你一下，收了我這望門寡了。」

宋明軒聽趙彩鳳說這話，氣呼呼地道：「誰再敢說妳是望門寡，我就跟誰理論去！妳還沒過門呢，人家生老病死跟妳有什麼關係？我宋明軒就要定妳趙彩鳳了，我還要活得長長久久的，和妳過上一輩子！」
趙彩鳳開口道：「就剋你、就剋你，就剋你了！」
宋明軒一把摟住了趙彩鳳，兩人高高興興地往家裡去了。
楊氏心裡頭還著急呢，就見宋明軒摟著趙彩鳳，兩人高高興興地回來了，這才鬆了一口氣，也不敢吭聲，笑著道：「回來了呀？這飯菜也快好了，正好洗洗手準備吃飯了！」
趙彩鳳瞧見楊氏，還覺得有些不好意思，低頭拉著宋明軒，兩人一起到井邊上洗手。
宋明軒打了一盆水，拉著趙彩鳳的手，小心翼翼地把那雙尚且還柔嫩的手捏在自己的掌心裡頭，憐惜地洗了起來。
趙彩鳳瞧見楊老頭還在那邊坐著呢，臉頰一紅，從宋明軒的手中把手抽了出來，自顧自地跑到後頭端飯菜去了。
宋明軒紅著臉在桌前坐下，楊老頭笑著道：「彩鳳這脾氣隨她姥姥，拿喬得很呢，你以後可要慣著她點兒，不然有你好果子吃。」
宋明軒小雞啄米一樣地點頭，最後才忍不住笑著道：「姥爺，彩鳳答應嫁給我了。」
「你小子，也算是個有福的，彩鳳是個好姑娘，讓她跟著你，我還真捨不得呢！你瞧瞧，她少不得還得吃苦吃到你中進士。」
宋明軒咬著牙想了想，開口道：「姥爺，我打算回鄉辦完了喜事，明年春天就參加春闈，沒準還真讓我中了呢！」

楊老頭抽著旱煙，打量了宋明軒一眼，伸手敲了敲他的胸口，搖頭道：「還沒準呢！這連著考，你這小身板能成不？」

一家人定好了回鄉辦酒席的事情後，便開始選起黃道吉日來了。趙彩鳳心道，幸好這麵鋪還沒正式開業呢，不然才開業就要回鄉下辦喜事去，少不得還要耽誤個兩、三天的生意。

楊老頭擰眉想了想。「就九月初六是好日子，這事情既然定下來了，那就得趁熱打鐵，家裡頭的事情都安排好了，才能一心一意地忙店裡的事情，明軒也好靜下心來繼續看書啊！」

趙彩鳳點頭道：「姥爺說的有道理，如今還是起步階段，生意當真是耽誤不起的，不然咱就這幾天回去把事情辦了吧！」趙彩鳳雖然覺得自己這婚結得忒隨便了點，可這跑來跑去的又要路費，這店鋪關門又沒銀子賺，真是想想都心疼，還不如一口氣把事情給辦了，然後安安心心地做生意呢！

楊老頭敲了敲手裡的煙桿子，發話道：「二姊兒，妳就跟著彩鳳他們一起回去吧，這店裡的事情我和妳娘還張羅得來，頂多這兩日少做一些生意。等初五那天，我再和她搭車往趙家村跑一趟，畢竟兩個孩子的大喜日子，我們也不能不去啊！」

楊氏見楊老頭都想得好好的，也點了點頭道：「爹、娘，你們兩個年紀也大了，這幾日我回去了，你們別光顧著生意，要是累壞了可就不值當了。」

楊老太如今見事情定了下來，也沒什麼好說的了，一心一意希望趙彩鳳是個命好的，宋明軒早一些考中進士才好。「妳放心吧，我和妳爹身子骨還硬朗著呢！再說了，這是在城裡，找個夥計也方便，真要忙不過來了，就喊個短工，給他幾個銀子罷了。」

楊氏聽楊老太這樣說，也就放心了下來。想起趙彩鳳這就要和宋明軒成婚了，鬱悶道：「明兒一早還不能馬上就走呢，好些東西還得從城裡買回去，家裡頭連一尺紅布都沒有，沒有嫁妝，好歹要給彩鳳準備一套紅嫁衣的，不然我怎麼對得起她呢！」

楊老太聽了這話，笑著道：「我看妳現在做未必來得及，不如就用妳之前嫁給趙老大時穿的那一身吧？只穿過一回，還是新的呢！」

楊氏聽了連連搖頭道：「那可不行，我是個寡婦，命不好，怎麼能讓彩鳳穿我的嫁衣呢？萬萬使不得！」

楊老太一聽，也覺得確實不大好，便開口道：「那明兒還是買了料子趕緊裁剪了做吧，別耽誤了親事才好。」

趙彩鳳見那兩人急得像熱鍋上的螞蟻一樣，笑著道：「娘，有紅蓋頭就好了，嫁衣那麼繁瑣，咱別做了，要不然扯一塊面料身上裹一下，意思意思得了！」

宋明軒聽了這話，心下卻酸澀了起來。如今自己雖然已經是舉人了，可一朝一夕之間還不能給趙彩鳳優渥的生活，瞧著趙彩鳳連嫁衣都還沒著落，宋明軒覺得鬱悶難當，低著頭不說話。

「妳這丫頭說什麼胡話呢？嫁人這事情，一輩子才一次！眼下離初六還有七、八天的光景，我能做完！」楊氏斬釘截鐵地道。

趙彩鳳見楊氏那急吼吼的樣子，雖說不忍心給她潑涼水，但事實放在眼前，楊氏回去之後，少不得有更多的事情等著她呢，哪裡還有空坐下來做針線活兒？

「娘啊，妳回去之後，家裡的親戚得一個個上門請吧？那幾間茅草房的柵欄都爛了，少不得換一個新的吧？小武還在私塾先生家住著，總得要去接他回來吧？還有，家裡頭壓根兒就沒有請客吃飯的地方，這酒席往哪兒擺，妳倒是想過了沒有？」

楊氏被趙彩鳳這麼一說，頓時也覺得頭大得很，擰著眉毛道：「這樁樁件件到處都是事情，我還真沒想清楚，看來這事情還是等回去跟妳婆婆商量一下較好。」

趙彩鳳見楊氏直接管許氏叫「妳婆婆」，也是沒話說了，她自己都還沒改口呢，楊氏倒是先改口了。

宋明軒想了想，心裡實在鬱悶。按說這麼大的喜事，一定是要進祠堂拜祖先的，可宋明軒有個娶了二房的爺爺，當年宋老爹一氣之下，帶著沈阿婆出來自己住，後來直到宋老爹意外去世，入祖墳的時候見過那些人一面，這都兩年多了，他們還都沒再照過面呢！

如今他中了舉人，也不知道那群人會不會弄出什麼么蛾子來？他自己想想都覺得頭疼。

趙彩鳳對這些事情也是略知一二的，但宋明軒從來沒提，她也沒有問過。

眼下這架勢，只怕想要做一件像樣的嫁衣出來確實來不及了，可去買一件吧，這一輩子才穿一次的東西，何必花這些冤枉錢？
「行了，娘，乾脆妳買一塊布回來吧，我看看，若是我有時間，自己給自己做得了。」趙彩鳳見別人都脫不開身，好像也只有自己最清閒一點，便提議道。
楊氏雖然覺得趙彩鳳那個針線活實在是讓人不敢恭維，可如今也沒有別的辦法了，只好點了點頭道：「那就這麼說定了，明兒我就買了面料回來，妳自己留心做，可別到時候客人進門了，妳還在做針線趕嫁衣，那可就丟人了。」
趙彩鳳心道：沒準這樣的事情還真能發生呢！不過瞧著楊氏那一臉期望的模樣，也得開口道：「我儘量，儘量做成行不行？」
第二日一早，楊氏拉著趙彩鳳上街買東西去了。要辦酒席就得請廚子，要請廚子，這些油鹽醬醋的都得自己買回去。河橋鎮那邊東西少，價格反倒比京城貴，所以楊氏決定，這些亂七八糟的東西能在京城買回去的，都從京城買回去。
宋明軒原本也是要去幫忙拿東西的，可臨出門前，被劉家的小廝派車來接走了，看來他高中的事情，劉家人肯定也知道了。
宋明軒今日難得穿了一身月白色的長褂，梳了一個文士頭，看上去雖然清瘦，但一副溫文爾雅的樣子。
李氏見了，又對宋明軒好一番的誇獎，開口道：「這中了舉人，看著越發比上回還俊俏了！」

劉八順見了宋明軒，迎上來道：「昨兒就聽說你也中了，本想接了你過來玩的，可想著你家裡定是高興，所以今天才請了你來。怎麼嫂夫人沒有一起來？」

宋明軒開口道：「她今兒出去買東西了。家裡的意思是，現下沒有什麼銀子，但是既然中了舉人，少不得也要辦上幾桌酒席，就想著把婚事一起給辦了。」宋明軒說著，便從袖中拿了方才在家裡頭寫下的請柬，雙手遞給劉八順道：「八順兄弟，下個月初六，你若是有空，還請到寒舍來喝一杯薄酒。」

劉八順聽了，高興地道：「下個月初六？有空有空！正好我月底要回鄉祭祖，就在牛家莊多住幾日，等喝了宋兄的喜酒再回來也不遲！」

宋明軒聽了這話，不免頰泛紅，小聲地道：「只是時間倉促，委屈了彩鳳，連一件像樣的嫁衣也沒有。」

一旁的錢喜兒服侍在李氏的身邊，聽說宋明軒要和趙彩鳳成親，心下有些小小的豔羨，可劉八順是鐵了心要中了進士再成婚的，她急也沒用。這會兒聽見趙彩鳳連嫁衣都沒有，倒是起了個心思，悄悄地湊到李氏的耳邊，小聲說了幾句。

李氏聽錢喜兒耳語後，轉頭看了她一眼，心下還帶著幾分探究，小聲地問道：「喜兒，妳當真這麼打算？」

錢喜兒低下頭，稍稍地點了點頭，小聲道：「我那嫁衣，還是年少不懂事的時候，被我姊哄著給做了出來的，現在只怕都不合適了，每次瞧見了我自己還臊得慌，如今既然宋舉人要和趙姑娘成婚，我也沒有什麼好送的，就送他們一套嫁衣吧。」

李氏見錢喜兒這麼說，也點了點頭，笑道：「妳既然這麼想，那就這麼辦吧。喜兒，妳在我們家這麼些年，將來我也絕對不會虧待了妳的，妳這般知書達禮，也是八順的福分啊！」

宋明軒這邊和劉八順正聊天呢，哪裡知道她們兩個女的在那邊嘀嘀咕咕些什麼。

不一會兒，錢喜兒從後院裡頭捧著一套紅色的嫁衣來，讓丫鬟送到了宋明軒的跟前，說道：「宋大哥，八順喊你宋兄，那我也就跟著他喊你一聲宋大哥。這是我送給宋大哥和彩鳳的新婚賀禮，你可一定要收下。」

劉八順見錢喜兒竟把自己的嫁衣送給了別人，頓時就著急了，忙開口道：「喜兒，妳這是做什麼呢？怎麼把嫁衣送人了？我不是不想娶妳，我就是想等我中了進士後，咱再把事情給辦了，妳……妳別生氣啊！」

宋明軒見劉八順急了，哪裡肯收下這嫁衣？忙不迭地退後了兩步，道：「錢姑娘，妳這禮太重了，在下不能收。況且這是錢姑娘妳自己的嫁衣，在下就更不能收了。」

錢喜兒也沒料到劉八順會有這樣的反應，又羞又氣，跺腳道：「你這個冤家！誰說我是生氣了才把這嫁衣送人的？這嫁衣是我以前做的，我也沒預料到這個子會一年年地抽高，難不成你要讓我穿著短了一截的嫁衣嫁你不成？」

劉八順聽了這話，一時間才明白了過來，頓時就憋得面紅耳赤，忙幫腔地勸宋明軒道：「宋兄，這是喜兒的一片心意，宋兄可一定要收下啊！宋兄雖然如今身無長物，但也不能在這件事情上虧待了嫂夫人，姑娘家一輩子可只有這麼一回而已。」

宋明軒何嘗不明白這個道理？可他也確實等不到下一科高中再迎娶趙彩鳳了。趙彩鳳和錢喜兒的情況又不同，錢喜兒從小就是童養媳，即便沒有過明路，也不會有人說三道四的；趙彩鳳身上還揹著望門寡的名聲，又跟著他在京城住了兩個多月，若是再不把婚事辦了，趙家村那些村婦的嘴巴可又要不積口德了。

宋明軒看著丫鬟奉上的做工精美的嫁衣，確實很是心動，但趙彩鳳的性格要強，這樣的饋贈，宋明軒怕她不肯接受。

錢喜兒察覺出他的擔憂，開口道：「宋大哥，你就收下吧，彩鳳妹子若是不肯收，你只管讓她來找我。我早已當她是自家姊妹，她若是還這般客氣，我可是要生氣的！」

宋明軒還在猶豫之間，一旁的李氏已吩咐了下去——

「幫宋公子把衣服包起來。」

宋明軒一時間也不好再推辭了，只得點頭謝過了。

劉八順這次中的是舉人第三名，他們兩個中間隔了誰，兩人也都不知道。

劉八順拉著宋明軒進了書房，這才跟他慢慢地聊了起來。「我是前天收到的消息，我姊夫家的二姑奶奶，正好是禮部尚書洪家的大奶奶，前天晚上給我送了個信兒，說是已經中了，是第三名。我當時就想著，既我是第三名，那第一或第二名怎麼說也應該是宋兄的。」

宋明軒謙遜地道：「這次能中解元，也不過是僥倖而已，幸好朝廷清明，使得我等有驚無險地避過了一劫。」

劉八順也點了點頭，又道：「我回鄉祭祖之後，回來京城會辦謝師宴，到時候再另行通知宋兄。只是離春闈不過幾個月的時間，家裡人都勸我這次放棄，我想著，那九天七夜的滋味也確實難受得很，三年受一次也夠了，所以明年的春闈，我就不去了。」

宋明軒這時候卻是迫切希望自己能早些中進士的，可劉八順說得沒錯，才短短幾個月，哪裡就真的能準備齊全了？九天七夜雖然想來可怕，熬一熬也是能過來的，最怕的是熬過來了那幾天，最後卻因為準備不足而落榜，那就太不值當了。

「你說的也有道理，只是這接下去的三年當真不好熬啊！」雖然拜在了韓夫子的門下，但是玉山書院也不可能收沒銀子上學的學生，且在玉山書院上學，那束脩定然是比一般的書院昂貴得多。

「宋兄先別著急，等我問過了夫子，我們再想想辦法。書院裡也不是沒有寒門子弟，一定能想到解決辦法的。」

楊氏和趙彩鳳出去買完東西，大包小包地回家，才到門口就瞧見有一個穿著梅紅色比甲的中年婦人正站在自家門前。

這中年婦人不是別人，正是京城有名的周媒婆。原來昨兒宋明軒才中了解元，韓家便差人給她帶了銀兩，讓她悄悄地上門打聽一下宋明軒有沒有婚配的事情。

這周媒婆一聽說宋明軒住在討飯街上，頓時就生出些鄙夷來，不過這年頭但凡是有錢有勢的大戶人家，倒是越來越喜歡找上門女婿了。這宋明軒能中解元，肯定也是一個極會唸書的，能被韓家這樣的人家給看上了，那可是三生有幸的事情，所以這周媒婆也懶得去周圍的鄰里那邊打聽了，直接就等在趙家門口，心道只要把這意思跟他們家裡人說一說，這天上掉餡餅的事情，難道還會有人不願意？

說來也是巧了，這周媒婆前腳才到，楊氏和趙彩鳳後腳也就回來了。

周媒婆見兩人歡歡喜喜地回來，買了好些東西，且趙彩鳳又是一個姑娘家的打扮，便揣測著這約莫是那宋解元的娘和妹子，便也高高興興地迎了上去。

楊氏瞧見她這一身打扮，覺得有些怪異，仍笑著道：「這位大嫂子過來，可有什麼事嗎？」

周媒婆瞧著楊氏雖是個村婦打扮，但也有禮得很，心道這讀書人的娘也和一般的鄉野村婦不一樣，便笑著道：「我這人，是專門給人傳喜訊的，我來妳家，那肯定是妳家有好事了！」

趙彩鳳聽她這麼說，又瞧見她下巴上的一顆媒婆痣之後，就確定了她的身分，心裡不禁有些嘀咕，這宋明軒昨兒才得知高中，今兒就有人上門說親了？這城裡人的辦事效率也真是高啊！

楊氏擰著眉頭想了想後，也瞧出這周媒婆的身分來了，心道：難不成明軒那小子開竅了，也學著城裡人那一套，找了媒婆來提親了？楊氏想到這兒，反倒有些不好意思了，低著頭微微笑道：「大嫂子，妳有什麼話就直說吧！」

話說宋明軒在劉家用過了午膳後，李氏便派了馬車把他送回討飯街，宋明軒剛走到門口，就聽到自家院子裡熱鬧得很，只聽見裡頭有一個陌生婦人的聲音，正在那兒舌粲蓮花一樣地說著話呢！

「我說大妹子，妳真是好福分啊，生了這麼好的一個兒子，如今還考上了解元，往後妳可是有好日子過了！」

楊氏一聽這話，覺得和自己的設想有些不大對，正想開口解釋幾句呢，卻聽趙彩鳳在一旁回應了起來。

「這位大娘，妳可說對了，我娘真是有好福分呢！快說說，妳這是替誰家來向我家大哥提親的呀？」

楊氏聞言，頓時恍然大悟，忙張嘴要解釋。

趙彩鳳見楊氏著急，拉著她的袖子不讓她說。

周媒婆笑著道：「人家這會兒也沒定下來，只是讓我先來問問你們家宋解元的想法，若是你們家同意了，那咱再說後面的事情。」

趙彩鳳便笑著道：「連哪家姑娘都不知道，如何能同意？不是我說，我家兄長雖不是貌若潘安、風流倜儻，卻也是風度翩翩的一個人物，況且如今又中了解元，以後前途不可限量呢！」

那周媒婆聽了，哈哈笑道：「姑娘放心，我現在要來說的這戶人家，便是妳家兄長日後真的中了狀元，那也不會辱沒了他的。」

趙彩鳳原本以為大約是這討飯街附近的人家，不知道她和宋明軒的關係，瞧著宋明軒高中了，就想白撿一個便宜女婿，所以請了媒婆來說媒，可這會兒聽這媒婆的話，就算宋明軒中了狀元也能配得上，那對方分明就是有權有勢的人家啊！到底是個什麼來頭呢？趙彩鳳一時間也好奇了起來。

「到底是個什麼人家，大娘妳也給個準話，咱是鄉下人，沒見過世面，說出來，也讓我們見識見識啊！」

宋明軒這會兒在外頭聽了，覺得很是尷尬，他身後還跟著劉家的小廝，兩手提著百來個喜餅呢！這要是被人給聽去了，真是說不出的丟人。宋明軒正打算進門呢，就聽見那周媒婆又開口說話了。

「妳這姑娘，還當真是打破砂鍋問到底呢，我做了幾十年的媒婆了，還能坑了妳不成？實話告訴妳吧，是住在箍桶巷的韓家大奶奶看上了妳家宋解元！韓家妳們可知道？韓夫子如今是玉山書院的山長，以前還當過帝師的，是不是沒辱沒妳家兄長？」

趙彩鳳一聽，也是嚇了一跳，不過她細細地想了一下，宋明軒在京城這幾個月，可謂是深居簡出，除了劉八順等人，從來沒見過其他人，也就是在開考之前兩日，去了一趟韓夫子的府上罷了。可讓趙彩鳳想不到的是，這宋明軒的桃花運還真是夠旺盛的，不過就是去人家家裡喝了幾杯酒而已，這就讓人給惦記上了？

楊氏聽了這話，一時間也嚇了一跳，正打算開口解釋幾句，忽然，掩著的門被人從外頭推了進來，只見宋明軒拉長了一張臉跨入門檻內。

宋明軒蹙眉道：「這位大娘，妳這趟只怕是白走了，在妳面前的不是我的親娘和妹子，是我的丈母娘和媳婦！」

周媒婆一聽這話，嚇了一跳，差點兒從那凳子上給摔下去，忙扭頭看了一眼宋明軒，上下打量了一番，果然見宋明軒和楊氏及趙彩鳳長得不大一樣，不禁鬱悶地數落起趙彩鳳道。

「妳這大姑娘也真是的，跟我開什麼玩笑呢，這不是捉弄人嗎？得了，千萬別說我來過這兒，我不要臉，韓家姑娘還要臉面呢！」

趙彩鳳笑著站起來，對著周媒婆的背影道：「大娘請放心，這事我就當沒發生過，勞煩妳白跑這一趟了！」

宋明軒瞧見趙彩鳳這笑咪咪的樣子，心裡有些不高興，方才她明明可以一口就回絕了那人，可她偏偏還一個勁兒地問下去，這分明就是故意的！

趙彩鳳見宋明軒皺著一個眉頭，也笑著道：「你怎麼這會兒回來呢？我還想好好打探打探，到底有些什麼人惦記著你這個舉人老爺呢！」

宋明軒聽了這話，臉就拉得越發長了。

楊氏瞧見宋明軒身後跟著的小廝，忙笑著迎了過去道：「這不是劉公子身邊的書僮嗎？快裡頭坐！」

那小書僮忙笑著道：「大娘，我就不坐了，我家少爺讓我把東西給宋公子送回來，東西我放這兒了，我就先走了。」一方才聽見了不該聽的，總有一種山雨欲來風滿樓的感覺，不趁著這個時候快些跑，一會兒怕是要殃及池魚了！

楊氏見這小廝堅持要走，只笑著把他送到了門口，然後回屋繼續整理她和趙彩鳳在街上買回來的東西。

趙彩鳳見宋明軒還拉著一張臉，頭也不回地就往房裡去，急忙跟了上去，調笑道：「喂，你這是擺臉色給誰看呢？難不成我剛才壞了你的好姻緣，你生氣了？那你等著，我幫你去把那媒婆給喊回來，讓她這就替你提親去！」

宋明軒見趙彩鳳這麼說，越發地生氣。他是氣趙彩鳳明明知道那個人的來意，不回絕也就算了，還這樣問東問西的，好像真的是要給自己找對象一樣。宋明軒想起這個，就忍不住生起了悶氣，又見趙彩鳳說著就要往外跑去，一把就把人給拉住了，抱著趙彩鳳的腰往炕上一丟。

趙彩鳳翻了一個身，要坐起來，卻被宋明軒從上頭給壓了下來，死死按住了手腕。平常宋明軒總是一副溫文爾雅的樣子，即便偶爾偷吃自己的豆腐都是小心翼翼的，哪裡有這樣使蠻力的？趙彩鳳正要破口大罵，才張嘴卻被宋明軒的唇給封住了。趙彩鳳不管不顧，狠狠地朝著宋明軒的舌尖咬上去，頓時就有一股子血腥味瀰漫在口中。

宋明軒是鐵了心不肯鬆開她，牢牢地抵住趙彩鳳的舌根，肆意地舔吻著。

趙彩鳳原本的怒火便在這稍顯霸道的吻中點點滴滴的給化解了，想了想，又覺得兩人都快是夫妻了，還為了這麼些小事生氣，也太幼稚了。趙彩鳳在心裡默默嘆了一口氣，放鬆了身體，驀地覺得胸口冰涼涼的，才反射性的想拉上衣襟，宋明軒卻已低下頭，含住了那一顆粉色的莓果。趙彩鳳軟了身子，開口道：「你……混蛋……我……我娘還在門外呢……」

宋明軒只是一時氣憤，猛然聽趙彩鳳這麼說，也嚇出了一身冷汗，慌忙從趙彩鳳的身上撐了起來，紅著一張臉和趙彩鳳四目相對，兩人對視了良久，終於忍不住噗哧一聲笑了出來。

趙彩鳳拉好了衣襟，坐起來，靠在宋明軒的肩頭，小聲道：「有句老話說，找個好媳婦，能少奮鬥二十年呢！人家韓夫子雖然致仕了，可他是玉山書院的山長，以前當過帝師，如今他兒子好像也是一個當官的，你要是真的能看上他孫女，以後榮華富貴、功名利祿，肯定都是唾手可得，你要不要再考慮考慮？」

宋明軒聽了這話，一個翻身又把趙彩鳳給壓在了身下，虎視眈眈地盯著她看了良久，這才蹙眉道：「彩鳳，妳若是再這樣說，就算我違背了道德倫常，今兒也一定要了妳，看妳以後還敢不敢胡思亂想！」宋明軒說著，竟又低頭往趙彩鳳的脖頸上吻了上去。

趙彩鳳連忙推開了他，氣呼呼地瞪著他道：「宋明軒，你反了不成？我還沒過門呢，就急著振夫綱了嗎？我不嫁了！」

宋明軒聽趙彩鳳這麼說，方才的氣勢頓時就少了一半，抱住了趙彩鳳，在她的耳垂上蹭了兩下道：「彩鳳，妳別這麼說，我只是不喜歡……不喜歡妳那樣說。我宋明軒這輩子只要妳一個！」

趙彩鳳聽宋明軒這麼說，心下也覺得甜絲絲的，支起了上身，在宋明軒的臉頰上親了一口。

第二十九章

趙彩鳳和宋明軒兩人在房裡打情罵俏了半日，又和好如初了。宋明軒拉著趙彩鳳來到院中，將錢喜兒送的嫁衣當著趙彩鳳和楊氏的面打開來。

楊氏瞧見那大紅的新娘服上還繡著比翼鴛鴦的圖案，忍不住誇讚道：「明軒，這哪兒來的？這繡工可不得了，這樣一件嫁衣，少說也要做上小半年才成呢！」

趙彩鳳也有些疑惑，抬頭看了一眼宋明軒。

宋明軒開口道：「今兒我去劉家，請了劉公子初六一起來我們家熱鬧熱鬧，這是錢姑娘送給彩鳳的新婚賀禮。」

趙彩鳳一看這手工，就知道這是錢喜兒自己做的，可這樣好的東西，分明就是她做給自己穿的啊！宋明軒居然連這都能收下？他還真是……著急要讓自己過門呢！

「宋大哥，你也真是的，這一看就是喜兒自己的嫁衣，你好意思收下，我可不好意思穿呢！」

宋明軒聞言，忙開口道：「我也不好意思收下，可是錢姑娘說了，這嫁衣是她前幾年做的，那時候年紀小，做出來的東西身量也小，如今已經不合適了，放著也用不著了……」宋明軒雖然這麼說，可心裡還是覺得怪不好意思的。

趙彩鳳便笑著道：「人家要送你東西，自然是這麼說的，不然你怎麼肯收下呢？」不過東西既然已經收了，再退回去倒也不好意思了。

楊氏瞧著那紅嫁衣，滿眼都是讚許，心想這衣服穿在趙彩鳳的身上，還不知道怎麼好看呢！「彩鳳，妳趕緊拿進去試試，若是有哪兒不合適，趁這幾日我還能幫妳改一改。」

趙彩鳳也是頭一次看見這古代的嫁衣，前世看見過的這些東西，不是在博物館就是在相館中，也沒機會穿上過，這會兒瞧見了，還真的覺得有些眼熱了呢，見楊氏這麼說，便也含羞答答地點了點頭，抱著衣服往裡頭去了。

宋明軒瞧著趙彩鳳往房裡去的背影，臉上的笑更是忍不住。

楊氏見了，覺得自己杵在這兒反倒讓這兩個年輕人拘謹了起來，見劉家送了喜餅，便索性拎著個籃子，裝了喜餅出門，道：「明軒，你和彩鳳好好看家，我出門給鄰里們送喜餅去！」

趙彩鳳這會兒正在裡頭換衣服，聽見楊氏說要出門，也沒多想什麼，等她低著頭把嫁衣腰間的紅繩子繫起來的時候，才感覺到有人正從身後靠過來，趙彩鳳剛想回頭，就被宋明軒從後面給抱住了，他的身子才貼上來，她下身某處就被一個硬熱的東西給頂著。

趙彩鳳用力掙了掙，見宋明軒沒動，便開口道：「快鬆開，別把這嫁衣給弄皺了。」

宋明軒哪裡肯鬆開？小聲湊到趙彩鳳的耳邊道：「彩鳳，妳娘出門去了。」

趙彩鳳裝作不懂。「那又怎麼樣？出門就出門唄！」

宋明軒又加重了一些力道，把趙彩鳳的身子往自己的身上貼了貼。

趙彩鳳被他勒得有點喘不過氣來，偏生那人滾熱的氣息一直在她的耳邊蹭來蹭去的，弄得自己脖子癢癢的，身體就不自覺的有些發軟。接著，他又伸手撩開她的衣裙，裡頭是寬大的褻褲，古人的褻褲也沒什麼三角褲的樣子，不過就是統一的平角褲，且那褲子的褲管特別的寬，一條褲管足以伸下兩條腿，所以即便多了宋明軒一隻手，卻半點兒也不覺得擁擠。趙彩鳳深吸了一口氣，感覺到宋明軒那靈活的指尖似乎刮過了她細嫩的大腿內側，在那敏感的地方輕輕的觸碰了一下。趙彩鳳忙按住了宋明軒亂動的手，可偏生這讀書人的手指修長靈活，輕輕一撩撥，趙彩鳳便忍不住嚶嚀了一聲，身子軟得靠在了宋明軒的肩上。

宋明軒這時候也是箭在弦上，不得不發，整個身體都繃得緊緊的，抱著趙彩鳳，兩人挪到了床前，輕輕地把趙彩鳳往床上放下去，那挺翹的臀瓣摩擦著自己的慾望，像是在邀請自己的進入。

趙彩鳳這時候也沒有多餘的力氣抵抗他，情慾瀰漫之下，反倒有了幾分渴望，只翻過身子，迷離著雙眼，拉著宋明軒的手抱住自己，兩人便在床上滾作一團。

正當兩人被慾火燒得難捨難分，門外忽然傳來了幾聲響亮的敲門聲，緊接著，便聽見蕭一鳴在門口大聲喊道——

「宋兄！我聽說你昨日高中了，走……我請你喝酒去，咱們好好樂一樂！」

宋明軒身子一僵，方才那滿腔的慾火已經熄去了一大半。

趙彩鳳僵直著身子，伸手在宋明軒的胸口推了一把，小聲道：「他可來得真是時候。」

宋明軒看了一眼身下媚眼如絲、春情蕩漾的趙彩鳳，心裡比吃了黃連還苦，鬱悶道：「要不，我們當作沒聽見？反正蕭公子也不知道我在家。」

趙彩鳳見宋明軒這一臉無奈的樣子，忍不住噗哧地笑了出來，把他推開道：「那你是聽見了還是沒聽見呢？」

宋明軒嘆了一口氣，低頭在趙彩鳳的臉上親了一口，爬起來道：「妳先梳理一下，我去外頭開門。」

卻說蕭一鳴自從上次跟宋明軒他們把話說清楚了之後，便有意疏遠著宋明軒，已經多日不曾來找過宋明軒了，連去廣濟路上照顧生意，他自己也不敢進去，只請客讓衙門裡頭的其他兄弟在那兒吃。可昨日聽說宋明軒高中了，蕭一鳴還是按捺不住心中的喜悅，想親自上門向他道喜。

蕭一鳴在門口等了半日，也不見有人來開門，便以為家裡頭沒人，正要轉身離開，卻剛好遇見楊氏提著籃子從外頭回來。

楊氏見了蕭一鳴，隱隱覺得有些不安，深怕他又鬧出什麼么蛾子來，便笑著道：「原來是蕭公子啊！可不巧了，我家明軒和彩鳳已經回趙家村去了！」

「這麼快就回趙家村了？」蕭一鳴失落地道。他原本以為宋明軒就算要回去，也會等上幾日的，哪裡知道這麼快就回去了。

蕭一鳴嘆了一口氣，正要告辭，誰知道大門竟然在這時候開了。

宋明軒洗了一把冷水臉，讓自己徹底冷靜了一下，這才跑過來開門，瞧見蕭一鳴和楊氏都在門口，便納悶地道：「嬸子，妳回來了啊？」

楊氏原本打算把蕭一鳴攆走，所以才說了這麼一個謊話，誰知道宋明軒這個不知情的居然來開門了，害得她當場就下不來台，於是冷著臉道：「你們聊，我進房幹活去。」

蕭一鳴瞧著楊氏那冷淡的神色，也明白了幾分，小聲詢問宋明軒道：「宋兄今兒沒回趙家村去？」

「明兒回去，今天正收拾東西呢！」宋明軒想起他和趙彩鳳的婚事，愣了一下，最終還是開口，笑著道：「多謝蕭公子還惦記著我的事情。」

蕭一鳴來的時候只是一頭熱，見了面卻還是有幾分尷尬，總歸是做過情敵的人，就算冰釋前嫌了，這心裡頭也總像是梗了一根魚刺一樣。瞧著宋明軒對他說話的口氣帶著幾分恭敬的疏遠，蕭一鳴也略略覺得無奈。最氣人的是，打從他進了這個院子，雖然心下詢問的是宋明軒的事情，可他一雙眼珠子還是忍不住掃了一眼院子，見趙彩鳳並不在院中，這才死了心。

「宋兄既然明兒就要走，那我也不打擾了，等改日有機會，再請宋兄一聚吧。」蕭一鳴說著，人還沒在小院的石墩子上坐下來，便拱了拱手離去了。

宋明軒見蕭一鳴這落荒而逃的樣子，心下也有些不是滋味。

這時候趙彩鳳才換好了衣服，從房裡頭出來，見蕭一鳴已經走了，嘀咕道：「跑得可真夠快的，才來就走了？」

宋明軒也點了點頭。

這時候楊氏從後院出來，見蕭一鳴走了，忙走過去把門給關上了，道：「嚇我一跳！他怎麼就來了呢？」

趙彩鳳聽楊氏這麼說，笑著道：「娘妳嚇什麼呢？蕭公子是好人。」

楊氏蹙眉道：「是好人我也知道，可我膽小啊，就怕妳和明軒……」楊氏說到這兒，還默唸了一句「阿彌陀佛」，這才接著道：「不過也快了，再過幾日，我就不用這樣擔心受怕了！」

當天夜裡，趙彩鳳和楊氏就收拾好了明兒回城的行李。從京城回趙家村還請不到直達的馬車，一家人只能先去河橋鎮上轉車，好在楊老頭老倆口出來也沒幾日，家裡頭的房子還能住人，楊氏便想著在河橋鎮上停留一晚上，正好把趙武一起接回家去住幾天。

趙彩鳳把銀子都算了一下，留了三十兩下來給楊老頭當麵館的流水，其他銀子都帶在了身上。她知道宋明軒心裡記掛著上次胡老爺給銀子一事，便主動開口道：「宋大哥，等辦完了酒席，若是還有盈餘的銀子，咱們就先把胡老爺的銀子給還了。」

宋明軒也是這麼個意思，見趙彩鳳說出了自己的心裡話，一個勁兒地點頭。

楊老頭敲著煙桿道：「你們先回去，把要辦的事情給辦了，等初五那天，我和妳姥姥搭車回去，正好趕得及吃你們的喜酒。這幾日店裡的生意剛剛起步，若是就這樣停業了，也確實可惜。」

趙彩鳳也捨不得那銀子，便答應了楊老頭。

這時候楊老太從房裡出來，手中拿著一方真絲帕子，遞給趙彩鳳道：「這是姥姥送給妳和明軒的，這可是妳姥姥我最值錢的東西了，從來沒捨得戴過呢！當年妳舅舅娶了妳舅母，我也沒捨得給她，如今瞧著，我要是再不拿出來，可就要帶進棺材裡頭去了。」

趙彩鳳將那絲帕打開，見裡頭包著一個赤金纏絲嵌紅寶石的手鐲，那做工瞧著就不像是一般小作坊裡頭出來的貨色，雖然年代久遠，卻還是散發著明晃晃的光華。

楊老頭一瞧見那鐲子，整個人都愣了一下，驚訝地指著那鐲子問道：「這……這……妳怎麼會有這東西的？」

楊老太奇怪地瞥了楊老頭一眼。「我為什麼不能有這東西？少說我也是在侯府當過一等丫鬟的人，有幾樣好東西還不正常嗎？」

楊老頭心裡有些不是滋味，這鐲子他認得，正是當年的世子爺，也就是如今的永昌侯爺命他去珍寶坊訂做的，說是要送給自己的心上人。這一晃就過去了四十多年，可楊老頭想起當時的事情，還覺得歷歷在目。楊老頭瞪大了自己渾濁的雙眼，只怕自己認錯了一般，又低頭看了一眼，發現這的確就是當初的那個鐲子，這才開口道：「這鐲子看著就是個好東西，彩鳳快收下，難得妳姥姥這鐵公雞如今也大方了！這東西，她嫁了兩個閨女、娶了一個兒媳婦，從來都沒拿出來過，定然是寶貝得很的！」

楊老太哪裡知道楊老頭見過這東西，嗔了他一眼道：「就你識貨！我自從跟著你後，體己的東西也沒剩下幾樣了，如今彩鳳怎麼說也是舉人太太，總要有一、兩樣讓她撐門面的，這鐲子戴出去，才配她的身分。」

趙彩鳳畢竟不是古代人，還沒有感受到當舉人太太的優越性，可見楊老太這麼說，便也高高興興地收下了。說起來，她當真是沒有一、兩樣能戴出去的首飾，這會兒想起了那珍寶坊的銀簪，倒是還有幾分念想呢！只可惜，沒銀子啊！銀子！趙彩鳳發誓，忙完這一陣子，她要加倍努力地賺銀子了！

第二天，驛站的馬車一早就迎了過來，聽說是送新中舉的解元回河橋鎮，那馬車夫一文錢也不肯收，笑著道：「我這馬車能有這福分載個解元，還收什麼銀子呢？反正昨兒從河橋鎮出來，都已經收過一次銀子了！」

楊氏聽了，一個勁兒地謝過了，把大大小小的包裹都給搬上了馬車，這才抱著趙彩蝶一起上去。

宋明軒今兒特意穿了那件趙彩鳳給她新做的月白祥雲紋樣的長褂子，一副溫文爾雅的模樣，拉著趙彩鳳上了車後，便讓馬車啟程了。

一路上搖搖晃晃的，約莫過了兩個時辰，到河橋鎮的時候，已經過了午時。

趙彩鳳見車上東西多，便開口對那車夫道：「大叔，你能把我們送到雞籠巷楊家去嗎？這麼多東西，我們也沒辦法拿著走。」

那車夫笑著道：「送哪兒都成，只要舉人老爺發話就好了！」

趙彩鳳這下子才算是嚐到了舉人的好處，便笑著謝過了，讓車夫把他們送到了楊老頭家後，幾個人才下車把東西搬進了房間，等出門的時候，卻見門口已經圍滿了來看熱鬧的人。

原來，那趕車的進了河橋鎮後，一路上都在吆喝著說他的車上坐著解元老爺，那些老百姓聽了，便都趕了過來看熱鬧。有的是純粹來瞻仰一下解元老爺的長相；有的則是巴望著能得幾個賞銀回去，也算沒白跑了這一趟。

不過大家夥兒一看見這家徒四壁的樣子，想得賞銀的人頓時就散去了一半。還有一小半是來打聽宋明軒的婚配的，只巴望著他還是一個王老五，看看能不能領回家當乘龍快婿去。

趙彩鳳瞧著外頭交頭接耳的那些老百姓，笑著揶揄道：「宋大哥，你還在屋裡杵著幹麼呢？那些人可都是上門來看你的，你還不快出去，讓他們滿足一番！」

宋明軒被說得臉頰泛紅，他平常就是一個極其低調的人，誰能想到這河橋鎮的百姓卻是這樣熱情的？宋明軒正不知道如何是好時，就聽見遠處傳來官差拉長的嗓音——

「都讓讓……都讓讓……梁大人過來拜訪今科解元老爺了！」

梁大人雖然是九品縣太爺，可他當年也不過就是中了一個排行靠後的舉人，後來因為屢次不中，所以託了胡家的關係，最終在河橋鎮上一任縣太爺歸西之後，頂了這個缺。說起來，他雖然當了那麼多年的縣太爺，但是在學問上，比起宋明軒肯定是差多了。

最近梁大人升遷在即，據說是要去江南的魚米之鄉，這時候河橋鎮又出了一個這樣的高等人才，想必年底考評，梁大人的分數也要蹭蹭蹭地往上跳了！

宋明軒聽說梁大人親自來了雞籠巷，也只好親自迎了出去。

外頭圍著看熱鬧的老百姓見解元老爺從門口出來了，一個個立即伸長著脖子上下打量宋明軒，有的還竊竊私語了起來。

趙彩鳳順著門口往外頭看了一眼，這若是在現代，這會兒大家夥兒準都拿起手機忙著拍照呢！

眾人給梁大人讓開了一條小道，梁大人便帶著師爺和捕快走進了院中。

宋明軒上前躬身行禮。

梁大人忙就攔住了宋明軒道：「宋解元無須多禮，我們裡面談、裡面談！」

宋明軒便引著梁大人往裡頭去。

楊氏都還來不及整理東西呢，只忙著去灶房裡頭生火燒水了，畢竟客人都上門了，沒有一杯熱水喝像什麼樣呢！

趙彩鳳抱著趙彩蝶往房裡去，小聲地囑咐道：「彩蝶，外頭都是陌生人，妳可別往外跑啊，萬一被人給拐走可就不好了。」
趙彩蝶也從來沒見過這麼多的人，縮著脖子，小聲道：「姊，那些人都是來幹什麼的？為什麼要圍在我們家門口呀？」
趙彩鳳忍不住笑了起來，捏捏她的小臉道：「他們呀，都是來看宋大哥的！宋大哥中了解元，他們沒瞧見過，所以來看熱鬧。」
趙彩蝶似懂非懂地點了點頭。「姊，解元是不是很厲害啊？彩蝶以後也要嫁給解元老爺！」
趙彩鳳聽了這話，差點兒就吐血了。這走路還不穩當的小丫頭片子竟就說要嫁人？肯定是在余奶奶家的時候，被那些媳婦、婆子給逗的！
「咱彩蝶以後要嫁就嫁狀元，解元沒什麼了不起的，狀元才了不起呢！」趙彩鳳一本正經地對她道。
趙彩蝶聽了，擰著小眉頭，皺了半天，這才開口道：「狀元比解元厲害嗎？比解元厲害我才嫁喔！」
「當然厲害了！這世上最厲害的讀書人就是狀元啦！」趙彩鳳忍不住在她的臉頰上親了一口，這才轉身道：「姊出門招呼客人了，妳在房裡別亂跑啊！」
趙彩鳳出來的時候，宋明軒已經迎了梁大人進來，趙彩鳳行過了禮數，便去灶房幫楊氏燒水了。

楊氏去方才他們帶回來的那一堆東西裡頭，翻了一包六安瓜片出來，一邊沏茶一邊憂道：「不知道梁大人要來，家裡什麼都沒有，這瓜片是我打算在你們成親的時候給鄉親們喝的，也不知道梁大人喝不喝得習慣。」

趙彩鳳笑著道：「梁大人是來道喜的，喝茶是次要，意思意思就行了。」

楊氏聞言，嘆了一口氣，讓趙彩鳳端著盤子把茶送過去。

宋明軒這時候已經和梁大人閒聊了起來，梁大人瞧見宋明軒瘦得兩邊的臉頰都凹陷了下去，嘖嘖道：「那貢院裡頭的日子我也熬過，確實不好受啊！這次你還能高中解元，當真是難得，真是整個河橋鎮的喜事！你也別著急回趙家村去，明日我命人在鎮上的太白樓裡頭擺上宴席，我們請了周夫子來，一起好好喝一杯，慶祝慶祝！」

宋明軒聞言，謙謙一笑，見趙彩鳳送了茶過來，親自起身端了茶盞送到梁大人的面前，開口道：「梁大人，實不相瞞，今天我只是在這兒稍作逗留，明日一早就要啟程回趙家村去了。這次我能高中，其中少不了梁大人的看重，還有胡老爺的饋贈，但是村裡頭的那些鄉親們也沒少出力，況且……」宋明軒說著，轉身看著趙彩鳳，伸手把她拉到自己的身邊，小聲道：「況且，我和彩鳳還沒過明路，我們打算趁著這次回村，把親事也一起辦了。」

梁大人一聽，頓時兩眼放光道：「人生四大喜事，莫過於久旱逢甘霖、他鄉遇故知、洞房花燭夜、金榜提名時，宋公子一次便得兩件，真是可喜可賀啊！」

宋明軒聽了，臉頰不禁有些泛紅。

趙彩鳳被宋明軒牽著，也覺得有些不好意思，稍稍掙了一下，把手從宋明軒的手中給掙了出來後，略帶羞澀地走了。

宋明軒這才有些羞澀地笑道：「梁大人快別說了，若不是實在囊中羞澀得很，也不會這樣委屈了彩鳳，如今只巴望著我有朝一日可以功成名就，讓她過上好日子罷了。」

梁大人見宋明軒這麼說，便想起了自己以前屢試不第時的窘迫，這麼一想，又覺得胡氏對自己其實真是不錯，如今雖然自己當了縣太爺，可當初要是沒有胡氏的不離不棄，自己也不過就是一個窮酸的書生，想到這裡，梁大人便越發和宋明軒有了共鳴，開口道：「共貧賤易，共富貴難，宋公子真是要好好對待趙姑娘。」

宋明軒一個勁兒地點頭，臉上難掩幾分喜色。

梁大人扭頭往後面招了招手，一旁的秦師爺便走上前來，把手裡端著的朱紅色托盤放在桌上，盤上還蓋著一條紅綢緞。

「小小意思，不成敬意。」梁大人說完，伸手把那紅綢緞一拉，裡頭整整齊齊地放著十個銀元寶。

宋明軒雖然沒見過這麼多錢，但是從那元寶的個頭來判斷，一個大約在十兩銀子左右，這十個就是一百兩的紋銀啊！

宋明軒當即就驚呆了，忙不迭地開口道：「梁大人，您這是做什麼呢？」

梁大人笑著道：「什麼做什麼？這是縣衙給你的獎賞！你中了解元，給河橋鎮掙了臉面，這一點銀子算什麼？這河橋鎮可有些年沒出舉人了，不然的話，我這知縣的缺，一早就有人來候著了。」

宋明軒知道這話不假，可這麼多的銀子，宋明軒也實在覺得燙手得很。他萬萬沒想到，不過就是中了個解元，這銀子還當真就能自己飛進口袋裡來！

「梁大人，這真是縣衙裡賞的銀子？」

「那是自然，我一年的俸祿也沒有多少銀子，讓我自掏腰包，我也沒有這閒錢。縣學每年都有朝廷撥下的銀兩，這銀兩是縣學裡頭的銀子，可不是我自己出的。」

宋明軒聽了這話，才略略放下心來，可想了想後又道：「縣學若是有銀子，也不該只賞我一人，牛家莊劉家的少爺也中了舉人，應該也有他的分。」

梁大人自然知道劉八順也中了，昨兒喜報發回來的時候他就瞧見了，見宋明軒這麼說，笑著道：「那劉家如今都在京城裡過活，哪裡能看上這幾個銀子？你也忒老實過頭了！」

宋明軒見梁大人這麼說，也有些臉紅，又想起這一趟回鄉辦酒席，少不得要花好些銀子，自己家是拿不出什麼銀子來了，可總不能辦酒席的錢都讓趙家來出吧？宋明軒想到這裡，也就不再推辭了，伸手從托盤上拿了五個元寶下來，開口道：「梁大人的好意，晚生感激不盡，這上面剩下的五個元寶，還請梁大人送還給胡老爺，待明軒回鄉辦完喜事之後，會親自去向胡老爺登門道謝。」

梁大人見宋明軒總算是肯收錢了，笑著道：「好說好說，那我可就跟我岳父這麼說了，等你來了，我們再去太白樓好好地喝一杯！」

宋明軒點頭應了，又道：「晚生定下的正日是九月初六，若是梁大人有空，不如也來湊個熱鬧？」

梁大人點頭道：「你若請我，我必定是要去的，難得可以與民同樂，何樂而不為呢？」

宋明軒見梁大人答應了，急忙起身，想去行李裡頭找張帖子來，要正式寫了給梁大人。

梁大人見了，開口道：「免了免了，你我之間就不必在意那些虛禮了！」梁大人說完，便起身告辭了。

這時，外頭看熱鬧的百姓也散去了不少，宋明軒送了梁大人來到門口。

梁大人往外頭走了幾步後，忽然又回過頭來，笑著對宋明軒道：「替我多謝趙姑娘，今年的績效考評若不是你們兩人，我還得不了全優呢！」

宋明軒這時候是丈二金剛摸不著頭腦，心道這和趙彩鳳又扯上什麼關係了？

趙彩鳳在屋裡頭瞧著梁大人走了，這才悄悄地從裡頭出來，見桌上放著五十兩的銀子，心下暗暗覺得，她一定是小看了這舉人的用處了，難怪范進中了舉人要發瘋呢！這宋明軒還沒開始當官呢，就有當官的這樣堂而皇之地來送銀子了？

宋明軒進門，瞧見趙彩鳳已經從裡頭出來，笑著道：「彩鳳，這銀子妳收好，這是縣學裡頭的獎勵。原本有一百兩，我讓梁大人把其中的五十兩還給胡老爺了，這剩下的，咱們就留著吧！」

趙彩鳳瞧著宋明軒那老實巴交的樣子，忍不住噗哧地笑了出來。不錯不錯，知道所得收入全歸老婆所有，看來以後不會偷存私房錢了……

在河橋鎮逗留了一日，把趙武接回了家裡來，第二天一早，楊氏就喊了驛站上的馬車，一家人高高興興地往趙家村去了。

馬車才走到趙家村的門口，就瞧見有人在村口小橋下的岸邊下地呢。

宋明軒中解元的消息還沒傳到趙家村來，這一路走來都安安靜靜的。

平常趙家村很少有馬車過來，馬車一進村口，便有人探頭探腦地往這邊看。

趙武調皮，沒坐在馬車裡頭，和趕車的師傅一起坐在外面，見了路邊認識的人，便笑著道：「我姊夫中解元了！」

這村子裡的人不大明白什麼解元、舉人的，聽說中了，便都高興地傳了開來，所以馬車才走到趙家門口的時候，趙武這個小喇叭已經把宋明軒中了解元的消息給廣告了一路了。

水根媳婦本在小橋下洗衣服，聽了這話便回去道：「婆婆，宋二狗當真中了，馬車都已經跑進村子裡來了！」

這時候孫水牛正在家裡頭蓋牛棚，聽了這話問道：「中什麼了？往城裡跑了一圈回來就說中了，別是騙人的吧？」

水根媳婦擰眉想了想，道：「說是中了什麼解元，也不知道是個什麼玩意兒？」

孫水牛一聽，哈哈大笑道：「他們當我們鄉下人不懂是吧？解元是個什麼玩意兒？中舉人那才叫中呢！」

水根媳婦聽了，也不解地道：「那就奇怪了，那他們得色個什麼勁兒？這一路上就聽趙家那小猴子嚎得跟什麼似的！」

婆婆周氏聽了這兩人在耳邊聒噪，擰眉想了想，問道：「這進士的第一名叫狀元，那這舉人的第一名叫個什麼？」

孫水牛這會兒正鄙夷宋明軒呢，隨口道：「管他叫什麼呢，反正這回彩鳳給宋二狗坑慘了吧？當初讓她跟我還不肯呢！」

周氏見自己兒子一副不屑的表情，又努力地想了下，忽然就想了起來，不禁拿起笤帚就往孫水牛的身上扔過去，氣呼呼地罵道：「你這個不爭氣的，當初讓你唸私塾你不好好唸！你知道那解元是啥嗎？舉人的第一名才叫解元呢！」

水根媳婦聽了這話，臉上也尷尬了，急忙縮著脖子，進屋裡頭餵孩子去了。

馬車停在了趙、宋兩家的門口，宋明軒扶著趙彩鳳下來。陳阿婆正拄著枴杖在院子裡頭曬豆子，年紀大了耳朵、眼神都不好，馬車停在門口了，她也沒聽見動靜，等宋明軒下了車，推門進了院子，喊了一聲「阿婆」，陳阿婆這才回過頭來，見是宋明軒回來了，高興得張大了嘴巴，半天也沒蹦出一句話來。

「阿婆，我中了舉人，回來給您和娘報喜了！」宋明軒見陳阿婆這激動的樣子，只先開口道。

陳阿婆忙笑著道：「你娘去給趙地主家打短工了，這幾天收高粱。寶哥兒還在屋裡頭睡覺呢！」

趙彩鳳這時候也已經從馬車上下來了，聽了這話便開口對趙武道：「小武，去趙地主家把宋大娘給找回來，快去！」

趙武忙應了一聲，猴子一樣地就跑去找人了。

楊氏和趙彩鳳等人把東西一樣樣地搬下馬車，這才付了車錢，讓車夫先走了。

陳阿婆看著滿地的東西，驚訝道：「這是做什麼呢？出去的時候不過就幾樣東西，怎麼回來就有一車這麼多了？」

楊氏笑著對陳阿婆道：「阿婆，您先坐下歇一會兒。這些東西都是從城裡買回來的，鄉下沒有。這回明軒不是中舉人了嗎？這不得好好辦一下，所以我就想，不如把這舉人宴和兩個孩子的婚事湊一塊兒辦了，您說行不？」

陳阿婆早就被這天大的喜訊弄得有些不知所措了，聽楊氏這麼說，笑著道：「行啊，怎麼不行？早些辦了大事，早些抱曾孫唄！」

宋明軒聽了，臉頰一下子脹得通紅。

這時候寶哥兒忽然在裡頭哭了起來，趙彩鳳聽見聲音，便走了進去，正瞧見剛剛會走路的寶哥兒翻了一個身，想要從炕上自己爬下來，她便上前把寶哥兒從後面抱了起來。

寶哥兒見有人抱他，便蹬了蹬小腿，往趙彩鳳的懷裡蹭了蹭，忽然就張嘴咿咿呀呀地叫道：「娘……娘……」

這下可輪到趙彩鳳臉紅了，可孩子還一個勁兒地往自己胸口蹭呢，這一看就是餓了的樣子，好安慰他道：「寶哥兒乖，一會兒就有好吃的了。」

從城裡帶了新磨的米粉回來，最近趙彩蝶都吃這個，所以趙彩鳳便讓楊氏找了出來，拿熱水煮了煮，稍微加一些白糖，餵給寶哥兒吃了起來。

一開始趙彩鳳要買這米粉的時候，楊氏還不捨得呢，說趙彩蝶現在大了，可以吃糙米了。可趙彩鳳卻覺得委屈誰也不能委屈孩子，現在既然有銀子可以吃飽飯，這孩子的伙食還是得改善改善，況且也不是去吃牛奶啥的，不過就是一些米粉而已。

趙彩蝶在城裡吃了一個多月的米粉，身上的肉都多出了好幾兩，原本消瘦的臉頰也肉嘟嘟了起來，楊氏這才知道這米粉的好，所以回來之前特意買了好多，把寶哥兒的那份也買了。

寶哥兒從出生到現在，都沒吃過這麼細膩的、還帶著甜味的米粉，一下子食慾大開，一張小嘴一張一合的，吃個不停，不過片刻就把一小碗的米粉給吃了個乾淨。

趙彩鳳拿勺子使勁在碗上刮了三圈，確定再也刮不出什麼東西來了，這才有些抱歉地對寶哥兒說：「寶哥兒乖，一會兒再吃。」

寶哥兒這會兒才剛會說話，辭彙量太少，只一個勁兒地看著那個碗，拚命咂嘴，弄得口水都從嘴角流了出來。

楊氏見了，笑著道：「真是作孽，我再去弄一點來好了。原本以為他比彩蝶小，也就跟彩蝶吃差不多罷了。」

趙彩鳳攔住了楊氏道：「娘妳別忙了，一次吃太多也不好，他這是頭一次吃，覺得好吃呢。一會兒就要吃中飯了，到時再給他吃一個蒸蛋吧。」

楊氏聽了，便點了點頭，又繼續去收拾東西。

宋明軒看著趙彩鳳照顧寶哥兒的樣子，心裡又感激又帶著幾分歉意，偷偷地走到客堂放著許如月牌位的桌子跟前，點了三支香拜了拜。雖然他覺得沒能守上一年，心中對許如月有些歉意，可如今他心裡一心想著的都是趙彩鳳，也只能如此了。

趙彩鳳瞧見宋明軒那一臉嚴肅的表情，也沒有說什麼，看樣子是要在許如月跟前懺悔一番了，畢竟許如月死了也不過半年時間，宋明軒又跟自己這樣，他心裡覺得過意不去也情有可原。說到底，宋明軒並不是一個薄情的人。

趙彩鳳看了一眼抱在手中的寶哥兒，略略嘆了一口氣。孩子還小，先養著再說了，況且這小傢伙還挺聰明的嘛，瞧見自己就喊「娘」，小人精一個呢！

趙彩鳳伸手捏了一把寶哥兒的臉頰，見宋明軒的臉上果然多了幾分懺悔的神色來，便把寶哥兒放在地上，小聲道：「寶哥兒乖，快去你爹跟前要抱抱。」

寶哥兒這會子已經吃飽了，雖然沒怎麼盡興，但還是很滿足的，聽了趙彩鳳的話，便搖搖晃晃地往宋明軒那邊走了過去，到了宋明軒的跟前，也不開口說話，一下子就撲了上去，抱住宋明軒的一條大腿，這才道：「爹爹，寶哥兒要抱抱……要抱抱……」

宋明軒見寶哥兒忽然抱著自己的大腿要抱抱，便彎腰把寶哥兒抱了起來，轉身看了趙彩鳳一眼，兩人四目相對，微微一笑。

宋明軒在寶哥兒臉上親了一口，抱著他來到趙彩鳳的跟前，臉上帶著幾分歉意地道：「彩鳳，多謝妳。」

趙彩鳳稍稍轉過身子，裝作無所謂地道：「你謝我什麼呢？咱倆都要成為一家人了，還謝來謝去的，受不了你！」

宋明軒臉上頓時就露出了笑容，放下寶哥兒，摸摸他的臉頰道：「去找太婆玩，爹和娘還有事情商量呢！」

趙彩鳳見宋明軒抱了一分鐘不到就把孩子給打發走了，頓時皺著眉頭鄙夷道：「你看你這爹，多不稱職啊，才抱了一會兒！切，白瞎了寶哥兒還叫你一聲爹呢！」

宋明軒聽了，臉頰微微一紅，拉著趙彩鳳走到了許如月的牌位前，忽然跪了下來道：「如月，這是彩鳳，妳也認識，當初是妳臨死前作主要我跟她好的，當時我還不願意，可如今我要好好謝謝妳，若不是妳，我和彩鳳沒有今日！」宋明軒說完，原先對許如月的一絲愧疚之心也少了幾分，心下頓時就坦然了些。

趙彩鳳知道宋明軒這人的性子，對他和許如月之間的那些陳年往事也不想去計較，說白了，就算宋明軒這會兒心裡還有著許如月，趙彩鳳也沒轍了，活人跟死人鬥，沒那個必要，畢竟自己才是要跟宋明軒度過一輩子的女人。

趙彩鳳也在宋明軒的身邊跪了下來，表情靜淡地開口道：「如月姊，妳在天之靈，保佑宋大哥仕途一路順遂，春闈繼續高中。寶哥兒我們會好好帶大的，妳放心。」

宋明軒聽了這話，心下越發感動，伸手握住了趙彩鳳，臉上不覺落下了淚來。

趙彩鳳見宋明軒臉上落下了金豆豆，心裡就覺得好笑，這都是舉人老爺了，還是改不了這孩子習性呢！所以說，男人這種生物，不經過那些世俗的歷練，想要真正的成長起來，還是欠些火候的。

「行了，怎麼還哭起來了？一會兒宋大娘就要回來了，看熱鬧的村民馬上也要來了，你就預備這樣紅著眼睛見人啊？」趙彩鳳瞟了宋明軒一眼後便略略低下頭去。

宋明軒沒有說話，低下頭，在趙彩鳳的手背上親了一口，那溫熱的淚痕就這樣沾在了趙彩鳳的手背，讓趙彩鳳覺得有些炙燙。

宋明軒的視線落在了趙彩鳳手背上那一塊淡淡的疤痕上，低聲問道：「上次蕭公子送來的玉膚膏，妳沒有用嗎？」

「那東西金貴著呢，我這個傷痕淺，再養一個冬天也就好了，不能白糟蹋了那東西。以後鋪子開了起來，少不得會有不當心燙傷的時候，還是備著好。」

宋明軒心疼地在她的手背上蹭了又蹭，趙彩鳳覺得有些癢，伸出另一隻手，拿著帕子把宋明軒眼角的淚痕擦了擦。

「我告訴你，以後少哭鼻子了，男兒有淚不輕彈，你不懂啊？」

宋明軒被趙彩鳳這麼一說，臉頰就泛紅了起來。他方才落淚，是因為一時想到了趙彩鳳對自己的情意，心下動容，才忍不住落下淚來，這不解風情的人居然還這樣說自己，難道把自己當成了小孩子嗎？

宋明軒尷尬地點了點頭，在趙彩鳳看來，可不就是像一個聽話的小孩一樣？

趙彩鳳抿嘴笑了笑，拉著宋明軒從許如月的牌位前站起來。

趙武一路去給許氏報喜，一路又像小喇叭一樣，把宋明軒中了解元的事給廣播了一遍，所以等趙彩鳳和宋明軒出門時，就瞧見不遠處的小道上頭，有三五成群的人正往這邊來呢！

趙彩鳳笑道：「全村的人都來看解元老爺了，你趕緊搬張凳子坐在門口，讓大家夥兒好好地看一眼！」

宋明軒知道趙彩鳳開他玩笑，也不說什麼。不過這裡畢竟是他從小長大的地方，跟河橋鎮那些不認識的人自然是不一樣的，既然鄉親們來了，沒有不招待這一說的。

宋明軒把家裡頭的長凳往外頭搬了幾張，讓前來道喜的鄉親們坐下。

李阿婆來得最快，見宋明軒親自搬了凳子出來，忙擺手道：「怎麼好意思讓舉人老爺親自給我搬凳子呢？快坐下、快坐下！」一邊說著邊招呼宋明軒坐下，幾個老太太便圍著宋明軒坐了下來。李阿婆上下打量了宋明軒一眼，蹙眉道：「怎麼瘦成這個樣子？在京城裡頭吃得不好嗎？回來得好好養養才成呢！」一見趙彩鳳從裡頭端著瓜子出來，又笑著道：「彩鳳，這我可要說妳了，妳瞧瞧明軒這瘦得還有幾兩肉啊？鐵定是妳在伙食上頭不上心了！」

趙彩鳳聽了這話，真是有冤也喊不出啊，鬱悶地道：「李奶奶，這妳可冤枉我了，妳問問他，我有虧待了他嗎？實在是考試得在裡頭待九天，沒啥好東西可以帶進去。這半個多月來，也不知道給他喝了多少隻老母雞湯了。」

宋明軒見趙彩鳳這樣子，怕她真的生氣了，忙不迭地道：「李奶奶，彩鳳對我特別好，要不是她，我只怕都要死在京城了！這次回來，主要也是想把我和她的事情給辦了，正好全村人一起熱鬧熱鬧！」

宋明軒當著這麼多人的面開口說這話，無非就是想給趙彩鳳一些臉面。想當初趙彩鳳守了望門寡，到了婆家門口就被退回來，還不知道有多少人指著她的脊梁骨笑話她呢，一口一個喪門寡地喊她！如今好了，趙彩鳳搖身一變，要成舉人太太了，看她們還敢亂說些什麼！

宋明軒這話一出口，果然好多人都驚得張大了嘴巴。她們哪裡知道趙彩鳳這兩個多月是去了京城陪宋明軒考試呢，只當趙彩鳳在河橋鎮上給她姥姥、姥爺打工而已，這會兒一聽這話，那些酸葡萄就又開始嘀嘀咕咕起來了——

「這趙彩鳳為了做舉人太太也真是夠拚的呀，沒名沒分的就跟著人家往京城裡頭去！」

「可不是？太不要臉了！而且她還是守望門寡的，宋舉人難道真的要娶她？也不怕被她剋死了嗎？」

「妳們倆小聲點兒，別讓人聽見了。」

「聽見了就聽見了，我又沒說錯！人家宋二狗如今是舉人了，真要娶個守望門寡的嗎？」

那些人在人群中竊竊私語，趙彩鳳雖然沒聽清她們都在說些什麼，可從那些人不屑的臉色看來，必定是沒說什麼好話的。

李奶奶是真心為他們兩個人感到高興，笑著道：「明軒這話就說對了，彩鳳一個姑娘家，為你做到這一步不容易，你可不能虧待了她！」

外頭的人正議論紛紛時，只聽見有個沙啞中帶著幾分驚喜的聲音忽然從人群中傳了進來——

「明軒！你真的中了嗎？」

宋明軒急忙起身，就看見許氏穿著一身補丁的短打，從人群中擠了進來。

頭上的包頭布因為跑得太快而鬆開了，許氏便一把扯了包頭布，走上前握住宋明軒的雙手道：「孩子，你是真的中了？」

「中了！」

「中了個啥？我怎麼聽著不像是舉人呢？」許氏也弄不明白解元是個什麼東西？

宋明軒笑著道：「娘，我中的是舉人的頭一名，所以叫解元。妳放心好了，是真的中了，沒誆妳！」

許氏哎呀一聲，忽然就坐到了地上，嗚嗚咽咽地哭了起來。「我在家天天盼星星、盼月亮的，總算把你給盼回來了，我這會兒就是死了，也對得起你爹了！」

李奶奶見許氏高興得哭了，上前笑著把她拉了起來道：「明軒他娘，妳快起來。還不高高興興地把喜事給辦了，說什麼死啊活啊的，多不吉利！」

許氏急忙起來點了點頭，擦了擦眼淚，正好瞧見楊氏從屋裡出來，便喊了一聲。「大妹子，妳的大恩大德，我老宋家這輩子都忘不掉啊！」

李奶奶笑道：「說什麼大恩大德的，都快是一家人了，還提這些，傷感情！」

許氏一味地點頭道：「對對，不提這些，傷感情！」

李奶奶瞧著他們一家團聚，也著實替他們高興，這便起身對著她那幾個老姊妹道：「這舉人老爺咱也看見了，該回家張羅午飯去了！」

眾人這時候也覺得沒有什麼稀奇的了，便也都散開回家去了，只有幾個酸葡萄還在那邊說著。

「這趙彩鳳也真是好運氣，倒讓她逮上一個舉人老爺了！」

「瞧妳說的，這有什麼好的？倒貼著送上門，還要給別人養孩子，便是倒貼給我，我也不要呢！」說這話的正是水根媳婦，可話雖然這麼說出去了，為什麼還覺得胸口上有一股子氣堵著，就是舒坦不了呢？

許氏瞧著外頭的人都散得差不多了，一家子人這才都坐到了客廳中。看著消瘦的宋明軒，她也很是心疼，可她是知道三年前宋明軒趕考回來時是個什麼樣子的，這次比起三年前，那都已經好了不知多少了。

「明軒啊，今兒咱先在家好好休息休息，明兒一早我們再到你爹的墳頭上磕頭去。」

宋明軒點了點頭，又道：「娘，我要帶著彩鳳一起去，告訴我爹，這是我媳婦兒！」

許氏聽了這話，心下又是一喜。想當初她和楊氏兩人想著法子想讓兩個孩子湊一對兒，宋明軒還老端著呢，這如今回來的第一件事情，就是要帶著趙彩鳳去給宋老大磕頭，可不就是說，兩人的關係已經……許氏想到這裡，忙不迭地上下打量了趙彩鳳一眼，心道這幾個月下來，不會連孩子都懷上了吧？見趙彩鳳低著頭，帶著幾分羞怯的模樣，身段也出落得越發好了，倒是那肚皮看著還是癟的，她便也笑著道：「去、去，咱帶上彩鳳一起去！」

楊氏見許氏這麼說，便也不跟她藏著掖著了，開口道：「嫂子，我和彩鳳她姥姥、姥爺的意思呢，想趁著這次明軒回來辦中舉的酒席時，把這兩個孩子的事情一起辦了！一來咱們兩家也沒什麼銀子，不過就是熱鬧熱鬧；再來就是，兩個孩子都在京城住了那麼長時間了，這沒名沒分地在一塊兒，說出去也不好聽。」楊氏倒是不怕許氏翻臉不認帳，可如今宋明軒畢竟中了舉人，是個香餑餑了，趙彩鳳卻還是一個村姑，在外人的眼中，這門親事怎麼著都是趙家占了便宜了。

許氏聽了這話，低下頭思索了一下，抬起頭見宋明軒看著趙彩鳳的那眼神，便知道這事情只怕也用不著她作主了，遂笑著道：「明軒怎麼說，那咱就怎麼辦！如今他是舉人老爺了，自己的事情，自己能作主。」

宋明軒把趙彩鳳往自己身邊拉了拉，一副親暱的模樣，抬起頭來道：「娘，日子我都定下了，就九月初六！」

許氏聞言鬆了一口氣，再看一眼趙彩鳳和宋明軒兩人濃情密意的模樣，覺得終於吃下了一顆定心丸，遂笑著道：「這可沒幾天了，那我得要和彩鳳她娘好好商量一下，看看這酒席到底應該怎麼辦了！」

第三十章

晚上，一家人吃過了晚飯，楊氏和許氏兩人在一起商量趙彩鳳和宋明軒的婚事。宋明軒在自己的房間整理東西，趙彩鳳哄了趙彩蝶和趙武睡了後，也來了宋家的客堂。擺酒宴的地方確定好了之後，許氏開始清點要請的客人名單，這件事情倒是讓許氏為難了起來。

當年因為宋家老爺娶了二房，陳阿婆鬧過之後，宋老大就帶著他們一家出來單過，這些年除了宋老大死的時候，許氏去找過宋家老爺，又請了族裡頭的長輩說情，這才把宋老大的屍骨葬在了宋家祖墳，之後就沒再來往了。說起來，對於那群人，許氏是半點交道也不肯打的。可如今宋明軒考上了舉人，這可是天大的喜事，去祠堂祭祖的事肯定少不了，而要娶媳婦也得要進祠堂磕頭，樁樁件件的事都要和那群人打交道，許氏愁得白頭髮又多了幾根。

「嫂子，依我看，這事情還是得去宋家祖宅那邊說一聲的，雖說妳心裡不願意，可明軒到底還是姓宋的。當年的事情我們晚輩雖然不清楚，可都過了那麼多年，總也該過去了。」楊氏是一個和善的人，總是抱著大事化小，小事化了的心態。

許氏聽了這話，也覺得有幾分道理，宋明軒怎麼說也是宋家的長孫，如今又有了功名在身，無論如何都是要給祖先磕頭的，可是……

兩人正猶豫不定的時候，陳阿婆拄著枴杖從房裡頭走了出來，嘆了一口氣道：「老大媳婦，明兒妳去說吧，這祭祖的事情不能耽誤。明軒如今好不容易中了舉人，也是祖宗保佑，這個頭咱不能不磕。」

趙彩鳳聽著陳阿婆那長長的嘆息，也知道她終究是不甘心的，可是這個時代的女人，有多少是遇上了渣男還要湊合著過一輩子的？像陳阿婆這樣帶著兒子出來單過的，那真是少之又少，就衝著這一點，趙彩鳳也覺得不能讓陳阿婆再受半點委屈。

「大娘，進不進祠堂，我覺得也沒啥關係，明兒不是上宋大伯的墳前磕頭嗎？就乾脆把所有老祖宗的頭一併磕了，這不就跟進了祠堂一樣嗎？難道我們不進祠堂磕頭，就不是宋家的子孫了，祖先就不保佑我們了嗎？」

趙彩鳳的話才說完，那邊楊氏就著急地道：「妳這孩子，怎麼又胡說八道了！這種話也是妳一個後輩能說的嗎？」

趙彩鳳正想反駁，從房裡走出來的宋明軒卻早她一步開口。

「我覺得彩鳳說的有道理，以前的事雖然我不清楚，但是這些年來，那邊對我們一家的態度卻可見一斑。並不是我不想進祠堂祭祖，只是他們不讓，那我又何必非要進去？在墳前磕幾個響頭不也是一樣的？」

趙彩鳳見宋明軒和自己的意見一致，便重重地點了點頭道：「再說了，如今宋大哥中了舉人，別人巴結還來不及呢，我倒是不信他們當真那麼有骨氣，放著當舉人的親戚不來認，他們要真的能做到這一點，我還高看他們一眼呢！犯不著我們先低聲下氣的去討沒趣，反倒讓阿婆下不來台。」

陳阿婆聽趙彩鳳這麼說，心下感激，感嘆道：「我年輕的時候是個要強的，如今老了倒也看開了。」

「阿婆，這跟看開看不開沒關係，俗話說，人爭一口氣，佛爭一炷香。如今宋大哥中了舉人，有臉面的是整個宋家，我們只要不理虧，他們也奈何不了我們的。」趙彩鳳說著，悄悄牽了牽宋明軒的手，兩人的手在桌子底下牢牢地握在了一起。

許氏擰眉想了想，見宋明軒也是這個想法，便咬牙道：「那就按你們說的辦吧，明兒我們先上墳，進祠堂祭祖的事情，再等兩天看看。」

第二天一大早，宋家的門口就來了一個不速之客。

趙彩鳳往門外瞅了一眼，不認識。

楊氏一邊餵趙彩蝶吃米粉糊，一邊道：「那是明軒的二嬸娘，十幾年沒來過了，宋老大死的時候，那邊也沒過來一個人看一眼，今兒倒是太陽打西邊出來了。」

趙彩鳳噗哧地笑了出來，沒想到真是讓她給猜到了。她拿起一個窩窩頭吃了起來，道：「娘啊，宋大哥才中了舉人，回河橋鎮的時候縣太爺都搶著給他送銀子了，這幫人也不是傻子，誰不知道宋大哥將來是要做官的呢？」

楊氏聽趙彩鳳這麼說，又對外頭的人鄙視了一眼，瞧見趙彩鳳這兩日神采奕奕的樣子，便笑著道：「我閨女也是要做官太太的人呢！」

趙彩鳳見楊氏那一臉滿足的笑，也只好隨她了，捏著趙彩蝶的小臉，笑著道：「彩蝶以後也要嫁給狀元爺喲！」

楊氏聽了好笑，拍開了趙彩鳳的手道：「快點進門去換一件像樣一點的衣服，一會兒還要跟著明軒去上墳呢！」

宋家客堂裡，許氏終究還是讓宋老二的媳婦進了門。

宋老二媳婦見了宋明軒，臉上擠出一絲尷尬的笑來，心下卻狠狠地把老爺子給罵了一頓，他自己做了沒臉面的事情不肯認錯，如今還讓她過來丟人現眼！宋老二媳婦雖然心裡這樣想，面上還是堆著笑，寒暄道：「這幾年沒見明軒，都這麼高了？老爺子聽說你中了舉人，在家可高興壞了，直說讓你回去瞧瞧呢！家裡頭祠堂裡祭祖的東西我們都預備好了，這是專程來請你回去祭祖的。」宋老二媳婦再不願意，宋明軒如今也是舉人老爺，一代中舉，三世為爺啊！瞧著自己家那幾個孩子是難成器了，往後喝西北風的日子只怕不少，如今宋明軒中了舉人，以後混個一官半職的，好歹能提攜著點自家兄弟，就算是在這趙家村當個里正、村長的，那都能養活一家老小了。

宋明軒聽了這話，依舊還是無動於衷。

許氏雖然心下有些動搖，但是陳阿婆在呢，她一個做媳婦的也不敢發話。

宋老二媳婦見了，便笑著去陳阿婆跟前行禮道：「大娘，您看我這都來請了，俗話說開門不打笑臉人，您要不然就讓明軒跟我走一趟吧？」

陳阿婆擰眉想了想，按照她對那男人的瞭解看來，這事情哪裡有那麼簡單？沒準還不知道要擺什麼鴻門宴呢！可宋明軒能回祠堂祭祖，這畢竟是好事，陳阿婆也不想攔著，所以開口道：「既然這樣，那就讓明軒回去一趟，只是他媳婦得跟著他一起回去。」

宋老二媳婦一聽，頓時就張大了嘴巴，道：「明軒啥時候有媳婦了？那許如月不是死了嗎？」

許氏聽著就覺得有些不對勁，開口道：「如月是死了，但我又給明軒物色了個新媳婦，就是隔壁趙家的彩鳳。」

宋老二媳婦一聽這話，嚇得說不出話來。昨晚他們一家人得知宋明軒中舉人之後，便開始張羅著如何才能把宋明軒給爭取回來。宋老爺子雖然沒盡過一天當爺爺的責任，心倒是不小，知道宋明軒中了舉人，笑著道：「不錯不錯，沒想到我大孫子是個有出息的。」而他那二房的老婆聽了，也跟著笑道：「我娘家兄長的孫女正待字閨中，老爺何不親上加親、喜上加喜呢？」他們平常從來不關心宋明軒一家的死活，如何知道宋明軒和趙彩鳳早已經定下了親事？於是便自作聰明地把那婚事給定了下來。所以，如今宋老二媳婦聽了這話，可不就給嚇傻了嗎？只是……這事也輪不到她管，她不過就是一個跑腿的罷了。

宋老二媳婦想到這裡，便又陪笑道：「那敢情好，這媳婦都有了，是要一起回去給老爺和祖先們磕個響頭的。」

趙彩鳳換好了衣服，被許氏喊了過來。

宋老二媳婦也聽說過趙彩鳳是個俊俏姑娘，這如今一看，果真是趙家村的一朵花呀！可她再漂亮能頂什麼用呢？守過望門寡，還想著飛上枝頭當舉人太太，心也未免太大了點。

宋老二媳婦瞟了趙彩鳳一眼便扭著身子道：「嫂子，那咱就走吧，省得老爺子他們等急了。」

陳阿婆腿腳不方便，因此許氏開口道：「我去借一輛車來，把婆婆也給拉過去。」

陳阿婆擺了擺手道：「不必了，我是發過誓的，這輩子都不去他們宋家，也不會給他宋家的祖先磕頭，要去你們去吧！」

趙彩鳳聽了陳阿婆這話，倒是解氣得很，沒想到陳阿婆平常看著再慈祥不過的一個老人家，在這件事情上竟執拗得很，真是讓趙彩鳳佩服。

趙彩鳳笑著道：「那阿婆就在家等著吧，我們去去就回來，畢竟這兒才是我們家。」

宋老二媳婦聽了趙彩鳳這話，臉上略略變了變顏色，心道現在的姑娘家說話還挺辣的嘛！

陳阿婆點了點頭，拄著枴杖走到宋明軒的跟前，抬起頭看了他一眼，嘆息道：「你帶著彩鳳去吧，跟老祖宗們說一聲，也讓他們高興高興。如今你有了彩鳳這麼好的媳婦，他們也該放心了。」

宋明軒紅著眼眶點了點頭，撩袍跪了下來，先對著陳阿婆磕了一個響頭。

趙彩鳳見狀，也急忙就在宋明軒邊上跪下來，兩人都給陳阿婆磕了三個響頭。

宋家祖宅離宋家還有些距離，祖上據說也是富戶，在這趙家村也有一席之地。宋老爺是那一輩中最小的一個兒子，那些長輩都趕在他前頭去世了，所以年輕的時候胡作非為，鬧得雞犬不寧，後來看上了隔壁村新寡的小寡婦，非要娶回家當二房。

陳阿婆年紀輕的時候也是有點性子的，吃喝嫖賭也都隨便宋老爺了，偏生要把人帶回家這事她死活都不肯。那時候陳阿婆過門幾年了都沒生出孩子來，宋老爺就越發胡作非為了起來，最後直接把有了孩子的二房給帶了回來。當時陳阿婆也才懷上孩子，家裡頭都勸她，若是能一舉得男，這孩子是嫡子，她又是正房，宋老爺也奈何不了她的。陳阿婆就是聽了這話，才咬牙沒和宋老爺和離，最後生下了宋老大來。可宋老爺一味地偏愛二房，後來陳阿婆腳受傷，生活都成了問題，那時候才十三、四歲的宋老大便揹著老娘一起，單獨出來過日子。

宋明軒也是在唸了私塾之後，才漸漸知道這些事情的。正因為如此，宋明軒才越發努力，只想早日功成名就，讓宋老爹可以在那一群人面前抬起胸膛來。宋明軒說到這裡，還微微有些激動，握緊了趙彩鳳的手指。

趙彩鳳抬起頭看了宋明軒一眼，湊過去在他的臉頰上輕輕地吻了一下。

宋明軒頓時又覺得平靜了下來，可一想到要去見那個讓他們一家承受過無數痛苦，如今卻這樣當沒事人一樣地把自己喊回去的爺爺，宋明軒還是覺得心口有一股憤怒的感覺。

宋老爺年輕的時候敗了不少家底，所以宋家的祖宅看上去很是破舊，但是比起宋明軒一家在橋頭的那三間泥房，還是好了不少。

許氏看著門楣上掛著的黑漆漆的「宋宅」兩個字，心下也很是複雜，她自進門之後，還是頭一次進這宋家祖宅的大門。

宋家祖宅有三進院子，祠堂在後院西北角上，因為人丁單薄，以前的那些親戚也不怎麼來往了，裡頭也就供著前三代祖先的牌位。宋明軒來到祠堂門口的時候，就瞧見宋老爺坐在一旁的欅木靠背官帽椅上，手裡拿著個煙桿，正往一旁的小几上磕著。

見到宋明軒進來，宋老爺只當沒看見一樣，梗著脖子做自己的事情，倒是很有一番家長作風。

這祠堂除了宋老爺是坐著的，便只有另外一個看著稍微年輕一些的老婦人坐在宋老爺的下手邊，她就是宋老爺子娶的二房林氏。林氏的身後站著一個年輕的婦人和幾個孩子，有男有女的，倒是兒女成群的樣子。宋老爺的身後站著兩個中年男子，大約是宋明軒名義上的二叔和三叔了。

趙彩鳳稍稍抬眸看了一眼那宋老爺，雖然有六十歲出頭的樣子，可看著卻也精神矍鑠得很，看來年輕時確實有浪的資本。宋明軒的長相不隨許氏，趙彩鳳又沒見過宋老大，這會子瞧見了宋老爺，倒是覺得宋明軒和他有幾分相似。趙彩鳳頓時就覺得有些牙疼了起來，祖上有這樣的渣男，不知道會不會遺傳呢？宋明軒這時候看著確實很好，可將來萬一要是變了可怎麼辦？趙彩鳳還沒來得及細想，那邊宋老二的媳婦便笑著開口說話了。

「老爺子，我把明軒給您帶回來了。」

這時候宋家一家人都抬起了視線，上上下下地盯著宋明軒打量了起來，唯有宋老爺子還是垂著眸子，連眼皮都沒抬一下，開口道：「回來了，那就讓他進來磕頭吧，也算是給祖上掙了面子了。」

宋老二媳婦陪笑道：「大嫂子也回來了。」

宋老爺子「嗯」了一聲，便沒再發話。

林氏倒是打量完了宋明軒後，把視線落在趙彩鳳的身上，臉上帶著幾分探究的神情，湊到宋老爺子的耳邊道：「老爺子，你大孫子還帶了一個姑娘回來。」

宋老爺子昨晚就已經打了如意算盤，正盤算著今兒把宋明軒和許氏都叫回來，把這事情說一下，就要上林氏的娘家提親去了，此時聽林氏這麼說了一句，便停下了手中磕煙桿的動作，抬起頭看了趙彩鳳一眼，冷冷地開口道：「這是宋家的祠堂，不是宋家的人，不准進來！」

許氏聽了這話，便陪笑道：「老爺子，這是你大孫媳婦彩鳳。」

宋老爺子雖然大門不出，二門不邁的，可他也聽說過趙彩鳳這個名字。這種小地方，但凡是死了老公、守了寡的，一傳十，十傳百，一下子就變成了眾人皆知的秘密，所以這祠堂裡的人聽了，都瞪大了眼看著趙彩鳳，臉上露出幾分鄙夷的神色來。

「你爹死了，你的親事我作主！我已經重新幫你物色了媳婦，是你小阿婆娘家的姑娘，等過幾日，我就替你提親去！」

宋明軒原本是抱著磕一個頭就走的心思才來的，誰知道這宋老爺子居然能說出這番話來，頓時就氣得脹紅了臉頰，開口道：「我爹死了，我娘還在呢，我的親事輪不到你來作主！彩鳳就是我媳婦！」

宋老爺子雖然無用，可平常在家也是說一不二的人，聽了這話頓時也上了火氣，指著許氏罵道：「妳這蠢婦，好好的舉人兒子，妳讓他娶個望門寡，妳是腦子壞了嗎？我們老宋家的臉面都被妳丟盡了！」

宋明軒聞言便衝上前，指著林氏道：「那敢問老爺，當年你把這個寡婦帶進宋家的時候，有沒有想過會丟宋家的臉面？老爺若非要覺得我做錯了，不過也就是上梁不正下梁歪罷了，更何況，彩鳳比起她來，好上了不止千萬倍！」

宋明軒說完，拉著趙彩鳳就要往外頭走，早已忘了方才過來是為了什麼的。

宋老爺子見了，氣得牙癢癢的，拿起手中的煙桿就砸了出去，破口大罵道：「你這逆孫，跟你那老爹一個德行！滾！給我滾得遠遠的！」

趙彩鳳被宋明軒拉著往前走一步，一回頭卻瞧見那煙桿朝著宋明軒砸了過來，那煙桿上頭是青銅做的口子，裡頭塞了菸絲，正燒得滾燙呢！趙彩鳳一著急，急忙用手把那煙桿給拍開，裡頭的煙絲驀地嘩啦啦地掉出來，險些又燒到了自己的手背。

宋明軒聽見聲音，回過頭來，看見地上的煙桿，氣得走上前狠狠地跺了兩腳，那煙桿子頓時就斷成了兩截。宋明軒昂著頭道：「以後，我和宋家的關係，就如同這根煙桿一樣，一刀兩斷！」

眾人聽了這話，心下都著急了起來，他們還指望著宋明軒將來能提攜自己呢，如今可好了，越發弄得不可開交了起來，這叫什麼事呢！

宋老二和宋老三聽了這話，忙上前陪笑道：「明軒、明軒，這有話好好說啊！老爺子喊你回來也是一番好意，咱能坐下來好好說話嗎？」

宋明軒冷著一張臉，表情是趙彩鳳從沒有見過的不屑和冷淡，他對著那一群人冷笑了一聲道：「沒什麼好說的，等我宋明軒發了家，重新建一個宋氏祠堂，把宋家先祖的靈位都請進去，也不會把他這個老畜生擺進去的！」

趙彩鳳聞言，忍不住噗哧地笑了出來，見宋老爺子這會兒手邊正好沒有什麼趁手的東西可砸的，急忙拉著宋明軒往外頭跑，邊跑邊笑道：「快點跑，別讓老畜生給追出來了！」

許氏見趙彩鳳拉著宋明軒就跑，也只縮著脖子，退後了幾步道：「他二叔、三叔，你們還是先讓老爺子消消氣吧！九月初六是明軒和彩鳳大婚，你們若是願意，就過來我家湊個熱鬧。」許氏說完，也慌忙地跟了出去。

趙彩鳳拉著宋明軒跑了不知道多久，兩個人都累得有些氣喘吁吁的，趙彩鳳這才停了下來，支著自己的膝蓋頭，喘著粗氣道：「宋大哥，你方才可真是粗魯，居然罵你爺爺是老畜生，太沒禮貌了。」

宋明軒這時候也是跑得一身汗，伸手擦了擦自己額頭上的汗珠，臉上露出不屑的笑來。「我小時候，我爹就這麼罵他，聽多了，一時又生氣得很，就脫口而出了。」宋明軒說完略覺得有些臉紅，見趙彩鳳的額頭上滲出細密的汗珠來，便從袖中拿了一塊帕子，蹲下來輕輕地為她擦著額頭上的汗珠，小聲道：「他怎麼說我，我都不會生氣，可是他只說了妳一句，我就像是個被點燃的爆竹一樣，完全控制不了我自己了。」

趙彩鳳抬起頭，嘴角微微一笑，按住了宋明軒為自己擦汗的手，忽然間就閉上眼睛，湊過去吻住了宋明軒的唇瓣。

宋明軒心口一軟，將趙彩鳳抱在了懷中，兩人在田埂中央擁吻了起來。

遠處正好有一輛牛車緩緩地駛過來，宋明軒將趙彩鳳抱了起來，兩人往邊上一讓，順著田埂滑倒在下面的高粱地裡頭。金黃的高粱將兩人掩沒在其中，趙彩鳳看見宋明軒被壓著吃痛的表情，低下頭，在他唇邊輕輕吻了一口，道：「嗯……這次，還是讓我主動吧……」

秋風掃過，無數的高粱穗隨風搖曳，趙彩鳳閉上眼睛，覺得下面猛烈地收縮了起來，那種身體被點燃的感覺越來越強烈，她睜開眼，只能看見一片白光，腦中空白一片，身體熱得彷彿就要炸開一樣，像是要把什麼東西擠出去，卻又一遍遍的失敗，最終只能繳械投降。

最後一次的深頂讓趙彩鳳尖叫了起來，忽然間，動作戛然而止，體內包裹的部位似乎正微微抽動著，一吐一納的頻率就像身上那人短暫而急促的呼吸般。

趙彩鳳深深地呼了一口氣，忽然抱住宋明軒帶著汗水的臉頰輕吻了起來，似乎是在安撫這高潮之後的餘韻。

身下是高低不平的高粱地，宋明軒伸手摟著趙彩鳳，眼神停留在她微紅的臉頰上，高潮過後的聲音還帶著幾分沙啞，蹙著眉輕聲道：「彩鳳，我……我對不住妳，我說好了，要等到過了明路再……」

趙彩鳳抬起頭，掩住他的唇瓣，往宋明軒的懷裡又靠了靠，手指捲著他一片衣襟，細聲細語地說：「得了吧，少虛偽了，你難道不想嗎？」

宋明軒見趙彩鳳說得這樣直來直去，忍不住又紅了臉頰，吞吞吐吐地道：「我……我……」

「又你啊我啊的，難不成你現在把我吃乾抹淨後，就想翻臉不認人，不要我了？」趙彩鳳一個翻身，揪著宋明軒的衣襟逼問道。

宋明軒忙不迭地抱住了趙彩鳳，親著她的手指，小聲道：「我……我宋明軒要是那樣的人，就讓我天打雷劈，不得好——」

趙彩鳳見宋明軒發起了毒誓，抬頭吻住了他的唇，不讓他繼續再說下去。兩人又忍不住擁吻了片刻，趙彩鳳才鬆開了宋明軒，看著天上高升的太陽，瞇著眼睛道：「我們回去吧，一會兒宋大娘要是先回去了找不到我們，又該來找我們了。」

宋明軒笑著道：「要改口叫娘了，娘子。」

趙彩鳳擰著脖子，不服地道：「還沒到日子呢，急什麼！」

宋明軒笑著不說話，從袖中拿了絲帕出來，探下手去，小心翼翼地擦拭著方才自己進入過的地方。

趙彩鳳的臉頰頓時紅成了一片，忙拍開宋明軒的手，自己躲到一旁整理起衣服來。周圍都是被兩人壓變形了的高粱稈子，趙彩鳳整理好衣物後，只覺得腳下輕飄飄的，雙腿說不出的痠脹，走起路來還有些彆扭。

宋明軒看出了趙彩鳳的不適之處，上前小心扶著她問道：「要不要坐會兒再走？」

趙彩鳳哼了一聲，狠狠地瞪了宋明軒一眼，瞥見灰黃色的土地上那幾滴鮮紅的液體，鬱悶地走上前，用鞋底用力地碾了碾，臉頰一片通紅。

宋明軒見狀，越發心疼了起來，走上前，不由分說地就把趙彩鳳給揹了起來，趙彩鳳在宋明軒的背上扭了兩下，反倒被宋明軒按得更緊了。他用手托著她的臀瓣，一邊走一邊道：「一會兒我說妳腿扭傷了，妳可別露餡了。」

趙彩鳳撇撇嘴道：「左腿還是右腿？可別露餡了。」

「右腿吧！」

「好，那就右腿，說定了。」趙彩鳳見宋明軒這麼說，靠在他的後背，安安心心地享受了起來。

兩人回到家裡的時候，果然聽見裡頭許氏的聲音，帶著幾分焦急——

「不行不行，大妹子，我們還是出去找找吧，這都老半天了，兩個孩子怎麼還沒有回來？可別迷路了！」

楊氏心下卻暗暗高興，她知道宋明軒如今和趙彩鳳兩人正是蜜裡調油的時候，只怕這時候找了一個地方，兩人正你儂我儂呢，因此聽了許氏的話，笑著道：「大嫂子別擔心了，這趙家村能有幾條河幾座山？他們兩個從小就在這兒長大，怎麼可能迷路呢？我估摸著，是去什麼小河邊上看看風景罷了。」

許氏聽楊氏這麼一說，頓時就明白了過來，笑著道：「還是大妹子妳明白，我這把年紀了，哪裡還能想到這些？既然這樣，那咱也就隨他們了，肚子餓了總會記得回來的。」

她們倆正說著，宋明軒就扶著趙彩鳳往院裡頭走了進去。兩人因為方才已經對好了口供，所以表情都顯得很淡定。

楊氏就坐在正對門口的地方給他倆縫新被面，瞧見宋明軒扶著趙彩鳳進來，兩人的衣服都跟泥地裡滾過的一樣，便連忙起身問道：「這是怎麼了？好好的出去，回來怎麼弄得跟泥腿子一樣了？」

宋明軒開口道：「方才過路的時候遇上一輛牛車，彩鳳沒瞧清楚，扭傷了一下腳，掉進高粱地裡去了。」

楊氏聽說趙彩鳳崴了腳，急得團團轉。「這可怎麼是好，再過幾天就是你們兩個成親的日子，難不成讓彩鳳瘸著腿招呼客人嗎？」

趙彩鳳忙尷尬地笑道：「娘，沒事，傷得不嚴重，只是有一些疼而已，就宋大哥大驚小怪的。」趙彩鳳怕演過了，便推開宋明軒，自己走了兩步。

許氏見趙彩鳳搖搖晃晃地進來，也很是擔心。「好好的怎麼就扭傷了呢？快進屋裡來，家裡還有一些紅花油，我給妳揉一揉。」

趙彩鳳急忙道：「不用了、不用了，沒紅沒腫的，大概就是扭到筋了，明天就能好了。」

陳阿婆瘸了好些年了，在房裡頭聽見她們絮絮叨叨的聲音，便笑著出來道：「哪條腿扭到了呀？我給揉揉就好了。」

宋明軒和趙彩鳳異口同聲地道：「右腿。」

陳阿婆這時候已經拄著楞杖出來了，笑著道：「沒事，我給妳捏兩下就好了，丫頭快過來。」

趙彩鳳心想，這都說扭了腳了，不讓上藥，連捏也不給捏，那也不大好吧？於是便假裝一瘸一拐地走到了陳阿婆跟前，正打算坐下來呢，聽陳阿婆笑著道：「你們兩個左右不分的孩子，這哪裡是右腿呢？分明是左腿扭了！」

趙彩鳳這時候才反應過來，忙不地看了一下方才她假裝扭傷的腿，果然發現自己弄錯了左右……

宋明軒鬱悶地閉上眼，稍稍撇過頭去，不敢再去看趙彩鳳那已然呆滯的眼神。

所幸陳阿婆年紀大了，也沒有想得太遠，坐在小凳子上，拉著趙彩鳳的左腿揉了起來。

一旁的許氏見宋明軒他們已經回來了，便不擔心了，嘆了一口氣道：「這下好了，原本是打算去給祖宗上一炷香的，如今連你爹的墳頭都忘了去了。」

宋明軒這時候也越發不好意思。「娘，那咱吃過了午飯，再去爹的墳頭磕頭吧？」

許氏擺擺手道：「算了，你爹也不是什麼小氣人，今兒彩鳳腳扭傷了，咱們再遲幾日也是一樣的。這好好的一個早上，都被那群人給氣糊塗了。你扶著彩鳳進去休息休息吧，我去村裡頭挨家挨戶都通知一下，讓他們記得初六過來湊個熱鬧。」

楊氏接著道：「我昨晚和你娘商量過了，我們兩家的院子雖然不大，但還是能擺得下十來桌酒席的，到時候就在外頭用油布搭一個棚子，請上了廚子，咱就在自家的院子裡把這事辦了。雖說是簡樸了些，可如今我們也只能這樣，就是委屈了你們小夫妻倆了。」

許氏又道：「本來接新娘還要有迎親什麼的，可是咱兩家就住一起，所以我想著，到時候花轎也可以省了，直接讓明軒把彩鳳給揹過來，咱也算完禮了。」

楊氏也跟著點了點頭，又嘆道：「這婚事辦得太倉促了，我連嫁妝也沒準備幾樣，大嫂子妳可別放心上，等以後咱們兩家日子過好了，咱再一點點地補上。」

許氏聽了這話，假作不高興地道：「妳看妳說的什麼話，還補上什麼嫁妝？我家明軒這幾個月在京城裡頭吃你們、喝你們、靠你們照顧，這才考中了舉人，不是我說，若不是要給老宋家留個根基，便是讓他去做你們趙家的上門女婿，我也是沒怨言的。」

楊氏聽了這話，真是越發就高興了起來，一個勁兒地道：「大嫂子妳這話說的，我都不好意思了！這都是明軒自己爭氣啊！」

陳阿婆為趙彩鳳揉好了腿，讓她站起來走走看。

趙彩鳳原本就沒扭傷，試著走了兩步就說自己不疼了。

楊氏見了，搖頭道：「妳別逞能了，瞧妳走路那樣子，分明腿還軟著呢！」

趙彩鳳一聽，頓時臉紅到了耳根，也不敢回頭，低著頭小聲道：「那……確實比剛才好多了，沒那麼疼了嘛！」

宋明軒見趙彩鳳尷尬得不行，只扶著趙彩鳳回趙家去了。

兩人回了房裡，趙彩鳳坐在一旁鬱悶得要死。

宋明軒見趙彩鳳翹著嘴巴板著臉，小心翼翼地開口問道：「彩鳳，妳那地方……還疼嗎？」

趙彩鳳這時候倒是不覺得疼了，只是覺得痠痠脹脹的，很是難受，有點像大姨媽要來前的感覺，便搖了搖頭道：「哪有那麼嬌弱，那麼疼啊？不過就跟蚊子叮一樣的。」這話聽起來沒啥，可是一想到那蚊子叮就是往裡戳的感覺，趙彩鳳就忍不住又紅了臉頰，一個翻身就把頭埋在了被子上，背對著宋明軒道：「你快走、你快走，這兩天不想看見你了！」趙彩鳳也不知道為什麼自己糾結了起來，分明是自己先惹的火，這會兒反倒是自己慫了。

宋明軒見了趙彩鳳這樣，又是心疼、又是懊惱，坐在床沿上，伸手安撫著她的後背，想了想開口道：「彩鳳，要不然，等洞房花燭夜，我不動了，妳想怎麼樣都行……」

趙彩鳳一聽這話，頓時從床上跳了起來，指著宋明軒道：「這可是你說的啊！」

宋明軒說完這句話就開始後悔了，覺得自己似乎挖了一坑，把自己給埋了……

接下來的幾天，楊氏和許氏可謂是忙得腳不著地。

作為準新娘的趙彩鳳也沒閒著，楊氏塞了一件裁剪好了的男式喜服送給了趙彩鳳做。可趙彩鳳的手藝也確實讓人不大敢恭維，做平常穿的衣服也就算了，這喜服可是大婚當日要在親戚朋友面前穿出去的，趙彩鳳沒辦法，也只好稍微加強了一下自己的手工，把平常寬得可以鑽進蒼蠅的縫隙，稍稍改小了一些，姑且只能鑽幾隻螞蟻進來，可是這樣一來，這成衣的進度就慢了很多。

眼看著自己的媳婦就要變成鬥雞眼了，宋明軒也不忍心坐視不理了，只好放下了手邊的書，幫趙彩鳳做起了針線來。

說起來，這世上還有比宋明軒更苦逼的新郎嗎？居然連自己的新郎禮服都要自己縫。宋明軒手指細長、指腹柔軟、骨節均勻，這樣的一雙手，放在現代都可以直接去當手模了。趙彩鳳看著宋明軒細心地縫著禮服，悄悄地去灶房倒了一杯茶進來，擺在桌上，搬了小凳子坐在一旁看宋明軒做針線。

「宋大哥，你怎麼會做針線的呢？這不是女孩子才幹的活兒嗎？」趙彩鳳不理解地問道。她雖然在這裡的時間不長，但也知道這裡的男人都大男子主義得很，會做針線的，簡直就是極品中的極品了。

「這也沒什麼，小時候家裡窮，買不起新衣服，我又是在鎮上上的私塾，常被人欺負，衣服總是東邊壞一塊、西邊扯一條的，只好自己學著縫縫補補了，沒想到這事情也不難，幾回就會了。」宋明軒低頭慢慢說著，聲音中透著一股子淡然，彷彿那個被欺負的人並不是自己，而是別人家的孩子。

趙彩鳳又問道：「家裡窮就會被人欺負嗎？那你豈不是很難過？會不會跟別人打架呢？」雖說現代的貧富差距也很大，但是因為國家推廣義務教育，上不起學的孩子已經很少了，但窮人家的孩子，肯定也會比一般人家的孩子自卑些。一想起宋明軒那讓人同情的童年求學生涯，趙彩鳳就覺得心疼了起來。

「怎麼不會打架？三天兩頭的打呢！不過先生很嚴格，誰要是打架是要被打手心的，後來大家怕了，也就不怎麼打了。」說到這裡，宋明軒還不忘記攤開自己的掌心看了看，彷彿那裡還殘留著原先戒尺打過的傷痕。

趙彩鳳伸手握住了他的手指，低下頭往他掌心吹了一口氣，小聲道：「不疼了、不疼了，我們家明軒不疼了，娘子給揉揉。」

宋明軒被趙彩鳳這肉麻兮兮的話說得雞皮疙瘩都要起來了，正這時候，就聽見外頭李全大聲叫喚的聲音——

「舉人老爺在家不？」

宋明軒忙放下了針線迎出去，就見李全帶著村裡幾個身強力壯的小夥子，都站在院門口呢！這些小夥子小時候也曾和宋明軒一起玩耍過，有的還一起唸過幾年學，不過鄉下人家很少有像宋明軒這樣能專心唸下去的，再者私塾先生也會做選擇，若是覺得沒有資質的，也不會收了繼續教下去，不過就是認幾個字，不做睜眼瞎罷了。

王鷹也在這一群人中間，見了宋明軒便開口道：「我前幾天去城裡送菜的時候，聽見劉家人說你中了，原本想著去把你帶回來，沒想到你小子倒是跑得快，我去了才知道你已經回來了呢！」

李全見王鷹這麼說，便用胳膊肘杵了杵他道：「什麼你小子、我小子的？現在要叫舉人老爺了！明白不？咱這河橋鎮幾輩子沒出過舉人老爺了，這一回可得要好好熱鬧熱鬧！」

宋明軒見一下子來了這麼多人，忙請他們進院子裡坐。

趙彩鳳泡了一壺茶出來，拿著瓜子、花生出來招待人。

李全見趙彩鳳臉上紅光滿面的，這身條子看著也比以前豐滿了不少，便玩笑道：「當真是人逢喜事精神爽啊，瞧著彩鳳越發漂亮了！如今見了彩鳳，城裡的那些姑娘都入不了眼了！」

這一群小夥子中不乏有幾個是趙彩鳳曾經的愛慕者，卻在她守了望門寡之後都把她忘到了腦後，如今見了趙彩鳳這樣好看，一個個也只能嘁了嘁後悔的口水，心道也只有像宋明軒這樣的舉人老爺，才有這樣的豔福了。

李全見眾人還真坐下來吃起了瓜子，不禁笑著道：「哎，我說你們還真坐下了？忘了我們是來做什麼的啦？趕緊幹活咯！」

李全一發話，眾人這才想了起來，他們今兒過來，是要給宋、趙兩家修柵欄的！李全院子外頭停著的牛車上，正捆著砍下來的樹幹呢！

「這時候給你家修一間新房子也不可能了，好歹咱把這外頭的柵欄給修整齊一點，不然初六縣太爺過來一瞧，這解元老爺怎麼就住這種破房子呢？咱們村也沒有面子啊！」

宋明軒見眾人都拿著榔頭、錐子，忙起身謝過了，謙遜地道：「還真是要多謝各位了，這些活我是當真不會幹的。」

李全笑著道：「你只管好你手中的筆桿子，再接再厲，爭取再中一個狀元回來，其他的就交給咱村裡人好了！」

宋明軒一個勁兒地點頭，見他們忙了起來，便回房去，正想拿起方才放下的針線再接著做，卻被趙彩鳳從身後給拉住了。

趙彩鳳自己上前，拿了那喜服坐下，做了起來。「行了，一邊兒玩去吧，這麼多人在外頭呢，讓你一個解元老爺做針線，我可不是要被戳脊梁骨了？」

宋明軒見趙彩鳳那眉飛色舞的樣子，甜在心中，也不管外頭有多少人，從身後便把她抱住了，咬著她的耳朵道：「彩鳳，再過兩日，我們倆就是夫妻了。」

趙彩鳳聽宋明軒說得動情，也輕輕「嗯」了一聲，又想起宋明軒進考場時寫的那一首詩，小聲道：「結髮為夫妻，恩愛兩不疑。這下你該滿意了吧？」

宋明軒聽趙彩鳳說起了這個來，頓時臉又脹得通紅，貼在趙彩鳳臉頰上的氣息也熱了起來，隨即一本正經地開口道：「那個……彩鳳啊，我對妳從頭到尾到腳趾尖都是滿意的。」

趙彩鳳被他的話給逗樂了，扭頭在他臉頰上親了一口，道：「快出去招待村裡人吧，他們給你家幹活，你只知道在自己房裡抱媳婦，算什麼道理？」

宋明軒被說得又是臉頰一紅，便到了院外，打算看看有什麼可以幫上忙的地方，可他轉了一圈，瞧人家一個個都幹得熱火朝天的，就是沒他可以插手的地方。

王鷹見了他這樣，還玩笑地道：「舉人老爺趕緊屋裡歇著去，這種粗活就交給我們這些粗人幹好了，你快進去，多陪陪你未過門的媳婦！」

宋明軒聽了這話，臉頰忍不住紅了起來，低頭道：「彩鳳她不要人陪的。」

其中有幾個早已經結婚成家的人，聽了這話，哈哈大笑了起來。

二柱笑道：「這女人的話能信嗎？她嘴裡說不要不要，心裡還指不定怎麼想呢！這個時候你啥也別說，狠狠地要就是了！」

宋明軒聞言，想起那日在高粱地裡頭的事情，頓時就憋得臉紅脖子粗的，忍不住嚥了嚥口水，把頭埋得更深了。

二柱見宋明軒怕羞了，只當他是臉皮薄，又笑著道：「這有什麼好怕羞的？以後兩人在一起了，還不得幹那事嗎？不然幹麼男人非得找個女人，不就圖那個嗎？」

李全聽了也覺得不像話，往那人腦門上敲了一把，打趣道：「我說二柱，你挺能的啊？那怎麼春花都進門小半年了，也沒傳出個好消息來？你這準頭不行啊！」

二柱聽李全這麼笑話自己，不好意思地笑了笑，厚著臉皮道：「正要跟李叔打聽呢！李嬸子都這把年紀了還能懷上孩子，李叔你肯定有什麼秘方對吧？好歹看在我們是老鄉的分上，透露透露吧！」

李全聽了，一味地搖頭，過了片刻，才半真不假地笑著道：「秘方當然有了，不過不能就這麼隨隨便便地告訴你，去把最重的那一根木頭扛過來，我就跟你說。」

二柱聞言，嘿嘿笑著，真的去牛車上頭扛起了木頭。

李全扭過頭來，見宋明軒還在那邊臉紅呢，便笑著道：「明軒，你去寫幾副喜聯吧，一會兒給你們兩家安一個門頭，咱正好貼上面。」

宋明軒聽了，頓時心下一喜，點頭道：「這個辦法好！去年過年時寫春聯多下來的紅紙還有好些呢，我正好裁剪了寫喜聯！」

宋明軒是這村裡為數不多的讀書人之一，幾個年紀大的都年事已高，握著毛筆手就抖個不停了，所以以前村裡頭紅白喜事外加寫春聯的事情，都是宋明軒一手包辦的，如今輪到他自己辦喜事了，反倒把這個事情給忘記了。

趙彩鳳見宋明軒出去轉了一圈，又空著兩隻手回來了，笑著挖苦道：「現在知道什麼叫百無一用是書生了吧？你看，人家幹得熱火朝天，你只有看熱鬧的分兒了！」

宋明軒聽趙彩鳳這麼說，也不生氣，笑著去翻他那櫃子裡的東西。

趙彩鳳伸著脖子去看，就瞧見宋明軒從那裡頭找出幾張紅紙來。可惜這紅紙放的時間有些長了，顏色不顯眼也就罷了，上頭還有幾個老鼠啃過的洞。

宋明軒見了這個就傻眼了，鬱悶道：「還想寫幾副喜聯貼起來呢，這下又不成了。」

趙彩鳳見了，便起身笑著道：「我回家找給你，上回我和我娘都買了，可能我娘這幾日太忙，把這個事情給忘了。咱是得寫幾副喜聯貼一貼了，不然到時候沒個紅色，也不像樣啊！」趙彩鳳便起身回去拿紅紙了。

宋明軒點了點頭，開始磨起了墨來。這一段日子他跟著楊老頭學拉麵，倒是有些時間沒寫過字了，這會兒又拿起了筆來，覺得這握筆當真是比拉麵容易很多。

不一會兒，趙彩鳳便拿了紅紙來，宋明軒便把紅紙鋪在了客堂的八仙桌上，問道：「彩鳳，妳說寫個什麼好呢？」

趙彩鳳哪裡懂這些，笑著道：「我可不知道，小時候就見過春聯，上頭都是寫的天增歲月人增壽什麼的，也不應景呀！」

宋明軒搖頭笑了笑，定睛想了想，蘸飽的墨水就落在了鮮豔的紅紙上頭——

花開並蒂姻緣美，鳥飛比翼恩愛長。

趙彩鳳站在他的身側，輕聲唸了出來，笑著道：「我來想個橫批，不如就叫鸞鳳和鳴好了？」

宋明軒拿著毛筆端在趙彩鳳細嫩的臉頰上蹭了一下，笑著道：「就依妳的，鸞鳳和鳴。」

趙彩鳳滿意地點了點頭，又蹙眉想了想。「除了要寫帶新婚之喜的，還要寫你中舉之喜的。」

宋明軒見趙彩鳳那眉宇微蹙的模樣，倒很像是在動腦筋，便問道：「那彩鳳，妳幫我想一個吧？」

趙彩鳳橫了宋明軒一眼，見他臉上那似笑非笑的表情，就知道他肯定是故意的。「這種事情明明是你擅長的，還要我想？憑什麼？」

宋明軒聞言，蹙眉道：「寫大婚的，我確實知道不少，可中舉的我是真不知道，咱們村已經很久沒有人中舉了，我怎麼會寫呢？」

趙彩鳳見宋明軒說得一本正經的，也差點兒被他給騙過去了，想了片刻，終於給她想到了一個，脫口而出道：「金榜題名時，高朋滿座；玉女入房日，低吟淺歌。」趙彩鳳說完最後這一句，才突然意識到這裡頭的一語雙關來，頓時就脹紅了臉頰，鬱悶地道：「哎呀、哎呀，這個不好，我想不出來！你怎麼那麼壞，讓我想這種東西！」

宋明軒哪裡見過趙彩鳳這樣嬌羞的模樣？便笑著道：「這個怎麼不好？我倒是覺得很好，既是慶賀我中舉，也是慶賀我們新婚，用這個最貼切不過了！」宋明軒說完，便打算落筆寫下去。

趙彩鳳急忙攔住了道：「不准寫！那麼羞人的話，怎麼能隨便亂寫呢？」

宋明軒見趙彩鳳的臉頰越來越紅了，湊到她耳邊道：「況且娘子的低吟淺歌，真是悅耳得很呢！」

趙彩鳳聽了，越發鬱悶起來，恨不得拿起放在桌角的硯臺，往宋明軒的臉上砸過去，想了想卻還是有些不捨得，哼了一聲，紅著臉頰跑了。

宋明軒看著趙彩鳳的背影，低頭笑了起來，想了想才在紅紙上落筆寫下——

苦經學海不知苦，勤上書山自恪勤。

——未完，待續，請看文創風462《彩鳳迎春》4

青春甜美的兒女情長　妙手救世的女醫天下／芳菲

2016年7月出版

巧手回春

莫名穿到大雍朝，劉七巧一身婦科好功夫卻受限於環境不同，
只能幫人接生，倒也在牛家莊裡有了點名號；
但她就只能這樣嗎？是否有機會改造古代產科文化？

文創風 429 1

前世婦產科醫師穿越來到這大雍朝的牛家莊，劉七巧根本是無用武之地！
但她職業病一發，看到古代婦女有難，怎能不出手幫忙，
也因此讓她一個農村小姑娘成了有名的接生婆，走路也有風～～
但這身為太醫卻一副破身體的杜家少爺是怎麼回事，
她說東，他非要質疑是西；她好心幫產婦剖腹產子，卻被他潑冷水，
究竟西方婦科女醫遇上東方傳統神醫，誰能勝出……

文創風 430 2

杜若出生醫藥世家，是京城赫赫有名的寶善堂少主，叔叔又是當朝太醫院院判，
難得來一回家裡的莊院出診，就撞上了小接生婆劉七巧，
看來還是個小丫頭，卻敢切開人體、剖腹取子，還知道把肚子縫好止血?!
偏偏要與她多講些話，她又牙尖嘴利的，完全不像個農村姑娘；
到底該怎麼將這樣耀眼的姑娘留在身邊，陪他一輩子呢……

文創風 431 3

劉七巧在王府混得風生水起，老王妃和有孕的王妃都視她為心腹丫鬟，
惱人的王府少奶奶秦氏又已解決，看起來王府裡的風波已過，
該是安安穩穩地等著王府小少爺出生就好……才怪！
王府沒事，但她和杜若的婚事還是八字沒一撇，
可是杜若的婚事關鍵掌握在杜老太太的嘴裡，
只要老太太沒發話、不接受，她還是嫁不了杜若啊～～

文創風 432 4

費了一番工夫，大長公主終於出手幫助劉七巧和杜若，
加上恭王妃趁著新生的六少爺辦滿月宴時，認了七巧為王府義女，
杜若終於順利抱得美人歸，但劉七巧這個新婦上任，
家裡的杜太太有孕在身，宮裡的小梁妃懷了雙生子也要她接生，
一個是自己婆婆，一個是皇帝的寵妃，都是棘手難題啊……

文創風 433 5

懷著夢想，劉七巧獲得了大長公主的賞賜，讓她將公主府做為將來的醫舍；
眼看朝著創立專為產婦服務的寶育堂又靠近了一點，
這時的寶善堂卻捲入賣假藥之事，
一查之下，連杜家二太太的娘家也牽涉其中，
七巧雖然得了關鍵證據，卻不知該怎麼處理這燙手山芋？

文創風 434 6 完

雖然有了身孕，讓成立寶育堂一事只得暫緩下來，
但劉七巧依然弄了個「不孕不育」門診，找了大夫就這麼開張，
沒想到大受歡迎，也讓杜家找到了另一商機，更認同七巧的想法；
只是她自己好不容易生下孩子，更了解懷孕婦女的狀況，
想著可以發揮長才了，杜家二太太卻又暗中生事，
加速了杜家大老爺與二老爺要分家之事……

2016年10月出版

嬌妾不怕苦

文創風 452～453

她委曲求全，只怕亂了大謀，
對起起落落的波折，她是古井無波，
孰料面對他的冷落，心底竟泛起酸意……

恩怨交織，情意纏綿／木槿

有道是血海深仇，不能不報，
蒙受不白之冤而家破人亡，流離失所的憐雁與弟弟潛生是無處鳴冤，
只能背負著污名狼狽逃難，什麼傲氣、嬌貴都得拋到一旁。
誰知，屋漏偏逢連夜雨，奔逃時又碰上不懷好意的牙婆子，
敢欺她姊弟倆無所依靠？那她就順水推舟，將自己送入侯府，
即便暫時為奴又如何？只要能屈能伸，她終有一日會脫了奴籍。
可身為侯府中最沒分量的灶下婢，她該如何達成所願？
把握住難得的機會，她終於惹了侯爺注意，
細心布局，一路從奴婢、通房、妾室向上爬，
她戴著溫柔婉約、安分守己的面具，卻是野心勃勃為弟弟謀前程。
然而讓那冷峻的侯爺寵著，她居然鬆懈得嬌氣起來，
面對他的情意雖心有虧欠，但她真不敢多想那些兒女情長，
可他、他怎麼就步步緊逼呢？

2016年9月出版

換得好賢妻

文創風 449～451

她有一個家，有一個對她很好的男人，
她不是一個人，她有家有愛。
前世她獨自一人都能打拼出一條路來，
這輩子是和家人在一起，還有什麼是戰勝不了的，
定也能經營出一份安安穩穩的幸福！

溫馨又溫柔的小確幸／暖和

季歌剛穿越，還沒來得及搞清狀況，就被父母匆匆忙忙地換了親。
嫁去的劉家，父母皆逝，沒有公婆持家，
原是長姊如母，如今劉家的長姊跟她家換親也嫁了人，
她這個新婦長嫂，自然得把劉家長姊的活全接手裡。
數著這一二三四……個小蘿蔔頭，望著家徒四壁的茅草屋，
嘆！真真是巧婦難為無米之炊。
但嫁都嫁了，夫婿又是個體貼、顧著她的，她咬牙也得撐起這個家，
憑著穿越前學得的廚藝，
家裡一餐餐飽了，銀子一點點攢下，小日子過得愈來愈好……
她有信心，總有一天定能發家致富！

為流浪貓狗加油 和貓寶貝 狗寶貝
廝守終生(一定要終生喔！)的幸福機會

對人來說，貓寶貝狗寶貝只是生活的一部分，但妳（你）對牠們來說，卻是生活的全部，領養前請一定要考慮清楚——

▲ 極品玳瑁貓　小玉

性　　別：女生
品　　種：米克斯
年　　紀：約4個月
個　　性：活潑調皮
特　　徵：額頭有菱形花色
健康狀況：尚未施打預防針，眼睛和呼吸道感染已治癒，並已驅蟲除蚤
目前住所：新北市淡水地區

第273期推薦寵物情人

『小玉』的故事：

七月下旬，中途住家的社區保全在鐵蓋下的狹小空間內，發現了3隻近乎脫水的小幼貓，保全因工作性質無法餵養，只能拜託中途幫忙照看。

由於母貓是隻不到6個月大的小媽媽，本身營養不良，導致沒有足夠的奶水可以養育小貓，再加上小貓們的健康狀況也不佳，中途只好緊急接手救援。中途先將小貓帶去醫院驅蟲除蚤，並針對眼睛及呼吸道感染的問題做妥善治療，同時也幫母貓完成結紮。

在中途耐心和愛心的照料下，3隻小貓從奄奄一息，長成可以自行吃罐頭、飼料，到使用貓砂；如今更是健康活潑又調皮，每每看到牠們耍萌撒嬌的模樣，再大的辛苦勞累都會消失。目前小玉的兩個兄弟已找到新把拔、馬麻，只有玳瑁花色的小玉還沒有新家。玳瑁貓乍看花色很雜亂，其實更突顯其罕見與獨特性，而且根據很多養過玳瑁貓的貓奴說，玳瑁貓個性溫馴穩定、特別貼心，尤其小玉是女生，又多了份乖巧，可說是難得一見的極品喔！

雖然認為小玉不易送養，但因中途家裡已有4貓4狗，實在無法給小玉全部的關愛，所以還是想給她一個機會，希望牠也能幸運的遇到獨具慧眼的把拔、馬麻，得到充分的愛及更多照顧。如果你也喜歡獨具一格的貓、願意把小玉視為「家人」，同時也有心理準備她將會陪伴你十多年，歡迎來信cece0813@gmail.com（王小姐），主旨請註明「我想認養小玉」；或致電0918-021-185。

認養資格：

1. 不關籠養、不放養門外。
2. 需經全家人同意。
3. 最好有養貓經驗（沒有經驗，但有耐心也歡迎）。
4. 能妥善照顧，絕不讓貓咪因疏忽而失蹤。

來信請說明：

a. 個人基本資料：姓名、性別、年齡、家庭狀況、職業與經濟來源等。
b. 想認養小玉的理由。
c. 過去養寵物的經驗，及簡介一下您的飼養環境。
d. 若未來有當兵、結婚、懷孕、畢業、出國或搬家等計劃，將如何安置小玉？

文創風 461

彩鳳迎春 3

國家圖書館出版品預行編目資料

彩鳳迎春 / 芳菲著. --
初版. -- 臺北市 : 狗屋, 2016.10-
冊 ; 公分. --（文創風）
ISBN 978-986-328-658-5（第3冊：平裝）. --

857.7　　105015127

著作者　芳菲
編輯　黃淑珍
校對　黃亭蓁　許雯婷
發行所　狗屋出版社有限公司
地址　台北市104中山區龍江路71巷15號1樓
電話　02-2776-5889～0
發行字號　局版台業字845號
法律顧問　蕭雄淋律師
總經銷　知遠文化事業有限公司
電話　02-2664-8800
初版　2016年11月
國際書碼　ISBN-13　978-986-328-658-5
原著書名　《狀元養成攻略》，由北京晉江原創網絡科技有限公司授權出版

定價250元
狗屋劃撥帳號：19001626
網址：love.doghouse.com.tw　E-mail：love@doghouse.com.tw